Karen Cleveland a passé huit ans à la CIA en tant qu'analyste. Elle est titulaire d'une maîtrise du Trinity College Dublin, où elle a effectué ses études dans le cadre d'une bourse Fullbright, et est diplômée de Harvard. Elle vit dans le nord de la Virginie avec sa famille. Son premier roman, *Toute la vérité,* a paru aux éditions Robert Laffont, dans la collection « La Bête noire », en 2018.

TOUTE LA VÉRITÉ

KAREN CLEVELAND

TOUTE LA VÉRITÉ

Traduit de l'anglais (États-Unis)
par Johan-Frédérik Hel Guedj

ROBERT Laffont

Titre original :

NEED TO KNOW

MIXTE
Papier issu de
sources responsables
FSC® C003309

Pocket, une marque d'Univers Poche,
est un éditeur qui s'engage pour la préservation
de l'environnement et qui utilise du papier fabriqué
à partir de bois provenant de forêts gérées
de manière responsable.

© Karen Cleveland, 2018
(éd. originale : Ballantine Books, an imprint of Random House,
a division of Penguin Random House LLC, New York)
© Éditions Robert Laffont, S.A.S., Paris, 2018, pour la traduction française
ISBN : 978-2-266-28786-9
Dépôt légal : janvier 2019

Pour B. J. W.

« Quand on est amoureux, on commence par se tromper soi-même et on finit par tromper l'autre. C'est ce que le monde appelle une relation romanesque. »

Oscar Wilde

Sur le seuil de la chambre, je regarde mes jumeaux dormir, paisibles et innocents, derrière les barreaux de leurs petits lits. On dirait ceux d'une cellule.

Une veilleuse baigne la pièce d'une douce lueur orangée. L'espace est encombré de meubles. Deux lits d'enfant, un ancien, un tout neuf. Une table à langer, des piles de couches dans leur emballage plastique. La bibliothèque que Matt et moi avons montée nous-mêmes. Les rayonnages surchargés ont fini par s'affaisser sous le poids des livres – ceux que je pouvais réciter par cœur aux deux aînés, et que je me suis juré de lire plus souvent aux jumeaux, si seulement j'en trouvais le temps.

J'entends Matt monter l'escalier et ma main se referme sur la clé USB. Comme si, en serrant assez fort, j'allais la faire disparaître. Et alors tout redeviendrait comme avant. Effacées, les deux dernières journées ne seraient plus qu'un mauvais rêve. Mais non, la clé existe bien : dure, solide, réelle.

Le parquet du palier craque, toujours au même endroit. Je ne me retourne pas. Matt s'approche, dans mon dos, assez près pour que je sente le parfum de

11

son savon, de son shampooing, son odeur à lui qui, étrangement, m'a toujours apaisée et qui aujourd'hui me le rend d'autant plus étranger. Je perçois son hésitation.

— On peut se parler ? dit-il.

Des mots prononcés à voix basse, mais le bruit suffit à perturber Chase. Il soupire dans son sommeil, puis s'immobilise, encore roulé en boule, comme s'il se protégeait. J'ai toujours trouvé qu'il ressemblait beaucoup à son père, le regard sérieux, auquel rien n'échappe. À présent, je me demande si je le connaîtrai vraiment un jour, s'il gardera lui aussi des secrets si lourds qu'ils détruiront tous ceux qui lui sont proches.

— Qu'y a-t-il à ajouter ? je murmure.

Matt fait encore un pas, pose la main sur mon bras. Je m'écarte aussitôt, assez pour me soustraire à son contact. Sa main flotte dans le vide, avant de retomber.

— Que vas-tu faire ? me demande-t-il.

Je me tourne vers le second berceau, vers Caleb, qui dort sur le dos dans sa grenouillère, avec ses boucles blondes d'angelot, bras et jambes écartés comme les branches d'une étoile de mer. Il a les mains ouvertes, ses lèvres roses mi-closes. Il ignore à quel point il est vulnérable, et combien le monde peut être cruel.

Je m'étais dit que je le protégerais. Que je lui insufflerais la force qui lui manque, que je m'assurerais qu'il ait toutes ses chances, afin que sa vie reste la plus normale possible. Mais comment y parviendrai-je, si je ne suis plus là ?

Je ferais n'importe quoi pour mes enfants. *N'importe quoi.* Je rouvre la main et pose les yeux sur la clé USB. Ce petit rectangle en apparence si insignifiant, si minuscule, mais qui renferme tant de pouvoirs. Le pouvoir de réparer, mais aussi le pouvoir de détruire.

Un peu comme un mensonge, quand on y pense.

— Tu sais que je n'ai pas le choix, je réponds finalement, et je me force à le regarder, mon mari, l'homme que je connais si bien.

Mais je ne vois qu'un inconnu.

1

Deux jours plus tôt

— Mauvaise nouvelle, Viv.

Des mots que tout le monde redoute… Mais la voix de Matt au téléphone se veut rassurante. Légère, un peu navrée. J'en conclus que la nouvelle, bien qu'embêtante, reste gérable. Si c'était vraiment sérieux, le ton serait plus grave. Il aurait prononcé une phrase complète et mon prénom en entier. *J'ai une mauvaise nouvelle, Vivian.*

Le combiné calé entre l'épaule et l'oreille, je fais pivoter mon fauteuil vers l'autre partie du bureau d'angle, au centre duquel se trouve mon ordinateur, sous des rangements muraux gris. Je déplace le curseur sur l'icône en forme de hibou et je double-clique dessus. Si c'est ce que je pressens – ce que je sais –, je n'ai pas de temps à perdre.

— Ella ? fais-je.

Mon regard s'échappe vers l'un des dessins au crayon punaisés sur les hautes cloisons – une bouffée de couleurs dans la grisaille environnante.

— 38,2.

Je ferme les yeux et respire à fond. On s'y attendait. La moitié de sa classe a été malade, les enfants tombant les uns à la suite des autres comme des dominos, cela devait arriver. Quatre ans n'est pas exactement l'âge où on se transmet le moins de microbes. Mais aujourd'hui ? Il fallait que ça arrive aujourd'hui ?

— Rien d'autre ?

— Juste de la fièvre. Désolé, Viv, enchaîne-t-il après un silence. Quand je l'ai déposée, elle avait l'air en pleine forme.

Je déglutis, pour me dénouer la gorge, et hoche la tête, bien qu'il ne puisse me voir. N'importe quel autre jour, il serait allé la chercher. Lui, il peut travailler à la maison, du moins en théorie. Impossible dans mon cas, et j'ai épuisé tous mes congés à la naissance des jumeaux. Mais il doit emmener Caleb en ville pour sa dernière série d'examens médicaux. Depuis des semaines déjà, je culpabilisais de ne pas pouvoir m'y rendre avec eux. Et là, non seulement je vais manquer le rendez-vous, mais je serai quand même obligée de prendre des heures que je n'ai plus.

— J'y serai dans une heure.

Le règlement de l'école précise que nous avons soixante minutes pour la récupérer, à partir du moment où ils nous préviennent. En tenant compte de la distance à pied – je suis garée à l'autre bout des immenses parkings de Langley – et du trajet en voiture, cela me laisse à peu près un quart d'heure pour boucler mon travail. Mais c'est toujours quinze minutes en moins à creuser mon solde déjà négatif.

16

Je jette un œil à l'horloge de mon écran – dix heures sept –, puis sur mon gobelet Starbucks, tout près de mon coude droit, un filet de vapeur s'échappant par l'orifice du couvercle en plastique. Je me suis fait un petit plaisir, une folie pour fêter cette journée tant attendue, du carburant pour les heures fastidieuses de travail à venir. De précieuses minutes, gâchées dans la queue, que j'aurais pu consacrer à me plonger dans des fichiers numériques. J'aurais dû m'en tenir à notre vieille cafetière qui crachote et laisse du marc flottant à la surface du café.

— C'est ce que j'ai répondu à l'école, affirme Matt.

L'« école », en réalité, c'est la crèche, l'endroit où nos trois plus petits passent leurs journées. Quand Luke n'avait que trois mois, nous appelions déjà ça l'école. J'avais lu que procéder de la sorte pouvait faciliter la transition, alléger la culpabilité d'avoir à nous séparer de notre bébé huit, dix heures par jour. Cela n'a rien facilité du tout, mais les vieux réflexes ont la vie dure, j'imagine.

Un autre silence, et j'entends Caleb gazouiller à l'arrière-plan. J'écoute, et je sais que Matt l'écoute, lui aussi. Au stade où nous en sommes, cela relève presque du conditionnement. Mais nous n'entendons que des voyelles. Toujours pas de consonnes.

— Je sais qu'aujourd'hui c'était censé être un grand jour…, finit-il par ajouter, sans terminer sa phrase.

J'ai l'habitude de ces phrases qui restent en suspens, de ces conversations aux termes évasifs, sur ma ligne non sécurisée. Je pars toujours du principe que quelqu'un écoute. Les Russes. Les Chinois. C'est en partie la raison pour laquelle l'école téléphone à Matt en premier, en cas de souci. Je préfère qu'il filtre les appels et protège certaines informations personnelles, notamment liées aux enfants, des oreilles de nos ennemis.

Vous pourriez me traiter de paranoïaque, ou simplement voir en moi une analyste du contre-renseignement de la CIA.

En réalité, Matt ne sait pas grand-chose de ma journée. Il ignore que j'ai vainement essayé de démasquer un réseau d'agents dormants russes. Ou que j'ai développé une méthodologie permettant d'identifier les individus impliqués dans ce programme ultrasecret. Il sait juste que j'attends ce jour depuis des mois. Que je suis sur le point de découvrir si deux années de travail acharné vont finalement payer. Et si j'ai une chance de décrocher cette promotion dont nous avons absolument besoin.

— Oui, enfin, bon…, je reprends et, après quelques va-et-vient de ma souris, je regarde le logiciel Athena s'ouvrir, le curseur se transformer en sablier. Aujourd'hui, le plus important, c'est le rendez-vous de Caleb.

Mes yeux sont de nouveau attirés vers la cloison du box, vers les dessins au crayon de couleur. Celui d'Ella : un portrait de notre famille, les bras et les jambes aussi droits que des allumettes pointant de six visages ronds et réjouis. Celui de Luke, un peu plus sophistiqué : un seul personnage, les cheveux, les vêtements et les chaussures coloriés d'épais gribouillis en dents de scie. Il y a écrit « MAMAN », en majuscules. Ça date de sa période super-héros. J'y suis représentée vêtue d'une cape, mains sur les hanches, un *S* sur mon T-shirt. *Supermaman.*

J'ai une sensation familière dans la poitrine, un poids, une envie irrésistible de pleurer. *Respire à fond, Viv. Respire à fond.*

— Et sinon, les Maldives ? propose Matt, et je sens l'ébauche d'un sourire se dessiner sur mes lèvres.

Il réussit toujours à trouver le moyen de me faire sourire au moment où j'en ai le plus besoin. Je louche vers notre photo de mariage, sur le coin de mon bureau, ma préférée. C'était il y a presque dix ans. On était si heureux, si *jeunes*. Nous parlions tout le temps de nous envoler vers une destination exotique, pour fêter notre dixième anniversaire de mariage. Ce n'est évidemment plus au programme. Mais c'est amusant de rêver. Amusant et déprimant à la fois.

— Bora Bora, je réplique.

— Ça m'irait.

Il hésite et, dans ce laps de temps, j'entends de nouveau Caleb. Encore ces sonorités de voyelles. *Aah-aah-aah.* Dans ma tête, je calcule depuis combien de mois déjà Chase prononce des consonnes. Je sais que je ne devrais pas – tous les médecins me répètent que je ne devrais pas –, mais je ne peux pas m'en empêcher.

— *Bora Bora ?* répète une voix dans mon dos, avec une inflexion faussement incrédule. (Je masque l'appareil de la main et me retourne. C'est Omar, mon homologue du FBI, arborant une mimique amusée.) Un tel déplacement risque d'être difficile à justifier, prévient-il, même pour l'Agence.

Il se fend alors d'un grand sourire. Si contagieux qu'il en fait aussi naître un sur mon visage.

— Qu'est-ce qui t'amène ici ? dis-je, ma main couvrant toujours le micro.

Caleb continue de babiller dans mon oreille. Une série de « o », cette fois. *Ooh-ooh-ooh.*

— Je sors d'une réunion avec Peter. (Il s'avance d'un pas, se perche sur le bord de mon bureau. Je distingue le contour de son holster, à hauteur de la hanche, à travers son T-shirt.) Il se peut que ce soit une coïncidence de calendrier. (Il jette un bref coup d'œil vers mon écran et le grand sourire s'estompe légèrement.) C'était aujourd'hui, non ? Ce matin, à dix heures ?

Je consulte mon écran, tout noir, et le curseur toujours en forme de sablier.

— Oui, c'était aujourd'hui. (À l'autre bout du fil, le babillage s'est tu. Je fais rouler mon fauteuil, pour avoir un peu d'intimité, et je retire ma main du combiné.) Chéri, je dois y aller, Omar est là.

— Dis-lui bonjour de ma part, me répond Matt.

— Promis.

— Je t'aime.

— Moi aussi, je t'aime. (Je repose le téléphone sur sa base et fait face à Omar, encore assis sur mon bureau, jambes tendues, chevilles croisées.) Matt te dit bonjour.

— Aaah, alors c'est *lui*, la filière Bora Bora. On prévoit des vacances ?

Le sourire est de retour, dans toute sa splendeur.

— De façon complètement théorique, je relativise avec un rire forcé.

Cette réponse me semble si lamentable que je sens le rouge me monter aux joues.

Il m'observe encore un instant, puis, heureusement, il finit par regarder sa montre.

— Bon, il est dix heures dix. (Il décroise les chevilles, les recroise dans le sens inverse. Puis il se penche en avant, avec une pointe perceptible d'excitation.) Qu'est-ce que tu m'as préparé ?

Omar se livre à cet exercice depuis plus longtemps que moi. Dix ans, au moins. Il recherche les agents dormants implantés sur le territoire américain, et moi, j'essaie de débusquer ceux qui dirigent la cellule. Nous n'avons jamais abouti à rien, ni l'un ni l'autre. Et le voir encore aussi enthousiaste ne manque jamais de me sidérer.

— Rien pour l'instant. Je n'ai même pas eu l'occasion de vérifier.

Je désigne l'écran, le programme en cours d'ouverture, puis je jette un œil à la photo en noir et blanc, épinglée à côté des dessins des enfants. Youri Yakov. Le visage épais, les traits durs. Encore quelques clics et je pénétrerai dans son ordinateur. Je serai en mesure de voir ce qu'il voit, de naviguer comme lui, d'examiner ses fichiers. Et, avec un peu de chance, de prouver qu'il est bien un espion russe.

— Qui es-tu et qu'as-tu fait à mon amie Vivian ? plaisante Omar.

Il n'a pas tort. Sans cette file d'attente au Starbucks, je serais entrée dans le programme à dix heures pile ce matin. J'aurais au moins eu quelques minutes pour faire un premier tour. Avec un haussement d'épaules, je désigne l'écran.

— J'essaie. (Puis je hoche la tête en direction de mon téléphone.) En tout cas, ça va devoir attendre. Ella est malade. Je suis obligée d'aller la chercher.

Il lâche un soupir théâtral.

— Les gosses. Ça tombe toujours au plus mauvais moment.

Un mouvement à l'écran attire mon attention, je fais rouler mon siège plus près. Athena vient enfin de finir de se charger. Des bannières rouges de tous les côtés, un paquet de mots, chacun désignant une commande différente, un compartiment différent. Plus la ligne de texte est longue, plus la classification est élevée. Celle-ci est sacrément longue.

Je clique, je franchis un premier écran, un deuxième. Chaque clic est une déclaration. Oui, je sais que j'accède à une information compartimentée. Oui, je sais que je ne peux rien en révéler, sous peine d'un très long séjour en prison. Oui, oui, oui. Je sens l'impatience monter en moi.

— On y est, dit Omar – ce qui me rappelle sa présence, et je le surveille du coin de l'œil. (Il détourne intentionnellement la tête, évitant soigneusement l'écran et garantissant ma confidentialité.) Je le sens.

— Je l'espère, je murmure.

Et c'est la vérité. Mais je suis tendue. Cette méthodologie représente un pari. Un énorme pari. Cibler les officiers traitants constitue une approche originale. Pendant des années, le FBI a essayé d'identifier directement les agents dormants, mais ils se sont si bien assimilés que c'est devenu presque impossible. La cellule est conçue pour qu'ils n'aient de contacts qu'avec leur officier traitant, et ce de façon très minimale. La CIA, quant à elle, s'est concentrée sur les chefs de réseau, les types qui supervisent les officiers traitants, ceux qui entretiennent des liens directs avec le renseignement extérieur russe, à Moscou. De mon côté, j'ai défini un profil d'officiers traitants suspects possibles, incluant les paramètres suivants : universités, études et diplômes, comptes bancaires, déplacements en Russie et à l'étranger. J'ai obtenu un algorithme, identifié cinq individus correspondant le mieux à mon profil.

Les quatre premiers se sont révélés des fausses pistes, et maintenant le programme est sur la sellette. Tout repose sur Youri. Le numéro cinq. Dont l'ordinateur avait été le plus difficile à pénétrer, celui contre qui j'avais le plus de soupçons depuis le début.

— Et si ce n'est pas le cas, déclare Omar, tu auras réussi ce que personne d'autre n'a été capable de faire. Tu es la seule aussi proche d'obtenir un résultat.

— S'en rapprocher, ça ne compte pas, dis-je à voix basse. Tu le sais mieux que personne.

Quand j'ai débuté au sein de cette unité, Omar était un tout nouvel agent au FBI, un fonceur. Il avait proposé une initiative inédite, en invitant les agents dormants implantés à « sortir de l'ombre » et à se livrer, en échange d'une amnistie. Son raisonnement ? Il y en aurait bien quelques-uns parmi eux qui seraient désireux de transformer leur couverture en véritable identité et, une fois retournés, ils seraient susceptibles de nous en apprendre assez pour pénétrer l'ensemble du réseau.

Après une mise en œuvre discrète, en l'espace d'une semaine seulement, ce plan attirait un premier défecteur, un dénommé Dmitri. Il s'était présenté comme un officier traitant de niveau intermédiaire, nous avait livré des informations qui corroboraient ce que nous savions déjà sur le programme : comme lui, chaque officier traitant était responsable de cinq agents dormants ; et lui-même relevait d'un chef de réseau, qui gérait cinq officiers traitants. Une cellule complètement autonome. Ce qui a attiré notre attention, forcément. Mais nous avions ensuite eu droit à des affirmations invraisemblables, qui contredisaient toutes nos certitudes, et puis il a disparu. « Dmitri la chèvre », comme nous l'avons surnommé après cet épisode.

Et ce fut la fin du projet. L'idée de reconnaître publiquement la présence d'agents dormants sur le territoire américain, d'admettre notre incapacité à les dépister, n'était déjà pas trop du goût des chefs du Bureau. Entre cela et l'éventualité d'une manipulation russe – nous appâter avec des agents doubles, des « chèvres », porteurs de fausses informations –, le plan d'Omar fut vertement critiqué, avant d'être définitivement rejeté. *Nous allons finir noyés sous tous les Dmitri*, avaient-ils conclu. Et là-dessus, sa carrière initialement prometteuse s'est enlisée. Omar a sombré dans l'obscurité, s'attelant jour après jour à une tâche ingrate, frustrante, vaine.

L'écran change, et une petite icône apparaît, portant le nom de Youri. Chaque fois que je vois les noms de mes cibles sur mon ordinateur, le simple fait de savoir que nous possédons une fenêtre sur leur vie numérique, sur l'information qu'ils croient confidentielle, j'en ai toujours un frisson. Comme obéissant à un signal, Omar se lève. Il est au courant de nos efforts pour cibler Youri. Il reste l'un des agents du Bureau habilités sur le programme – et son principal défenseur, celui qui croit en cet algorithme, et en moi, plus que n'importe qui d'autre. Pourtant, il n'a pas la capacité d'y accéder directement.

— Rappelle-moi demain, d'accord ? demande-t-il.

— Ça marche.

Il tourne les talons, et dès que je le vois s'éloigner, je me concentre sur l'écran. Je double-clique sur l'icône, et le contenu de l'ordinateur portable de Youri apparaît, affiché dans un cadre aux contours rouges, une copie-miroir que je peux passer au peigne fin. Je ne dispose que de quelques minutes. Mais cela me suffit pour un bref coup d'œil.

Le fond d'écran est couleur cobalt, ponctué de bulles de différentes tailles, de plusieurs nuances de bleu. Des icônes sont alignées sur un côté en quatre rangées bien ordonnées, et la moitié sont des dossiers. Les noms des fichiers sont tous en cyrillique, caractères que je reconnais sans pouvoir les lire – en tout cas, pas bien. Il y a des années de cela, je me suis initiée au russe, puis Luke est arrivé et je ne suis jamais retournée suivre ces cours. Je connais quelques phrases élémentaires, j'identifie certains termes, mais c'est tout. Pour le reste, je me repose sur des linguistes ou sur un logiciel de traduction.

J'ouvre quelques-uns de ces dossiers, puis les documents qu'ils contiennent. Des pages et des pages de texte très denses, en cyrillique. Je sens la déception me gagner, même si c'est absurde, je le sais. Jamais un Russe, assis devant son ordinateur à Moscou, ne tapera en anglais : *Liste des agents sous couverture en immersion profonde aux États-Unis*. Ce que je cherche est crypté, évidemment. J'espère juste repérer une forme d'indice, une sorte de fichier protégé, à l'encodage apparent.

Ces dernières années, nos opérations de pénétration à haut niveau nous ont appris que les identités des éléments dormants ne sont connues que de leurs officiers traitants, les noms étant stockés localement sur support électronique. Et non pas à Moscou, car le SVR, le puissant Service du renseignement extérieur de la Fédération de Russie, redoute les taupes au sein de sa propre organisation. Il les craint tellement qu'il préfère risquer de perdre des agents dormants plutôt que de conserver leurs noms en Russie même. Et nous savons que s'il devait arriver quoi que ce soit à un officier traitant, le chef de réseau accéderait à ces fichiers électroniques et contacterait sa hiérarchie moscovite pour obtenir une clé de décryptage, partie intégrante d'un protocole de cryptage multicouche. Nous avons le code de Moscou. Simplement, nous n'avons jamais rien eu à décrypter.

Leur programme est étanche. Nous sommes incapables de le percer. Nous n'en connaissons même pas le véritable objet, s'il en existe un. Il peut s'agir d'une simple collecte passive, ou d'autre chose de plus sinistre. Mais comme nous savons que le directeur du programme obéit aux ordres de Poutine en personne, j'aurais tendance à pencher pour la seconde hypothèse – et c'est ce qui m'empêche de fermer l'œil la nuit.

Je continue mon analyse, parcours chaque fichier, sans être tout à fait sûre de ce que je cherche. Puis je tombe sur un mot en cyrillique que je reconnais. *Друзья*. « Amis ». La dernière icône de la dernière rangée, un dossier couleur kraft. Je double-clique, le dossier s'ouvre sur une liste de cinq images au format JPEG, rien d'autre. Mes battements de cœur s'accélèrent. Cinq. Cinq agents dormants sont assignés à chaque officier traitant. Nous le tenons de sources multiples. Et ensuite, ce titre. *Amis*.

J'ouvre la première image. C'est le portrait d'un homme d'âge mûr, l'air quelconque, lunettes cerclées.

Un picotement d'excitation me parcourt tout entière. Les agents dormants sont des individus bien assimilés. Des membres de la société, intégrés, totalement invisibles. Ce pourrait certainement être l'un d'eux.

La logique voudrait que je ne m'emballe pas trop. D'après tous nos renseignements, les fichiers relatifs aux agents dormants sont cryptés. Mais mon instinct me souffle que je suis sur une très grosse prise.

La deuxième image montre une femme aux cheveux orange, avec des yeux d'un bleu éclatant et un grand sourire. Encore un format portrait, encore un agent dormant potentiel. Je la fixe. Une pensée me traverse, que j'essaie d'ignorer, mais j'en suis incapable. Ce ne sont que des photos. Au sujet de leur identité, néant, rien qui permette au chef de réseau de les contacter.

Il n'empêche. *Amis*. Des photos. Youri n'est peut-être pas l'officier traitant insaisissable que j'espérais démasquer, celui à la recherche duquel l'Agence a consacré tant de ressources. Mais si c'était un recruteur ? Et ces cinq personnes doivent être importantes, d'une manière ou d'une autre. Des cibles, peut-être ?

Je double-clique sur la troisième image, un visage apparaît à l'écran. Une photo d'identité, cadrée très serré. Si familière, si attendue – et pourtant non, parce qu'elle est ici, à cette place qui n'est pas la sienne. Je cligne des yeux, une fois, deux fois, mon cerveau a du mal à relier ce que j'ai devant les yeux et ce que je vois, ce que cela signifie. Ensuite, je pourrais jurer que le temps s'arrête. Des doigts glacés m'étreignent le cœur, me le tordent, et je n'entends plus que le sang battre dans mes oreilles.

J'ai les yeux rivés sur le visage de mon mari.

2

Le bruit de pas qui se rapprochent. Je les entends, malgré le martèlement dans mes oreilles. Aussitôt, le brouillard dans ma tête se cristallise en un seul et unique commandement. *Cache ça.* Je déplace le pointeur vers la croix dans l'angle de la photo, je clique, le visage de Matt disparaît. Aussi simple que ça.

Je me tourne vers l'origine du bruit, vers l'ouverture de mon box. Peter. A-t-il vu quelque chose ? Je vérifie de nouveau à l'écran. Plus de photos, rien que le dossier ouvert, cinq lignes de texte. L'ai-je refermé à temps ?

Une voix intérieure insistante me demande pourquoi j'ai éprouvé le besoin si pressant de dissimuler la photo. Il s'agit de Matt. Mon mari. Ne devrais-je pas me précipiter au service de sécurité, exiger de savoir pourquoi les Russes ont une photo de lui en leur possession ? Au fond de mon ventre, je commence à sentir monter une vague de nausée.

— Réunion ? lance Peter.

Il a un sourcil levé au-dessus de l'épaisse monture de ses lunettes. Il est en mocassins, pantalon couleur

29

kaki au pli impeccable, et chemise boutonnée jusqu'en haut. Peter est l'analyste senior de notre unité – un reliquat de la guerre froide –, et mon mentor depuis ces huit dernières années. Personne n'est plus informé que lui sur le contre-renseignement russe. Silencieux et réservé, un type qui impose le respect.

Et, à cet instant, son expression n'a rien d'étrange. Une simple question. Est-ce que je viens à la réunion de ce matin ? Non, je ne crois pas qu'il ait vu la photo.

— Je ne peux pas, dis-je, avec une voix trop aiguë qui manque de naturel. (J'essaie de baisser d'un ton, d'en effacer le tremblement.) Ella est malade. Il faut que j'aille la chercher à l'école.

Il acquiesce, plus une légère inclinaison de la tête qu'autre chose. Son visage ne laisse rien paraître.

— J'espère qu'elle se rétablira vite, assure-t-il, et il tourne les talons, s'éloigne en direction de la salle de réunion, le cube aux parois vitrées – plus adapté à une start-up technologique qu'au quartier général de la CIA.

Je le suis du regard, assez longtemps pour constater qu'il ne se retourne pas.

Je pivote ensuite vers mon ordinateur, l'écran maintenant vide. J'ai les jambes flageolantes, je respire vite. Le visage de Matt. Sur l'ordinateur de Youri. Et mon premier réflexe : *Cache ça.* Pourquoi ?

J'entends mes autres collègues se diriger d'un pas tranquille vers la salle de réunion. Mon box en est le plus proche. D'ordinaire, c'est calme dans mon coin, à l'extrême pointe d'une forêt de boxes, à moins que les gens ne se rendent justement en salle de conférences ou dans la salle en accès restreint, située juste après – l'endroit où les analystes peuvent s'enfermer, étudier les dossiers les plus sensibles parmi les plus sensibles, ceux qui contiennent des informations si confidentielles, si difficiles à obtenir que les Russes pisteraient à coup sûr notre source pour l'abattre, s'ils savaient que nous les détenions.

Je lâche un soupir oppressé, puis un second. Leurs pas se rapprochent, je me retourne. Marta en premier. Trey et Helen, côte à côte, en discrète conversation. Rafael, et ensuite Bert, notre chef de branche, qui ne fait guère plus que réviser les rapports. Le vrai patron, c'est Peter, et tout le monde le sait.

À nous sept, nous formons l'équipe chargée des agents dormants. Un groupe singulier, en réalité, tant nous avons peu de points communs avec les autres équipes du centre de contre-renseignement, division Russie. Eux disposent de tellement d'informations qu'ils ne savent plus quoi en faire. Nous, nous n'avons pratiquement rien.

— Tu viens ? m'interpelle Marta en s'arrêtant à hauteur de mon box, une main posée sur l'une des hautes cloisons.

Lorsqu'elle parle, une haleine de menthe et de bain de bouche s'échappe de ses lèvres. Elle a les yeux cernés, une épaisse couche de fond de teint. Un verre de trop, hier soir, vu la mine qu'elle a. Ancien agent opérationnel, Marta aime autant le whisky que revivre son glorieux passé sur le terrain. Elle m'a un jour appris à forcer une serrure avec une carte de crédit et une épingle à cheveux que j'avais retrouvée au fond de ma sacoche et qui sert à maintenir le chignon d'Ella pendant son cours de danse classique.

Je secoue la tête.

— Enfant malade.

— Saletés de germes.

Elle poursuit son chemin. J'adresse un sourire aux autres, au passage. *Tout est normal par ici.* Dès qu'ils sont entrés dans le cube de verre, et que Bert referme la porte, je reviens à l'écran. Les dossiers, ce galimatias en cyrillique. Je tremble. Je baisse les yeux sur l'horloge, dans l'angle de l'écran. J'aurais dû partir depuis trois minutes.

Mon ventre est complètement noué. En réalité, je ne peux pas m'en aller, pas maintenant. Mais je n'ai pas le choix. Si je récupère Ella en retard, ce sera le deuxième incident. Au troisième, on nous expulse de l'école. Toutes les classes ont une liste d'attente, et ils n'hésiteraient pas une seconde. D'ailleurs, si je restais, qu'est-ce que je ferais ?

Il y a un moyen sûr de savoir exactement ce que la photo de Matt fait sur l'ordinateur de Youri, et ce n'est pas en consultant davantage de fichiers. J'avale ma salive, je me sens nauséeuse, je déplace le curseur pour fermer Athena, éteindre l'ordinateur. Ensuite, j'attrape mon sac, mon manteau, et je me dirige vers la porte.

Il est pris pour cible.

Le temps que j'atteigne ma voiture, mes doigts comme des glaçons, ma respiration s'échappant en petites volutes blanches, j'en ai la certitude.

Il ne serait pas le premier. Au cours de l'année écoulée, les Russes se sont montrés plus agressifs que jamais. Ils ont commencé par Marta. Une femme à l'accent est-européen s'était liée d'amitié avec elle à son club de gym, lui avait proposé d'aller boire un coup chez O'Neill. Après quelques verres, la femme avait carrément demandé à Marta si cela l'intéresserait d'approfondir leur « amitié » avec une discussion autour du travail. Marta avait refusé et ne l'avait jamais revue.

Trey avait été le suivant. À cette époque, il n'avait pas encore fait son coming-out, et il venait toujours aux réceptions du bureau avec son « colocataire », Sebastian. Un jour, je l'ai croisé, l'air pâle et secoué, il allait monter à la sécurité. Plus tard, j'ai appris par la rumeur qu'il avait reçu un colis destiné à le faire chanter, des photos de ces deux messieurs dans quelques positions compromettantes, assorties d'une menace de les envoyer à ses parents s'il n'acceptait pas au moins une entrevue.

Il n'est donc pas exagéré de penser que les Russes savent qui je suis. S'ils savent ça, se renseigner sur l'identité de Matt serait un jeu d'enfant. Et cerner nos points faibles le serait tout autant.

Je tourne la clé de contact et la Corolla tousse et s'étouffe, comme d'habitude. « Allez », je murmure en tournant de nouveau la clé, et le moteur revient à la vie avec un hoquet. Quelques secondes plus tard, une rafale glacée jaillie des prises d'air me cueille en pleine figure. Je tends la main, tourne le bouton du chauffage au maximum, frotte mes paumes l'une contre l'autre et démarre en marche arrière. J'aurais dû laisser le moteur tourner, mais pas le temps. On n'a jamais assez de temps.

La Corolla appartient à Matt, c'est la voiture qu'il possédait avant qu'on se rencontre. Dire qu'elle est au bout du rouleau est un euphémisme. Nous avons obtenu une reprise pour ma vieille voiture, quand j'étais enceinte des jumeaux, contre un monospace d'occasion, un véhicule familial. Matt s'en sert le plus souvent parce que c'est surtout lui qui se charge de déposer les enfants et d'aller les chercher.

Je conduis machinalement, comme hébétée. Plus je roule, plus je sens mon estomac se serrer. Ce n'est pas le fait qu'ils ciblent mon mari qui m'inquiète le plus. Mais ce mot : *Amis*. Cela ne suggère-t-il pas un certain niveau de complicité ?

Matt est ingénieur logiciel et il ignore tout du degré de sophistication des Russes. À quel point ils peuvent être impitoyables. À quel point ils profiteraient des plus petites ouvertures, du signe le plus infime qu'il accepterait de travailler avec eux. Comment ils exploiteraient ce signe, le déformeraient à leur avantage, pour le contraindre à aller toujours un peu plus loin.

J'arrive à l'école avec deux minutes d'avance. Je suis accueillie par un courant d'air chaud en entrant dans le bâtiment. La directrice, une femme aux traits anguleux, le visage constamment renfrogné, jette un coup d'œil appuyé à la pendule et me fusille du regard. Je ne sais pas si ce regard signifie : *Pourquoi avez-vous mis autant de temps ?* Ou : *Si vous revenez aussi vite, c'est clair, elle était déjà malade quand vous l'avez déposée.* Je passe devant elle avec un sourire contrit, sans conviction, alors qu'intérieurement je bous. Je ne sais pas ce qu'a Ella, mais une chose est sûre, elle l'a attrapé ici, bon sang !

J'avance dans le couloir tapissé de dessins d'enfants – des ours polaires naissant d'un contour de main, des flocons de neige étincelants et des moufles à l'aquarelle –, mais j'ai l'esprit ailleurs. *Amis*. Matt a-t-il fait quelque chose leur laissant croire qu'il y avait une faille à exploiter ? Un rien leur aurait suffi, n'importe quoi.

Je m'introduis dans la salle de classe d'Ella, avec ses chaises minuscules, casiers et bacs de jouets, une explosion de couleurs primaires. Ma fille est à l'autre bout, seule sur une banquette rouge vif taille enfant, un livre d'images à couverture cartonnée ouvert sur les genoux. Isolée de ses camarades, semble-t-il. Elle porte un caleçon violet que je ne reconnais pas. Je me souviens vaguement de Matt mentionnant qu'il l'avait emmenée faire des courses récemment. Évidemment, qu'il a fait des courses. Ses vêtements sont devenus trop petits pour elle à une de ces vitesses…

Je m'approche, les bras ouverts, avec un sourire forcé. Elle lève les yeux vers moi, m'observe, l'air méfiant.

— Où il est, papa ?

Je me raidis intérieurement, mais je conserve ce sourire de façade.

— Papa emmène Caleb chez le docteur. Aujourd'hui, c'est moi qui viens te chercher.

Elle ferme le livre et le remet sur l'étagère.

— D'accord.

— Je peux avoir un gros bisou ?

J'ai encore les bras tendus, mais qui mollissent. Elle les considère un moment, puis elle s'approche, accepte une étreinte. Je la serre fort, j'enfouis mon visage dans ses cheveux soyeux.

— Je suis désolée que tu ne te sentes pas bien, mon cœur.

— Ça va, maman.

Maman ? Ma gorge se serre. Ce matin encore, c'était « maman chérie ». Par pitié, qu'elle ne cesse pas de m'appeler maman chérie. Je ne suis pas prête. Surtout pas aujourd'hui.

J'affiche un autre sourire figé.

— Allons chercher ton frère.

Elle s'assoit sur le banc à l'entrée de la salle des tout-petits, pendant que j'entre récupérer Chase. Cette salle me déprime toujours autant que le jour où j'y ai déposé Luke pour la première fois sept ans plus tôt. La table à langer, l'alignement de berceaux, la rangée de chaises hautes.

Quand j'entre dans la pièce, Chase est par terre. Avant que j'arrive jusqu'à lui, l'une de ses puéricultrices, la plus jeune, le soulève, le câline tout contre elle, lui couvre la joue de baisers.

— Un petit garçon si adorable, lance-t-elle en me souriant.

J'observe la scène, avec un tiraillement de jalousie. Cette femme est celle qui était là pour ses premiers pas, c'est vers ses bras tendus qu'il s'est avancé en chancelant, pendant que moi, j'étais au bureau. Elle paraît si naturelle avec lui, tellement à son aise. Mais enfin, quoi d'étonnant. Elle l'a toute la journée avec elle.

— Oui, c'est vrai, j'acquiesce, et ces mots me paraissent maladroits.

J'emmitoufle les deux enfants dans d'épaisses doudounes, bonnets sur la tête – il fait anormalement froid pour un mois de mars –, puis dans leurs sièges bébé, ceux qui sont durs et assez étroits pour tenir à trois à l'arrière de la Corolla. Les bons sièges, les plus sécurisés, sont dans le monospace.

— Comment s'est passée ta matinée, mon chou ? je demande, jetant un coup d'œil à Ella dans le rétroviseur tout en sortant en marche arrière de ma place de stationnement.

Elle reste un moment silencieuse.

— Je suis la seule fille qui n'est pas allée au yoga.

— Je suis désolée, je souffle, et dès que ces mots ont franchi mes lèvres, je sais que ce ne sont pas les bons, que j'aurais dû répondre autre chose.

Le silence qui suit est pesant. Je tends la main vers le bouton de l'autoradio, monte le volume de la musique des enfants.

Un nouveau coup d'œil dans le rétroviseur : Ella, silencieuse, regarde par la fenêtre. J'aurais dû poser d'autres questions, engager avec elle une conversation sur sa journée, mais je ne dis rien. Je n'arrive pas à me sortir cette photo de la tête. Le visage de Matt. Un cliché récent, semble-t-il. Pris cette année, ou pas loin. Depuis combien de temps le surveillent-ils, *nous* surveillent-ils ?

Le trajet de l'école à la maison est court, à travers des quartiers qui sont l'archétype du mélange hétérogène : des lotissements de maisons neuves d'un promoteur comme McMansion, ponctués de constructions plus anciennes comme la nôtre, bien trop petite pour six. Les périphéries de Washington sont connues pour être chères, et Bethesda est l'une des pires. En revanche, les écoles comptent parmi les meilleures du pays.

Notre maison, propre et carrée, possède un garage pour deux voitures et une petite véranda côté rue a été rajoutée par les précédents propriétaires, mais elle n'est pas vraiment assortie au reste, et nous sommes loin d'en profiter autant que je l'aurais imaginé. Nous avons acheté ce logement quand j'étais enceinte de Luke parce que, à elle seule, la qualité des écoles nous semblait justifier son prix de vente exorbitant.

En arrivant, je m'attarde sur le drapeau américain qui pend près de la porte d'entrée. C'est Matt qui l'a accroché. Il a remplacé le dernier, qui avait fini par se décolorer. Jamais il n'accepterait de travailler contre notre pays. Je sais qu'il refuserait. Comment les Russes peuvent-ils croire qu'il accepterait ?

Il y a une chose dont je suis sûre. Il a été pris pour cible à cause de moi. À cause de mon métier. Et c'est pour ça que j'ai masqué sa photo, n'est-ce pas ? S'il a des ennuis, c'est de ma faute. Il faut que je fasse mon possible pour le sortir de là.

Je laisse Ella sur le canapé regarder des dessins animés, plusieurs d'affilée. En général, nous les limitons à un seul épisode, un petit plaisir d'après-dîner, mais elle est malade, et je suis incapable d'obliger mon esprit à se concentrer sur autre chose que cette photo. Pendant que Chase fait la sieste et qu'Ella est dans sa bulle devant la télé, je range la cuisine. J'essuie les plans de travail, de couleur bleue, que nous remplacerions si nous en avions les moyens. Je récure les taches sur la table de cuisson, autour des trois brûleurs encore en état de marche. Je réorganise le placard rempli de Tupperware en remettant leurs couvercles aux récipients, et j'empile ceux qui s'emboîtent les uns dans les autres.

Dans l'après-midi, j'embarque les enfants et nous allons à pied à l'arrêt de bus récupérer Luke. Il m'accueille de la même manière qu'Ella.

— Où est papa ?

— Papa emmène Caleb chez le docteur.

Je lui prépare un goûter et l'aide à faire ses devoirs. Une page de calcul, des additions de nombres à deux chiffres. Je ne savais pas qu'ils en étaient déjà aux additions à deux chiffres. D'habitude, c'est Matt qui les aide.

Ella entend la clé tourner dans la serrure avant moi, elle décolle du canapé comme une fusée, bondit vers la porte. « Papa ! » crie-t-elle quand il l'ouvre, Caleb dans un bras, des courses dans l'autre. Je ne sais trop comment il réussit à s'accroupir pour la serrer contre lui, lui demander comment elle se sent, alors qu'il extirpe Caleb de son blouson. Et son sourire paraît authentique ; plus que cela, il l'*est*.

Il se relève et vient vers moi, l'air de rien, dépose un petit baiser sur mes lèvres.

— Salut, chérie.

Il porte un jean et le pull que je lui ai offert à Noël dernier, le marron avec un zip qui remonte jusqu'au menton, sous une veste. Il pose le sac de commissions sur le comptoir de la cuisine, rajuste son fils sur sa hanche. Ella s'accroche à sa jambe, et de sa main libre il lui caresse les cheveux.

— Comment ça s'est passé ?

Je tends la main vers Caleb et suis presque surprise qu'il vienne volontairement dans mes bras. Je l'étreins et l'embrasse sur la tête, hume le doux parfum du shampooing pour bébé.

— Très bien, en fait, me répond Matt en retirant sa veste. (Il se dirige vers Luke et ébouriffe sa tignasse.) Salut, bonhomme.

Luke lève la tête, radieux. J'entrevois le trou, là où il a perdu sa première dent, celle qui a fini sous son oreiller avant que j'aie pu rentrer du travail.

— Salut, papa. On peut sortir faire des balles ?

— Juste une minute. Il faut d'abord que je parle à maman. Tu as déjà travaillé sur ton exposé de sciences ?

Il a un exposé en sciences ?

— Ouais ! s'écrie Luke, et ses yeux filent vers moi, comme s'il avait oublié que j'étais là.

— Dis la vérité, je le réprimande, d'une voix plus sèche que dans mon intention.

Mon regard croise celui de Matt, et je le vois discrètement hausser le sourcil. Sans commenter.

— J'ai *réfléchi* à mon exposé de sciences, j'entends murmurer Luke.

Son père vient reprendre sa place, s'adosse au comptoir.

— La pédiatre est vraiment contente de ses progrès. L'échographie et l'électroencéphalogramme semblaient bons. Elle veut nous revoir dans trois mois.

Je serre encore Caleb contre moi. Enfin de bonnes nouvelles. Matt vide le contenu du sac de courses. Un bidon de lait de cinq litres. Un paquet de blancs de poulet, un sac de légumes congelés. Des cookies de la boulangerie, le genre que je lui demande toujours de ne pas acheter, parce que nous pouvons préparer les mêmes pour un prix bien inférieur. Il fredonne tout seul, un air que je ne reconnais pas. Il est heureux. Quand il est heureux, il fredonne.

Il se baisse, sort une casserole et une poêle du tiroir du bas, les place sur les plaques de cuisson. Tout en le regardant s'affairer, je donne encore un baiser à Caleb. Comment Matt se débrouille-t-il pour affronter tout ça ? Comment fait-il pour jongler si bien sans jamais louper une seule balle ?

Je me tourne vers Ella, qui est repartie s'asseoir dans le canapé.

— Tout va bien, ma chérie ?

— Oui, maman.

J'entends Matt s'interrompre, ses gestes figés.

— Maman ? répète-t-il doucement.

Je vois l'inquiétude creuser ses traits. Je hausse les épaules, mais je suis sûre qu'il perçoit la blessure dans mon regard.

— Il y a des jours comme ça, j'imagine.

Il pose le paquet de riz qu'il tenait dans sa main, m'entoure de ses bras, et tout à coup la montagne d'émotion qui s'est accumulée en moi menace de s'effondrer. J'entends son cœur battre, je sens sa chaleur. *Que s'est-il passé ?* ai-je envie de lui demander. *Pourquoi tu ne m'as rien dit ?*

Ma gorge se serre, je respire un coup, je m'écarte.

— Je peux t'aider à préparer le dîner ?

— Je m'en charge. (Il se retourne, règle le bouton du four, se penche et attrape une bouteille de vin sur le support en métal du comptoir. Je l'observe la déboucher, puis sortir un verre du placard. Il le remplit à moitié, avec soin, et me le tend.) Bois un coup.

Si seulement tu savais à quel point j'en ai besoin. Je le remercie avec un petit sourire et avale une gorgée.

Après avoir emmené les enfants se laver les mains, j'attache les bébés dans leurs chaises hautes, un à chaque bout de la table. Matt répartit les légumes sautés dans des bols, qu'il dispose à table devant nous. Il bavarde avec Luke au sujet de quelque chose, et je prends les airs qu'il faut, comme si je participais à la conversation, mais je n'écoute pas vraiment. Il paraît

41

si heureux, aujourd'hui. Ces derniers temps, il semble plus heureux que d'habitude, ou je me trompe ?

Un fourmillement d'adrénaline m'assaille, et avec lui un sentiment qui s'apparente à de la déloyauté. La pensée de considérer sérieusement Matt comme une source d'informations pour les Russes ne devrait même pas me traverser l'esprit. Et pourtant, elle est là. Nous avons besoin d'argent, c'est sûr. Et si Matt avait cru nous rendre un service en nous procurant une nouvelle source de revenus contre quelques renseignements ? J'essaie de me rappeler la dernière fois que nous nous sommes disputés sur des questions financières. Le lendemain, il est rentré à la maison avec un billet de loterie Powerball, l'a collé au frigo, sous le coin du tableau magnétique effaçable. Sur le panneau, il avait écrit « Je suis désolé », à côté d'un petit smiley.

Et s'ils l'ont approché, et que, dans son esprit, c'était comme de gagner au loto ? Et s'il ne sait même pas qu'il a été approché ? S'ils l'ont piégé, s'il se figure s'être mis sur les rangs pour un emploi complémentaire parfaitement légitime, qui nous aiderait à joindre les deux bouts ?

Tout se ramène à l'argent. Et comme je déteste l'idée que tout se ramène à l'argent !

Si j'avais su, je lui aurais dit d'être patient. Que tout finirait par s'arranger. D'accord, pour l'instant, nous sommes dans le rouge. Mais Ella a presque l'âge d'entrer en maternelle. Les jumeaux ne seront bientôt plus à la crèche. La maternelle nous coûtera un peu moins cher. L'an prochain, notre situation sera meilleure. Bien meilleure. C'est juste une année difficile. Nous savions que ce serait une année difficile.

Il parle avec Ella maintenant, et sa douce petite voix perce mon esprit embrumé.

— Je suis la seule fille qui n'est pas allée au yoga, déclare-t-elle, la même phrase qu'elle a déjà prononcée dans la voiture.

Matt prend une bouchée de son plat, mâche lentement, sans cesser de la regarder. Je retiens mon souffle, j'attends sa réponse. Il finit par avaler.

— Et ça t'a fait quoi ?

Elle penche un peu la tête de côté.

— C'était bien, je crois. J'ai eu le droit de m'asseoir au premier rang pendant la lecture de l'histoire.

Je la dévisage, ma fourchette en l'air. Ça lui était égal : elle n'avait pas besoin d'entendre d'excuses de ma part. Comment Matt trouve-t-il systématiquement les mots justes, comment fait-il pour toujours savoir exactement quoi dire ?

Chase, de ses mains potelées, maculées de nourriture, envoie promener les restes de son dîner par terre et Caleb se met à rire en frappant les siennes sur la tablette de sa chaise haute, rejetant de la sauce à la volée. Matt et moi reculons nos chaises en même temps : attraper le rouleau d'essuie-tout, leur nettoyer les mains et le visage. Une opération désormais bien rodée, le débarbouillage en duo.

Luke et Ella ont le droit de se lever de table et foncent dans le salon familial, leur espace de jeu. Dès que les jumeaux sont propres, nous les y installons aussi et nous occupons de ranger la cuisine. Je m'arrête un instant de transvaser les restes dans des Tupperware pour me resservir un peu de vin. Matt m'envoie un regard interrogateur en essuyant la table de la cuisine.

— Dure journée ?

— Un peu.

J'essaie de penser à la manière dont j'aurais répondu à cette question, hier. Lui en aurais-je dit davantage ? Je ne lui communique jamais d'informations classifiées. Des anecdotes au sujet de mes collègues, oui. Sinon, des allusions voilées tout au plus – les sujets sérieux, eux, comme la grosse percée d'aujourd'hui, sont esquivés. Des miettes, donc. Rien susceptible d'intéresser réellement les Russes. Rien qu'ils seraient prêt à acheter.

Quand la cuisine est enfin propre, je jette ma dernière feuille d'essuie-tout dans la poubelle et retourne à table. Je regarde le mur, le mur vide. Depuis combien d'années sommes-nous dans cette maison ? Et pourtant ce n'est toujours pas décoré. J'entends la télévision dans le petit salon, une émission sur les courses de *monster trucks*, que Luke aime bien. La mélodie à peine audible d'un des jouets des jumeaux.

Matt me rejoint, tire sa chaise à lui, s'assoit. Il m'observe, le visage inquiet, attendant que je prenne la parole. J'ai besoin de dire quelque chose. J'ai besoin de savoir. L'autre solution, c'est d'aller directement voir Peter, les services de la sécurité, leur révéler ce que j'ai trouvé. Leur permettre d'entamer une enquête sur mon mari.

Il doit y avoir une explication innocente à tout ceci. Il n'a pas encore été approché. Il l'a été, mais ne s'en est pas rendu compte. Il n'a donné son accord pour rien. Il n'a certainement donné aucun accord. Je vide le reste de mon vin. Lorsque je repose le verre sur la table, ma main tremble.

Je le dévisage, sans la moindre idée de ce que je vais dire. On pourrait croire que toutes ces heures passées à ruminer m'auraient suffi à trouver comment aborder le sujet.

Il semble attendre que je rassemble mes pensées, ouvert à la discussion. Il doit savoir que quelque chose d'important va suivre. Je suis sûre qu'il est capable de lire tout cela sur mon visage. Mais il n'a pas l'air tendu. Rien. Il a juste l'air de Matt.

— Depuis combien de temps travailles-tu pour les Russes ? je lâche finalement.

Bruts, sans habillage, les mots ont franchi mes lèvres avant que je puisse les retenir, et j'observe attentivement son expression, car cela m'importe bien plus que ses mots à lui. Que vais-je y voir ? Une confusion sincère ? de l'indignation ? de la honte ?

Absolument aucune émotion ne traverse son visage. Il ne change pas. Et cela provoque une décharge de peur dans tout mon corps.

Il me regarde, sans ciller. Met à peine une fraction de seconde de trop avant de répondre :

— Vingt-deux ans.

3

J'ai la sensation que le sol se dérobe sous moi. Comme si je tombais, ou que je flottais en suspension dans un espace où je m'observe moi-même, regardant cette scène se dérouler, mais sans y prendre part, car elle ne peut pas être réelle. J'entends un tintement dans mes oreilles, un son étrange, métallique.

J'étais loin d'attendre un aveu. En prononçant ces mots, en l'accusant de la pire des fautes possibles, je pensais qu'il concéderait quelque chose de moins grave. *J'ai rencontré un de leurs agents, un jour*, m'aurait-il répondu. *Mais je te le jure, Viv, je ne travaille pas pour eux.*

Ou juste une réaction de vertueuse indignation. *Comment as-tu pu penser une chose pareille ?*

Jamais je ne m'étais attendue à un aveu.

Vingt-deux ans. Je m'attache à ce chiffre, car c'est quelque chose de tangible, de concret. Trente-sept moins vingt-deux. Il devait avoir quinze ans, à l'époque. Au lycée, à Seattle.

Cela n'a aucun sens.

À quinze ans, il jouait dans l'équipe junior de baseball. De la trompette dans l'orchestre du lycée. Et tondait les pelouses de son quartier pour se faire un peu d'argent.

Je ne comprends pas.

Vingt-deux ans.

Je me presse les tempes du bout des doigts. Ce tintement dans mon crâne refuse de s'arrêter. C'est comme s'il y avait quelque chose qui prenait forme à l'intérieur, une prise de conscience, sauf que c'est si épouvantable que ma tête n'arrive pas à l'intégrer. Je ne peux admettre que ce soit vrai, sinon tout mon univers s'écroulera.

Vingt-deux ans.

Mon algorithme était supposé me conduire à un officier traitant russe gérant un réseau d'agents dormants aux États-Unis.

Vingt-deux ans.

Ensuite, une phrase d'un vieux rapport de renseignement me traverse l'esprit. Un agent du SVR, très au fait de ce programme. *Ils recrutent des gamins dès quinze ans.*

Je ferme les yeux et presse encore plus fort sur mes tempes.

Matt n'est pas celui qu'il prétend être.

Mon mari est un agent russe infiltré.

★

Un heureux hasard. C'est toujours ce que j'ai pensé de la manière dont nous nous étions rencontrés. Une scène digne d'un film romantique.

C'était le jour de mon installation à Washington. Un lundi matin de juillet. J'avais pris la route de Charlottesville, à l'aube, avec toutes mes affaires entassées dans ma Honda Accord. J'étais garée en double file, feux de détresse clignotants, devant un vieil immeuble en brique avec son écheveau d'escaliers de secours branlants, assez proche du National Zoo pour que ça sente la ménagerie. Mon nouvel appartement. J'en étais à mon troisième voyage entre la voiture et la porte, je traversais le trottoir en charriant un gros carton, quand je me suis heurtée à un obstacle.

Matt. Il était en jean et chemise bleu ciel, manches retroussées jusqu'au coude, et je venais de faire gicler son café. Il en avait partout sur lui.

— Oh non ! m'étais-je écriée en posant le carton sur le trottoir.

Il tenait son gobelet de café dégoulinant d'une main, le couvercle en plastique était tombé à ses pieds, et il secouait son autre main d'où s'envolaient des gouttelettes. Il grimaçait de douleur. Sa chemise était auréolée de larges taches brunes.

— Je suis vraiment désolée…

J'étais restée là, impuissante, les mains tendues vers lui, comme si j'étais capable de remédier à cette situation rien qu'avec mes mains.

Il avait encore secoué le bras à deux reprises, puis m'avait regardée. Il avait souri, un sourire totalement désarmant, et je jure que mon cœur s'est arrêté. Ces dents blanches parfaites, et ces yeux d'un marron intense qui semblaient étinceler.

— Ne vous en faites pas.

— Je peux chercher de quoi vous nettoyer. J'ai des rouleaux d'essuie-tout quelque part dans un carton…

— Ça ira.

— Ou un vêtement propre ? Je dois avoir un T-shirt qui pourrait vous aller…

Il avait baissé les yeux sur sa chemise, était resté un moment silencieux, comme s'il réfléchissait.

— Ça ira, vraiment. Merci quand même.

Il m'avait encore lancé un sourire, avant de continuer son chemin. J'étais restée au milieu du trottoir, je l'avais regardé s'éloigner, attendant de voir s'il se retournerait, s'il changerait d'avis, tout en me sentant gagnée par une déception écrasante, une puissante envie de prolonger la conversation.

Le coup de foudre, lui ai-je avoué, mais plus tard.

Je n'ai pas réussi à me le sortir de la tête de tout le reste de la matinée. Ces yeux, ce sourire. Dans l'après-midi, mes affaires enfin entreposées dans l'appartement, j'explorais mon nouveau quartier, quand je l'avais vu feuilletant des livres à un étalage devant une petite librairie. Le même type, une autre chemise – blanche, cette fois. Totalement absorbé par les bouquins. Il est difficile de décrire la sensation qui m'a envahie – mélange d'excitation, d'adrénaline et d'un étrange soulagement. Finalement, j'avais une deuxième chance. J'avais pris une profonde respiration, je m'étais approchée et retrouvée à côté de lui.

— Salut, avais-je fait avec un sourire.

Il avait relevé les yeux vers moi, d'abord avec une expression vide, puis il m'avait remise. Il m'avait souri à son tour, révélant ses dents blanches et parfaites.

— Eh bien, bonjour.

— Plus de cartons, cette fois, avais-je plaisanté, et j'avais aussitôt eu envie de rentrer sous terre.

Franchement, je n'étais pas capable de trouver mieux ?

Il avait continué de sourire. Je m'étais raclé la gorge. Je n'avais encore jamais fait ça. J'avais désigné le bar d'à côté.

— Je peux vous offrir une tasse de café ? Je crois bien que je vous en dois une.

Il avait eu un regard vers l'auvent du café, puis vers moi. Il paraissait sur ses gardes. *C'est sûr, il a déjà quelqu'un dans sa vie*, avais-je songé. *Je n'aurais jamais dû lui proposer ça. C'est franchement gênant.*

— Ou une chemise ? Je pense que je vous en dois une aussi.

J'avais souri, restant sur un ton léger, blagueur. *Bien vu, Viv. Tu viens de lui offrir une porte de sortie. Maintenant il peut refuser l'invitation avec un rire.*

Surprise, je l'avais vu pencher la tête et prononcer des mots qui m'avaient remplie de soulagement, d'attente, et tout simplement tourneboulée.

— Un café, ce serait super.

Nous étions restés dans le fond de la salle, jusqu'à ce que le crépuscule descende sur la ville. La discussion coulait de source, sans aucun temps mort. Nous avions tant de choses en commun : enfants uniques, de parents catholiques non pratiquants, apolitiques dans la plus politique des capitales. Nous avions tous les deux sillonné l'Europe seuls, avec un budget ridicule. Nos mères étaient enseignantes, nous avions eu l'un et l'autre un golden retriever étant enfants. Les similitudes étaient presque troublantes. On aurait dit que nous étions destinés à nous rencontrer. Il était drôle, charmant, intelligent, courtois – et carrément à tomber.

Ensuite, alors que nos tasses de café étaient vides depuis longtemps, et qu'un employé essuyait les tables autour de nous, il m'avait regardée, l'air nerveux, et, incapable de se contenir plus longtemps, m'avait demandé s'il pouvait m'inviter à dîner.

51

Nous étions allés dans un petit italien au coin de la rue, où on nous avait servi d'énormes assiettes de *pasta* maison, avec une carafe de vin et un dessert pour lequel nous n'avions plus de place ni l'un ni l'autre, mais que nous avions quand même commandé – un prétexte pour nous attarder. Nous n'étions jamais à court de choses à nous dire.

Nous étions restés bavarder jusqu'à la fermeture du restaurant, puis il m'avait raccompagnée à pied, en me prenant la main, et je n'avais jamais ressenti autant de chaleur, de légèreté, de bonheur. Il m'avait souhaité bonne nuit avec un baiser, sur le trottoir devant mon immeuble, à l'endroit exact où je lui étais rentrée dedans ce même jour. Et, avant de sombrer dans le sommeil cette nuit-là, je savais que je venais de rencontrer l'homme que j'épouserais.

★

« Viv. »

Je cligne des yeux et ce souvenir s'évapore, aussi vite que ça. J'entends la musique du générique des courses de *monster trucks* en provenance du salon. Des gazouillements. Un jouet qui en heurte un autre, plastique contre plastique.

— Viv, regarde-moi.

Maintenant, je découvre sa peur. Son visage n'est plus neutre. Il a le front creusé de rides, de lignes sinueuses, comme chaque fois qu'il est inquiet, et je ne les ai jamais vues aussi marquées.

Il se penche au-dessus de la table, pose sa main sur la mienne. Je la retire, les deux poings serrés sur mes genoux. Il a l'air sincèrement terrifié.

— Je t'aime.

À cet instant, je suis incapable de le regarder, je ne supporte pas l'intensité dans ses yeux. Je baisse les miens sur la table. Il y a une marque de feutre rouge, toute petite, sur la surface. Je la fixe. Elle a pénétré dans la veine du bois, une cicatrice laissée par un devoir de dessin, il y a longtemps. Pourquoi ne l'ai-je pas remarquée avant ?

— Cela ne change rien à mes sentiments pour toi. Je le jure devant Dieu, Viv. Toi, et les enfants, vous êtes tout pour moi.

Les enfants. Oh, mon Dieu, les enfants ! Que vais-je leur raconter ? Je lève les yeux vers la pièce de jeu. Même si je ne peux pas les voir d'ici, j'entends les jumeaux jouer ; les deux grands sont silencieux, sans nul doute captivés par leur émission.

— Qui es-tu ?

Je chuchote malgré moi. Comme si je n'arrivais plus à faire fonctionner ma voix.

— Je suis moi, Viv. Je te le jure. Tu me connais.

— Qui es-tu ?

Quand je répète la question, cette fois ma voix se brise.

Il me regarde, les yeux écarquillés, les traits crispés. Je le dévisage, tentant de lire l'expression dans ses yeux. Mais y suis-je jamais parvenue ?

— Je suis né à Volgograd. (Il parle posément, sur un ton égal.) Je m'appelle Alexander Lenkov.

Alexander Lenkov. Ce n'est pas vrai. Ce doit être une sorte de rêve. C'est un film, un roman. Pas ma vie. Je me concentre de nouveau sur la table. Il y a une constellation de petites encoches là où l'un des enfants a tapé avec sa fourchette.

— Mes parents s'appelaient Mikhaïl et Natalia.

Mikhaïl et Natalia. Et non pas Gary et Barb. Mes beaux-parents, ces gens que mes enfants appellent « papi » et « mamie ». Je fixe les rainures du bois, les minuscules cratères.

— Ils sont morts dans un accident de voiture quand j'avais treize ans. Je n'avais plus personne, aucune famille. J'ai été placé sous la protection de l'État, transféré quelques mois plus tard à Moscou. Sur le moment, je n'ai pas compris ce qui m'arrivait, mais j'ai été intégré dans un programme du SVR.

J'éprouve un pincement de compassion en me le représentant, jeune orphelin terrorisé, une réaction vite supplantée par le sentiment écrasant d'avoir été trahie. Je serre les poings encore plus fort.

— Il s'agissait d'un programme d'immersion de deux ans en anglais. À quinze ans, j'ai été officiellement recruté. J'ai reçu une nouvelle identité.

— Celle de Matthew Miller.

De nouveau, un chuchotement.

Il hoche la tête, se penche vers moi, avec un regard intense.

— Je n'avais pas le choix, Viv.

Je baisse les yeux, sur les bagues à ma main gauche. Je repense à nos premières conversations. La découverte de tout ce que nous avions en commun. Ce n'était que pure invention. Il s'était créé une enfance qui n'avait jamais existé.

Subitement, tout devient mensonge. Ma vie entière est un mensonge.

— Mon identité n'était pas réelle, mais tout le reste l'était, continue-t-il, presque comme s'il lisait dans mes pensées. Mes sentiments sont réels. Je te jure qu'ils le sont.

Le diamant à ma main gauche scintille à la lumière. J'en observe les facettes, une par une. Je perçois vaguement des bruits en provenance de l'autre pièce. Des bruits différents de tout à l'heure, plus forts. Luke et Ella qui se disputent. Je lève les yeux, oubliant la bague, et Matt me regarde, mais il a dressé la tête, juste assez pour me permettre de comprendre qu'il tend l'oreille lui aussi, écoute les enfants.

— Faites la paix, tous les deux ! s'exclame-t-il sans me quitter des yeux.

Nous nous dévisageons, tout en prêtant attention à la dispute qui s'envenime. Matt s'écarte de la table, va dans le salon faire l'arbitre. J'entends des bribes de dialogue, les enfants qui tentent de défendre chacun leur point de vue devant leur père, et lui qui les réprimande, les invite au compromis. J'ai la tête un peu brumeuse. Le vin, peut-être.

Matt, de retour avec Caleb dans les bras, s'assoit. Caleb me fait un grand sourire, se fourre un poing dans la bouche. Je ne peux me forcer à sourire, je me contente donc de revenir à Matt.

— Qui est le vrai Matt Miller ?

En lui posant la question, je songe au certificat de naissance rangé au fond de notre coffre-fort antifeu. À sa carte de Sécurité sociale, à son passeport.

— Je n'en sais rien.

— Et qu'en est-il de Barb et Gary ?

Je les revois, tous les deux. Cette femme imposante, dans ses hauts couleur pastel qui me rappellent toujours un peu des tenues que ma grand-mère aurait portées. Et l'homme au ventre proéminent qui saille au-dessus de sa ceinture, sa chemise toujours rentrée, ses chaussettes toujours blanches.

— Des agents, comme moi, me répond-il.

Chase fond en larmes, une diversion qui tombe étrangement à pic. Je me lève de table pour rejoindre le séjour. Il est par terre, près du canapé où Luke et Ella sont assis, et je distingue le contour d'une petite balle bleue coincée dessous. J'attrape la balle, je soulève Chase, le cale sur ma hanche. Il s'est un peu calmé à présent, ce ne sont plus que de petits geigne-ments, et il agrippe fermement sa balle.

Mes pensées sont complètement embrouillées. Comment ai-je pu me laisser si facilement duper ? Surtout concernant Barb et Gary. Il y a pourtant eu des indices qui auraient dû m'alerter. Je n'ai fait leur connaissance que le jour de notre mariage. Nous ne sommes allés à Seattle qu'une seule fois, et ils ne nous ont jamais rendu visite. Il y avait des raisons, bien sûr. Qui tombaient sous le sens, à l'époque, et semblent si futiles, à présent. Barb a peur de prendre l'avion. Il ne nous restait pas assez de jours de vacances. Nous avions eu deux nouveau-nés à la suite, et qui a envie de courir le risque de traverser les États-Unis en avion avec un bébé qui n'arrête pas de crier ?

Je me sentais coupable. De voir souvent mes parents, tandis que les siens, presque jamais. Je m'en étais même excusée. « La vie a la manie de se mettre tout le temps en travers », m'avait dit Matt avec un sourire. Un sourire un peu attristé, bien sûr, mais cela ne paraissait jamais trop le contrarier. J'ai suggéré des appels vidéo, mais ils n'étaient pas à l'aise avec les nouvelles technologies : ils se contentaient de nous parler au téléphone une semaine sur deux. Cela semblait aussi convenir à mon mari.

Et je n'ai jamais insisté. N'ai-je jamais insisté parce que j'en étais secrètement heureuse ? Heureuse de ne pas avoir à organiser des Noël alternés, de ne pas exploser notre budget en faisant régulièrement traverser le pays en avion à toute la famille, et de ne pas avoir des beaux-parents envahissants. Peut-être même étais-je heureuse que Matt n'ait pas à partager son affection. Qu'il puisse se consacrer entièrement aux enfants et à moi.

Je retourne dans la cuisine et m'assois à la table avec Chase sur mes genoux.

— Et tous ces invités, à notre mariage ?

Il y avait au moins une vingtaine d'autres membres de sa famille. Des tantes, des oncles, des cousins.

— Pareil.

Impossible. Je secoue la tête, comme si cela pouvait mettre un semblant d'ordre dans tous ces éléments dispersés. Un début de logique. J'ai rencontré jusqu'à vingt-cinq agents dormants. Combien en entretiennent les Russes sur le territoire ? Bien plus que nous ne le pensions.

Dmitri la chèvre. Subitement, je suis incapable de penser à autre chose. Il avait évoqué la présence de dizaines de cellules dormantes aux États-Unis, tandis que nous étions persuadés qu'il n'en existait que quelques-unes. Il nous avait raconté tant de choses dénuées de sens, raison pour laquelle nous ne l'avions pas cru et avions acquis la certitude qu'il n'était qu'une « chèvre ». Entre autres, il soutenait que les officiers traitants conservaient les identités des agents dormants sur eux, en permanence, alors que nous savions qu'elles étaient stockées électroniquement. Il nous avait communiqué un code de décryptage qui ne correspondait pas à celui que nous avions reçu d'autres sources. Et ces affirmations outrancières : des agents dormants auraient infiltré la haute administration, et se frayaient lentement un chemin vers le sommet du pouvoir.

Finalement ses propos n'étaient peut-être pas si exagérés… Je prends soudain conscience de quelque chose.

— Tu es un espion, je lâche d'une voix étrangement calme.

J'étais restée tellement concentrée sur le mensonge, sur l'idée qu'il n'était pas celui qu'il prétendait être, que je n'avais pas pleinement saisi cette évidence.

— Je n'ai aucune envie d'être un espion. Il n'y a rien que je désire plus que d'être réellement Matt Miller, de Seattle. D'être libéré de leur emprise.

J'ai la sensation d'un poids dans la poitrine, comme si j'avais du mal à reprendre mon souffle.

— Mais je suis pris au piège.

Il a l'air si sincère, si pitoyable. Bien sûr qu'il est pris au piège. Il ne peut pas se contenter de claquer la porte. Ils ont trop investi en lui.

Chase gigote sur mes genoux, se débat pour m'échapper. Je le pose par terre, il se met à quatre pattes et s'éloigne en lâchant de petits cris perçants et joyeux.

— Tu m'as menti.

— Je n'avais pas le choix. Si quelqu'un peut le comprendre, c'est bien toi…

— Ça n'a rien de comparable, je réplique, parce que je sais où il veut en venir.

Je revois la scène : lui et moi assis à la petite table dans un coin du café, deux mugs géants devant nous.

— Qu'est-ce que vous faites, dans la vie ? m'avait-il demandé.

— Je viens de terminer ma licence, avais-je concédé, espérant que cela suffise, tout en sachant que non.

— Vous avez un job ?

J'avais hoché la tête. Bu une gorgée de café. Gagné du temps.

— Et vous faites quoi ? avait-il insisté.

J'avais baissé les yeux sur mon mug et les légers filets de vapeur qui s'en échappaient.

— Consultante. Dans un petit cabinet.

Un mensonge au goût amer, mais c'était un inconnu, et je n'allais pas raconter à un inconnu que j'avais été engagée par la CIA.

— Et vous ? avais-je questionné, et heureusement le reste de la conversation avait tourné autour de l'ingénierie logicielle.

— Ce n'est pas du tout pareil, je répète à présent. Tu as eu dix ans. Dix ans.

— Je sais, admet-il, l'air penaud.

Caleb se tortille à son tour en me souriant, et se demande sans doute pourquoi je ne lui rends pas son sourire. Il tend les bras vers moi, Matt le soulève au-dessus de la table au moment où j'allais le prendre. Il s'installe sur mes genoux, et le voilà calmé.

— Et toi, tu te prêtes également à ce genre d'exercice ? Prétendre être le parent de quelqu'un ?

Je ne sais pas pourquoi cela m'importe tant. Parmi toutes les questions que je pourrais poser, pourquoi celle-là ?

Il secoue la tête.

— Ils ne voudraient pas que je prenne autant de risques.

Bien sûr que non. C'est un élément précieux, n'est-ce pas ? Parce qu'il est marié avec moi. Et que moi, je travaille pour la CIA.

Oui, avec lui, les Russes ont vraiment touché le gros lot. Ils doivent être ravis. Quelle chance, non ? Un espion sous couverture marié à une analyste du contre-renseignement de la CIA.

Aussitôt, un courant glacial me parcourt le corps, une décharge électrique.

Cette fois-ci, je nous revois quelques semaines après notre rencontre, assis de chaque côté de la table pliante, située dans un coin de mon ancien studio, avec des pizzas sur des assiettes en carton. « Je n'ai pas été entièrement sincère avec toi, lui avais-je annoncé en croisant et recroisant les mains, craignant sa réaction à mon aveu de duplicité, mais soulagée de tirer la situation au clair, de me mettre dans une position où je n'aurais plus jamais à mentir à cet homme. Je travaille pour la CIA. » Je me souviens distinctement de son visage, d'abord impassible, comme si cette nouvelle ne le surprenait pas. Ensuite, une lueur fugace dans ses yeux, et j'avais trouvé qu'il mettait un tout petit peu trop de temps à enregistrer cette information.

En réalité, il n'en était rien. Il le savait déjà.

J'ai la poitrine comprimée. Je ferme les yeux, et je me revois dans l'amphi de la fac, lors de la présentation du recruteur de la CIA. Le moment où j'ai pris conscience que c'était ce que je pourrais faire de ma vie, un moyen d'exercer une influence sur le monde, de servir mon pays, de rendre ma famille fière de moi. Les moments défilent, en succession rapide, le dépôt de candidature, la vérification de mes antécédents, toute une batterie d'évaluations. Un an après, jour pour jour, alors que j'avais presque renoncé, j'avais reçu une lettre au courrier, une enveloppe portant une adresse d'expédition provenant de l'administration. Une simple feuille blanche, sans en-tête. Juste une date de début d'activité, un salaire, des indications d'itinéraire. Et le bureau auquel je serais affecté : le centre du contre-renseignement.

C'était deux semaines avant d'emménager à Washington. Avant de rencontrer Matt.

Ma respiration s'accélère. Dans ma tête, je suis de nouveau à l'intérieur de ce café, assise à cette table, revivant notre première conversation, celle où nous avions découvert combien nous étions semblables. Il ne s'était pas contenté de se prêter au jeu et de se créer un personnage au fur et à mesure. C'est lui qui avait été le premier à me raconter qu'il avait été élevé dans la religion catholique, que sa mère était enseignante, qu'il avait un golden retriever. Il m'avait dit ça parce qu'il savait déjà tout de moi.

Je porte ma main à ma bouche, et j'ai vaguement conscience qu'elle tremble.

Les Russes n'ont pas été chanceux. Ils ont été minutieux. Tout était intentionnel, planifié. Cela n'avait rien d'un heureux hasard.

J'étais sa cible depuis le début.

4

Matt se penche de nouveau vers moi, ses rides un peu plus profondes. Encore une fois, je suis convaincue qu'il est capable de lire dans mes pensées : il sait que je viens de comprendre la vérité.

— Je jure que tout ce que je ressens pour toi et les enfants est vrai. Je le jure devant Dieu, Viv.

J'ai pris des cours où l'on apprend à déceler la tromperie, et je me rends plus ou moins compte qu'il n'en présente aucun signe. Il dit la vérité.

Sauf que… N'aurait-il pas reçu le même entraînement ? En plus poussé, probablement. N'aurait-il pas appris à mentir de façon convaincante ?

N'est-ce pas ce qu'il fait depuis son arrivée aux États-Unis ?

Caleb me mâchonne le doigt, ses petites dents pointues s'enfoncent dans ma peau. La douleur est étrangement bienvenue, et je ne l'en empêche pas, car, à cette minute, c'est la seule chose qui me paraît tangible.

— Le jour où nous nous sommes rencontrés…, je commence.

Mais je suis incapable de poursuivre. Je ne peux me résoudre à aller au bout de ma pensée, à lui poser la question que je veux lui poser, dont je connais déjà la réponse, tout au fond de moi. C'est plus que je ne peux supporter.

Il lui faut un moment pour répondre à ma question silencieuse.

— Je t'avais observée toute la matinée. Quand je t'ai vue avec ce carton, je suis venu me mettre en travers de ton chemin.

Quand il prononce ces mots, il a l'air coupable. C'est déjà ça.

Je pense à toutes les fois où je lui ai raconté l'histoire de notre première rencontre. Au nombre de fois où il me l'a racontée. À nos rires à tous les deux, pile aux bons moments, chacun coupant la parole à l'autre pour raconter la scène de son point de vue.

Tout cela n'était que mensonges.

— Tu étais ma cible, me confirme-t-il.

Je m'arrête de respirer. Le fait qu'il me l'avoue si facilement, n'est-ce pas la preuve de sa franchise ? Il ne peut pas en être autrement. Enfin, c'est l'épouse en moi qui parle, je suppose. L'analyste du contre-renseignement, elle, me souffle qu'il ne me raconte que des choses que je sais déjà. Un truc vieux comme le monde, une manière d'essayer de se faire passer pour plus honnête qu'il ne l'est réellement.

— Mais ensuite je suis tombé amoureux de toi, m'assure-t-il. Je suis profondément, profondément tombé amoureux de toi.

Il paraît sincère. Et il m'aime, c'est certain. On ne vit pas dix ans marié à quelqu'un qu'on n'aime pas, si ? Je secoue la tête. Je ne sais plus que croire. Et l'idée qu'il pourrait ne pas m'aimer est pour moi au-delà du concevable.

— Au début, je n'arrivais pas à croire que je puisse être si chanceux, continue-t-il. Ce n'est que bien plus tard que j'ai pris conscience de l'horreur de la situation, que notre relation était construite sur un mensonge. Un mensonge que j'étais incapable de te confier, parce que si je l'avais fait, tout s'écroulerait…

Il s'interrompt brusquement, son attention est attirée par quelque chose derrière moi. Je me retourne, et vois Luke dans l'encadrement de la porte. Je me demande depuis combien de temps il est là. Ce qu'il a entendu. Il regarde son père, puis moi, les yeux pleins de gravité.

— Vous vous disputez ? demande-t-il d'une petite voix.

Je le rassure :

— Non, mon chou. (Et cela me brise le cœur pour lui, bien que, dans mon esprit, je ne sache pas tout à fait pourquoi.) Nous avons juste une conversation entre grandes personnes.

Il ne répond rien, nous observe simplement, et, pour la première fois, je me rends compte que je suis incapable de déchiffrer son expression, incapable de comprendre ce qu'il pense. C'est le fils de Matt, il sera toujours le fils de Matt. Je ne saurai peut-être jamais ce qu'il pense, et s'il me dit la vérité. J'ai l'étrange impression que ma vie entière me file entre les doigts sans que je puisse rien y faire. Je me sens totalement impuissante.

— Papa, on peut sortir faire des lancers de balle maintenant ? réclame-t-il.

— Pas tout de suite, mon bonhomme. Je parle avec maman.

— Mais tu avais promis…

— Bonhomme, je…

— Vas-y, je le coupe. (C'est de ça dont j'ai besoin, je réalise. Qu'il ne soit plus là. D'un moment pour réfléchir. Je le dévisage, impassible.) Tu ne voudrais quand même pas lui mentir, à lui aussi ? j'ajoute, un ton plus bas.

Une expression blessée assombrit son visage. Mais c'était mon intention, non ? Qu'il se sente blessé. Et ce n'est rien comparé à la peine que je ressens.

Je soutiens son regard. Subitement, je suis en colère contre lui. Tellement en colère. Il a trahi ma confiance. Il m'a menti pendant dix ans.

Il a l'air sur le point d'ajouter quelque chose, puis se ravise. Il garde cette expression meurtrie. Il se lève, sans un mot, contourne la table, s'approche de moi. Je continue de regarder droit devant, vers le mur à présent. Tout près, il hésite, pose une main sur mon épaule. À son contact, je suis parcourue d'un frisson.

— Nous reparlerons de tout ça, promet-il.

Sa main reste encore un moment sur mon épaule, puis il la retire et suit Luke hors de la pièce. Je reste à table, les yeux dans le vide, je les entends enfiler des blousons, ramasser leurs gants de base-ball et une balle, sortir. J'attends que la porte se referme derrière eux, puis je me lève, réajuste Caleb sur ma hanche, et vais à l'évier. Je les regarde par la fenêtre. Le père et le fils, ils s'échangent des balles dans notre jardin derrière la maison, et autour d'eux la nuit tombe. Le parfait cliché américain. Sauf que l'un des deux n'est pas américain.

Ensuite vient la prise de conscience, et la vérité me cueille avec une telle force que je m'agrippe au rebord de l'évier, pour me retenir. Ce n'est pas une simple trahison. Ce n'est pas un problème qui se résoudra par une dispute ou une conversation. Il n'y a qu'une seule solution : le dénoncer. Matt est un espion russe, et je suis tenue de le livrer. La colère semble s'estomper, se transforme en un flot de désespoir.

Mon regard glisse vers mon téléphone, posé sur le comptoir. Celui qui contient une chaîne infinie de messages avec mon mari, d'innombrables photos de notre famille, de notre vie ensemble. Je devrais prendre ce téléphone. Je devrais appeler la sécurité de l'Agence, tout de suite. Le FBI. Omar.

Je regarde à nouveau dehors. Matt sourit à Luke, il arme son bras, lentement, envoie la balle qui prend son envol. Si détendu, tellement à l'aise. Mais cela semble faux, tout cela est faux, puisque le premier réflexe d'un agent dormant découvert est de fuir. Tous, ils tentent d'embarquer dans un avion qui les ramènera au pays, avant que les autorités ne puissent les arrêter.

Mais Matt ne s'enfuit pas. Il ne va nulle part.

Caleb bâille, et je le change de position pour qu'il puisse poser la tête contre ma poitrine. Il se blottit et laisse échapper un petit soupir.

Je continue d'observer mon mari par la fenêtre. Je le vois montrer à Luke comment garder les jambes toniques et souples à la fois, et lever son bras comme il faut. Il a l'air complètement normal.

Il jette enfin un coup d'œil vers la maison, vers la fenêtre de la cuisine, droit vers moi, comme s'il savait que j'étais là. Je croise son regard, je reste immobile, jusqu'à ce qu'il se détourne et reprenne les échanges de balle. Je reviens à mon téléphone. Matt sait que je suis à l'intérieur, seule, avec mon portable. Jamais un agent dormant n'accepterait une telle situation. Il prendrait ses précautions. C'est d'autant plus la preuve que j'ai bien affaire à Matt, mon mari, l'homme que j'aime – un homme qui ne s'enfuirait jamais –, et non à l'espion.

Nous reparlerons de tout ça. Sa dernière phrase résonne dans ma tête. J'ai besoin d'entendre ce qu'il aura à dire, c'est cela. Et ensuite, je vais devoir le dénoncer aux autorités.

Je me détourne du téléphone. Je n'en suis pas capable. Pas encore. Pas avant de lui avoir parlé.

Et il le sait, n'est-ce pas ?

Cette idée s'impose, s'ancre dans mes pensées. Il me connaît. Il me connaît mieux que personne. Et s'il ne s'enfuit pas, c'est tout simplement parce qu'il est convaincu que je ne vais pas saisir mon portable et le livrer, pas tout de suite en tout cas.

Je suis paralysée.

Secouant la tête d'incrédulité, je sors de la pièce, m'écarte de la fenêtre, du téléphone. J'entre dans le salon. Ella est pelotonnée sur le canapé avec un livre de coloriage, ses crayons étalés en éventail sur les coussins. Je pose Caleb par terre, devant ses jouets, et me laisse tomber sur le canapé, à côté de ma fille. Je lui tâte le front, sa température a monté. Elle écarte ma main et je la serre dans mes bras.

— Arrête, maman.

Elle me repousse, sans conviction, se ravise et finalement se laisse faire, crayon levé en l'air.

Je lui embrasse le sommet du crâne, ses cheveux qui sentent si bon. Ses mots de tout à l'heure me reviennent en mémoire. *Où est papa ?* Et puis cette autre phrase, qu'elle n'a jamais prononcée, mais que je peux néanmoins imaginer dans sa bouche. *Pourquoi papa est parti ?*

Caleb s'amuse, frappe le couvercle de son trieur de formes contre le socle, sur un rythme régulier. Chase est arrivé à quatre pattes et mordille un des gobelets empilables de son jeu. Ils sont trop petits pour garder le souvenir de tout ça, non ? De la normalité de nos vies actuelles. Je regarde Ella gribouiller, ses gros crayons fermement agrippés dans son poing, l'air farouchement concentrée, et des larmes me picotent les yeux. Mon Dieu, comme j'aimerais pouvoir les protéger contre ce qui arrive.

J'entends la porte s'ouvrir, les voix de Matt et de Luke en pleine conversation, au sujet de la Little League de base-ball. C'est Matt qui les entraînera, cette année. Qui *devait* les entraîner. Je me lève avant que les larmes n'affluent.

— Hello, me fait-il en entrant dans la pièce.

Il paraît hésitant, peu sûr de lui.

— Je vais donner leur bain aux jumeaux, dis-je en évitant son regard.

Je les soulève du sol, un dans chaque bras, tourne le dos à Matt. Je les monte jusqu'à la salle de bains, ouvre le robinet, verse un bouchon de bain moussant, laisse la baignoire se remplir pendant que je les déshabille, leur retire vêtements et couches. J'installe Chase dans l'eau, puis Caleb, passe distraitement le gant de toilette sur leur peau si douce, dans les plis de leurs cuisses et de leurs derrières, sur leurs joues dodues, leurs doubles mentons. Je me les rappelle, minuscules nouveau-nés, des prématurés que nous amenions régulièrement chez le docteur pour contrôler leur poids. Il me semble que c'était hier. Le temps passe si vite.

La voix de Matt s'élève depuis le séjour. Une histoire, que j'ai déjà lue aux enfants, mais que je suis incapable de resituer sur l'instant. J'entends Ella rigoler à côté.

Je me redresse, accroupie sur les talons, et regarde les jumeaux jouer. Chase s'agrippe au rebord de la baignoire, se hisse en position debout, rit à gorge déployée. Caleb est tranquillement assis, envoûté, émerveillé par les gerbes que font jaillir ses menottes en frappant sans relâche la surface de l'eau. Nous ne les baignons que lorsque nous sommes tous les deux à la maison, l'un de nous deux peut s'occuper des bébés et l'autre des grands. Sans Matt, ce serait tellement plus compliqué.

Tout serait tellement plus compliqué.

Je sèche les jumeaux, leur enfile leurs pyjamas, et j'entends Matt dans la pièce voisine qui s'apprête à coucher Ella.

— Et mon bain ? proteste-t-elle.

— Pas de bain ce soir, princesse.

— Mais j'ai envie de prendre un bain.

Depuis quand veut-elle un bain ?

— Demain soir, assure-t-il.

Demain soir. Sera-t-il là, demain soir ? J'essaie de m'imaginer baignant les enfants toute seule, amuser tant bien que mal les jumeaux pendant que je lave Ella, et tous les coucher, toujours seule. Rien que d'y penser, je sens comme un poids m'écraser.

Je couche Caleb dans un berceau, Chase dans l'autre, je leur fais un baiser sur la joue, humant leur odeur sucrée. J'allume la veilleuse et éteins la suspension, puis j'entre dans la chambre d'Ella, celle qui devait être décorée avec le thème « rayon de soleil ». J'avais de beaux projets de fresque, même de peindre le ventilateur de plafond, la totale. Et puis c'est devenu plus chargé, au bureau. Aujourd'hui, cette chambre est juste jaune. Des murs jaunes et nus, une descente de lit jaune. C'est tout ce que j'ai réussi à faire.

Ella est couchée dans le grand lit, Matt perché sur le bord à côté d'elle, un livre relié en main, orienté de manière à ce qu'elle puisse voir les images. C'est celui de la princesse soldat du feu, celui qu'elle choisit tous les soirs depuis une semaine et demie.

Elle se tourne vers moi, les paupières lourdes. Je lui adresse un sourire et je les observe depuis le seuil. Matt imite les voix, comme il fait toujours, et Ella rit, de ce petit rire à la tonalité aiguë. Tout semble si normal, et c'est douloureux à voir. Elle ne réalise pas. Que tout est sur le point de basculer.

Matt achève la lecture, lui souhaite bonne nuit avec un baiser, et se lève avec un long regard dans ma direction. Je m'approche du chevet d'Ella et m'agenouille. Je l'embrasse sur le front, si chaud contre mes lèvres.

— Dors bien, mon cœur.

Ses petits bras se referment autour de mon cou, me retiennent tout contre elle.

— Je t'aime, maman chérie.

Maman chérie. Je me sens prête à fondre, comme si l'émotion que j'arrivais à peine à contenir risquait de se déverser.

— Je t'aime aussi, ma puce.

J'éteins la lumière et sors dans le couloir. Matt est là, près de la porte de Luke.

— Je l'ai autorisé à lire encore une demi-heure s'il se couchait tôt, me dit-il à voix basse. J'ai pensé qu'on pourrait profiter de ce moment pour parler.

Je hoche la tête et entre dans la chambre de Luke. Tout est dans les tons bleus et centré autour du base-ball et du football. Il est assis dans son lit, une pile de livres à côté de lui. Il a l'air si grand, à cet instant. Je lui fais un baiser sur la tête et je sens encore ma poitrine se serrer. C'est pour lui que ce sera le plus dur, non ? Des quatre enfants, c'est pour lui que ce sera le plus dur.

Je retourne dans le séjour. La maison est passée si rapidement du vacarme au calme qu'il règne un silence presque surnaturel. Matt est dans la cuisine, il lave les assiettes empilées dans l'évier. Je débarrasse, range la panoplie de jouets multicolores dans le bac, démonte les rails en bois du train d'Ella, pièce par pièce. Nous sommes seuls maintenant, rien que tous les deux. Nous pouvons enfin discuter.

Pourquoi ? À quoi cela servirait-il ? Il faut que je le dénonce, quoi qu'il me raconte. Je le sais, tout au fond de moi. Pourtant une part de moi-même n'y croit pas. Celle qui reste persuadée qu'il existe un moyen de se sortir de cette situation.

Je lève les yeux vers lui, toujours devant l'évier, occupé cette fois à sécher une poêle avec un torchon. Je m'arrête de démonter les rails et m'immobilise, en position accroupie. Je me rends compte que je ne sais même pas par où commencer.

— Quel genre d'informations leur fournis-tu ? je finis par lui demander.

Ses mains se figent, puis il relève la tête.

— Rien de très important. Des indications sur l'ambiance générale. Si vous êtes stressés au travail, ou contents. Ce genre de choses.

— Tu dois leur fournir plus que ça.

Je repense à ce que j'aurais pu révéler, durant toutes ces années, et je songe à mes collègues de travail. Une sensation pénible me traverse.

— Oh mon Dieu ! Marta. Trey. C'est à cause de toi qu'ils les ont approchés, non ? À cause de *nous*.

Son visage exprime la surprise, puis la confusion.

— Non.

Je retourne frénétiquement dans ma tête tout ce que j'ai pu lui raconter. Que Marta est toujours la première à suggérer un verre en fin de journée au bureau, ces petites réunions insolites où une dizaine de personnes prennent place en salle de conférences, avec des paquets de chips, parfois un paquet de cookies, quelques bouteilles de vin. En général, Marta en apporte deux, et, à la fin, elles sont toujours vides, bien que la moitié du bureau ne boive pas, et elle est la seule à toujours se resservir dans son petit gobelet en plastique. Et la bouteille de whisky dans son tiroir du bas – de cela aussi, je lui ai parlé. De la fois où je l'ai vue arroser son café.

Et Trey, je me souviens distinctement d'une conversation, il y a des années. « Il présente Sebastian comme son "colocataire", avais-je expliqué à Matt en y mettant de gros guillemets et en levant les yeux au ciel. Pourquoi n'admet-il pas tout simplement la vérité ? Aucun de nous ne s'en formaliserait. »

— Je t'ai dit toutes ces choses en confidence.

Les mots sont sortis dans un murmure, je me sens envahie d'un sentiment écrasant de trahison.

— Viv, je te le jure. Je n'en ai jamais soufflé un mot.

— Ils ont été approchés, Matt. Suis-je censée croire qu'il s'agit d'une coïncidence ?

— Écoute, je ne sais rien de tout ça. Mais je te promets que je n'ai jamais rien communiqué à leur sujet.

Je le dévisage. Il semble sincère. Je ne sais plus que croire. J'ai un mouvement de tête désabusé, je contemple les rails, continue de détacher les pièces. Je l'entends se remettre à sécher les assiettes, avant de les ranger dans le placard, à leur place.

Nous restons silencieux quelques minutes, puis il reprend la parole.

— Je te dis la vérité, Viv. Je ne leur ai rien transmis d'utile, et cela n'a pas l'air de les déranger. Je crois que pour eux je représente déjà une victoire.

— Parce que tu m'as épousée.

— Oui…

Il paraît embarrassé.

Je lâche les derniers rails dans le bac, referme le couvercle et le fais glisser contre le mur. C'est l'organisation de notre petit séjour. Des bacs en plastique transparent pleins de jouets, alignés contre un mur.

— Tu es loyal… envers la Russie ?

Des mots si étranges, sortant de ma bouche.

— Je suis loyal envers toi.

Je pense au drapeau américain qui pend dehors, aux défilés du 4-Juillet, aux cierges magiques que l'on allume ce jour-là. À Matt qui retire sa casquette, la main sur le cœur, et murmure les paroles de *La Bannière étoilée* aux matchs de base-ball. Et à la fois où je l'ai entendu expliquer à Luke la chance que nous avions de vivre dans le plus grand pays du monde.

— Russie ou Amérique ?

— Amérique. Évidemment. L'Amérique. Tu me connais, Viv. Tu sais en quoi je crois.

— Ah oui ?

— J'étais gosse. Orphelin. Je n'avais pas le choix.

— On a toujours le choix.

— Pas en Russie.

Je me tais.

— Ta loyauté. Elle est d'abord allée à la Russie.

— Bien sûr. Au début, je croyais à ce que je faisais. J'étais russe, et j'ai subi un lavage de cerveau. Mais en vivant ici… en découvrant la vérité…

J'aperçois un gobelet à bec coincé derrière la cuisinette d'enfant et je l'attrape.

— Pourquoi ne m'as-tu rien dit ?

— Comment aurais-je pu ?

— Tu as eu dix ans. Tu as eu tous les jours de ces dix dernières années. « Viv, il faut que je te dise quelque chose. »

Il s'approche, s'assoit sur l'accoudoir du canapé. Le torchon jeté sur l'épaule.

— J'en avais envie. Merde, Viv, tu crois que je n'en ai jamais eu envie ? J'ai été sur le point de le faire, des centaines de fois. Et puis après ? Je voyais ce regard dans tes yeux, celui que je vois à cet instant. Trahi, blessé de manière irréparable. C'était ce que je redoutais le plus. Et j'étais terrorisé. Qu'aurais-tu fait alors ? Tu te serais enfuie avec les enfants ? Je ne pouvais pas te perdre. Je ne pouvais pas perdre les enfants. Toi et les enfants… (Sa voix se brise.) Vous êtes tout pour moi. Tout.

Je ne réponds pas. Finalement, c'est lui qui reprend la parole.

— Je t'aime, Vivian.

J'observe l'expression de son visage, et j'aimerais le croire. Dans ma tête, je reviens dix ans en arrière. Un mois après notre rencontre, un mois après s'être vus pratiquement tous les jours. Il me raccompagnait chez moi après la tombée de la nuit. Je nous vois encore devant mon immeuble, les arbres bruissant dans la brise sur les deux trottoirs, dans le halo tamisé des réverbères. Il avait son bras autour de ma taille, nous marchions d'un même pas lent. Il venait de rire à une bêtise que j'avais dite, et que j'ai oubliée depuis longtemps.

« Je t'aime, Viv », m'avait-il soufflé. Nous avions tous deux fait place au silence. La nuit était soudain si tranquille. J'avais vu le rouge lui monter aux joues. Il n'avait pas l'intention de prononcer ces mots-là. Cela lui avait simplement échappé, et cela n'en rendait cet aveu que plus attendrissant. J'étais certaine qu'il allait essayer de revenir dessus. *J'aime ton humour, Viv. J'aime passer du temps avec toi.* Une reculade de ce genre. Pas du tout. Il s'était arrêté, face à moi, m'avait attirée à lui. « Je t'aime, Vivian. Vraiment. »

Je baisse les yeux. Je serre ce gobelet à bec si fort que mes phalanges blanchissent. J'arrive à peine à lâcher les mots qui suivent.

— Comment as-tu pu entraîner les enfants là-dedans ?

76

— C'est parce que je voulais construire une vie avec toi. Je voulais que tu aies tout ce dont tu as toujours rêvé.

— Enfin, tu devais bien savoir qu'un jour…

— Non. (La voix est ferme.) Jamais. J'ai vraiment cru pouvoir continuer ainsi jusqu'à ce que tu prennes ta retraite. Et moi, la mienne. Ensuite, j'aurais pu me libérer d'eux.

Nous restons de nouveau silencieux. La maison entière devient silencieuse. Un silence troublant.

— Ils m'auraient permis de rester, ajoute-t-il à voix basse. C'est déjà arrivé. J'aurais pu vivre ici le restant de mes jours, et personne n'aurait jamais rien su.

J'aurais pu. Personne n'aurait su. Ce conditionnel me déconcerte. Il sait que nous ne pouvons simplement nous comporter comme si de rien n'était, comme si je n'avais rien appris. Il sait que je suis obligée de le livrer à ma hiérarchie.

Il m'adresse un pâle sourire.

— Si seulement tu n'étais pas aussi douée dans ton métier.

Ces mots-là me soulèvent l'estomac. Si je n'avais pas poussé à la mise en place de cet algorithme, rien de tout ceci ne serait arrivé. Je rapporte le gobelet à bec dans la cuisine, dévisse le capuchon, range les deux parties dans le lave-vaisselle. Il me regarde sans rien dire. Je referme la machine et m'appuie contre le plan de travail.

Il entre à son tour dans la cuisine et vient se placer à côté de moi. Hésitant, comme s'il n'était pas sûr de ce que j'allais faire, de ma réaction. Je n'en suis pas sûre non plus. Mais je ne bouge pas. Je le laisse se rapprocher d'un pas supplémentaire, poser ses mains sur mes épaules, les laisser glisser jusqu'à mes hanches, jusqu'à me retenir contre lui. Mon corps s'adoucit à cette étreinte familière et, quand je ferme les yeux, très fort, une larme, une seule, s'échappe de chaque œil.

Dans mon esprit, je suis de retour sur ce trottoir, en bas de mon appartement. M'offrant à son baiser, me pressant contre lui, en désirant davantage. J'entre dans l'immeuble d'un pas incertain, je monte l'escalier. Je sens ses mains sur moi, je revois la lueur dans ses yeux, l'avidité au fond de ses prunelles. Et ensuite, étendus, ensemble, dans les draps emmêlés, tous deux enlacés. À mon réveil dans ses bras, à mon réveil quand il a rouvert les yeux et s'est rappelé ma présence. Le sourire qui a lentement éclairé son visage. Tout cela était réel. C'est impossible autrement.

— Et maintenant, que suis-je censée faire ? je déclare d'une voix feutrée.

Une question de pure forme, en réalité. Que j'adresse à l'homme qui est mon meilleur ami, à celui vers qui je me suis toujours tournée. Mon partenaire. Mon roc.

À moins qu'il ne soit une bouée de sauvetage. *Sors-moi de là. Dis-moi quoi faire pour que les choses redeviennent comme avant.*

— Il n'y a qu'une chose que tu puisses faire. (Il enfouit la tête dans le creux de mon cou, et je sens le râpeux de sa barbe naissante. Je ne peux réprimer un frisson.) Me dénoncer.

5

Sur le moment, je crois avoir mal entendu. Il devrait tenter de m'en dissuader. Au lieu de ça, il n'y a que le silence, un vide béant. Et je me sens comme suspendue au bord de ce gouffre, sur le point de tout perdre.

Ensuite, un changement s'opère en moi. Comme un interrupteur qui bascule. Je pivote face à lui. Il ne recule pas, reste tout près de moi, assez proche pour que je puisse respirer son parfum, sentir sa chaleur.

— Il doit y avoir un autre moyen, je suggère.

Il ne doit pas s'avouer vaincu, jeter l'éponge aussi facilement.

Matt s'écarte et, là où il se tenait, je sens un courant d'air froid. Il va jusqu'au placard, sort un verre à pied, le pose à côté du mien. Je l'observe, mon esprit tente de démêler ce qui se passe. Il remplit les deux verres, puis me tend le mien.

— Il n'y en a pas.

— Il y a toujours un…

— Il n'y en a aucun, Viv. Fais-moi confiance. J'ai réfléchi à tout. (Il prend son verre et boit une longue gorgée.) J'ai eu amplement le temps d'y penser, crois-moi. Que faire si jamais ce jour arrivait.

Je regarde mon verre. Je ne devrais pas boire de vin. J'ai besoin d'avoir l'esprit aussi clair que possible. En même temps, l'idée de boire, suffisamment pour que tout ceci ne soit plus qu'un affreux cauchemar, s'avère étrangement séduisante.

— Que veux-tu savoir d'autre ? me demande-t-il posément.

Il change déjà de sujet. Dans son esprit, cette partie de la conversation est terminée. Le livrer. C'est ce que je ferai. Il n'a aucun plan. Aucun moyen de nous sortir de cette situation.

Mais pour moi ce n'est pas terminé. Loin de là. Je fais non de la tête, obstinément, puis je songe à sa question. Qu'est-ce que je veux savoir de plus ? *Je veux savoir si tu es totalement honnête avec moi. Si je peux me fier à toi, à cent pour cent. Si nous sommes vraiment du même côté.* Je lève les yeux et croise son regard.

— Tout.

Il acquiesce, comme s'il s'attendait à cette réponse. Il fait tournoyer le vin dans son verre, le repose et s'appuie contre le plan de travail.

— J'ai un officier traitant. Il s'appelle Youri Yakov.

Je conserve un visage impassible.

— Parle-moi de lui.

— Il partage son temps entre la Russie et les États-Unis. C'est le seul interlocuteur que je connaisse. Tout est si fortement compartimenté…

— Comment communiquez-vous ?

— Par boîtes mortes.

— Où ?

— Dans le nord-ouest de Washington, district de Columbia. Notre ancien quartier.

— Où, exactement ?

— Tu sais, cette banque, au coin de la rue, avec un toit en dôme ? Il y a un petit espace vert, le long, avec deux bancs. C'est le banc de droite, celui qui fait face à la porte. La boîte morte est sous le banc, côté droit.

Sa description est extrêmement précise. Et ce ne sont pas uniquement des informations que je connais déjà. C'est nouveau. Précieux.

— Vous vous rencontrez à quelle fréquence ?

— Chaque fois qu'un de nous se signale.

— En moyenne.

— Une fois tous les deux ou trois mois.

Tous les deux ou trois mois ? J'avale la boule que j'ai dans la gorge. Nous avions toujours supposé que les officiers traitants passaient l'essentiel de leur temps en Russie, et rencontraient assez peu fréquemment leurs agents dormants, que ce soit aux États-Unis, une fois par an ou tous les deux ans, ou dans des pays tiers. Youri a un historique limité de voyages sur le territoire américain, de brefs séjours. Cela signifie sûrement qu'il est ici sous une fausse identité.

— Comment vous signalez-vous ?

— Une marque à la craie sur le banc. Comme dans les films.

Il ébauche un vague sourire.

Je pourrais insister sur le sujet. Je pourrais apprendre s'ils utilisent une craie particulière, où ils font cette marque précisément, à quoi elle ressemble. Et ce serait une information suffisante pour attirer Youri, le repérer, l'arrêter.

Ou alors, et là c'est l'analyste de la CIA en moi qui parle, *Matt me leurrerait, me fournirait des instructions signalant à Youri qu'il est compromis. Faisant en sorte que Youri s'évanouisse dans la nature.* Ma gorge se serre.

— Qu'est-ce que tu laisses ? Qu'est-ce que tu récupères ?

— Des clés USB cryptées.

— Comment les décryptes-tu ?

— Tu vois l'espace de rangement derrière notre escalier ? Il y a un faux plancher. Et un ordinateur portable dessous.

Les réponses s'enchaînent vite, sans aucun signe de tromperie. J'essaie d'ignorer le fait que cet ordinateur portable est caché sous notre toit et je réfléchis à la question suivante.

— Et tu ne leur racontes rien de ce que je te dis ?

Il secoue la tête.

— Je le jure, Viv, rien.

— Tu n'as jamais mentionné Marta, ou Trey ?

— Jamais.

Je plonge les yeux dans mon vin. Je le crois. Mais je ne sais pas si c'est complètement rationnel. Je relève les yeux.

— Dis-moi ce que tu sais de leur programme.

— Tu en sais probablement plus que moi. C'est très hiérarchisé, compartimenté. Je ne connais que Youri. À part ça, je n'ai aucune notion de rien.

À mon tour, je fais tournoyer le vin dans mon verre et je contemple le liquide pourpre léchant la paroi. Je me représente à mon bureau, je songe aux failles dans mes renseignements, à ce que j'aurais toujours aimé savoir.

— Comment entres-tu en contact avec Moscou ? Par exemple si quelque chose arrivait à Youri ? Qui contacterais-tu ? Comment ?

— Je ne contacterais personne. Pas avant un an. Nous avons des instructions strictes qui nous l'interdisent. Question de sécurité. À cause des taupes au sein du SVR, ou autre. Je suis simplement supposé tenir bon, attendre jusqu'à ce que quelqu'un remplace Youri et entre en contact avec moi.

C'est ce que je redoutais. Une réponse – une structuration de leur programme – qui rende presque impossible de repérer les autres officiers traitants et les chefs de réseau. Mais il vient d'ajouter un point qui me taraude. Une nouveauté. *Un an.*

— Et au bout d'un an, que se passe-t-il ?

— Je reprends contact.

— Comment ?

— Il y a une adresse e-mail. Je partirais dans un autre État, je créerais une nouvelle unité… Il y a toute une liste de protocoles.

Cela paraît cohérent, ce qu'il m'explique là. Je me suis toujours demandé ce qui se produirait si l'officier traitant remplaçant ne pouvait accéder aux noms des cinq agents. Il s'avère que ce sont les agents dormants eux-mêmes qui reprendraient contact.

— Je suis désolé de ne pas en savoir davantage. Je pense que c'est intentionnel. De sorte que si un agent passe à l'ennemi, le programme demeure intact…

Sa phrase reste en suspens, il hausse les épaules, l'air désemparé.

Bien sûr que c'est intentionnel. Ça, je le sais, non ? Il m'a révélé tout ce à quoi je pouvais m'attendre. Sans hésitation.

Il vide le fond de son verre et le pose sur le comptoir.

— Tu as d'autres questions ?

Je contemple son visage défait, l'air d'un homme impuissant à m'aider. Matt n'est jamais impuissant. Il est celui qui est capable de régler n'importe quoi, de résoudre n'importe quel problème, de tout tenter. Je secoue la tête.

— Je n'en sais rien.

Il me regarde longuement, puis il fixe le sol, hausse les épaules.

— Alors allons dormir un peu.

Je le suis, nous montons à notre chambre, nos pas dans l'escalier sont plus lourds que d'habitude. Je pense à l'ordinateur portable caché dans notre espace de rangement. Un ordinateur du Service du renseignement extérieur de la Fédération de Russie, dans ma maison. Que mon mari utilise pour échanger des messages secrets avec son officier traitant russe.

Dans notre chambre, il se dirige vers le dressing. Je vais jusqu'à la salle de bains, du côté opposé, et ferme la porte derrière moi. Je me fige là, silencieuse, seule, enfin, puis je me laisse glisser au sol, jusqu'à m'asseoir, le dos contre la porte. Je me sens vidée. Épuisée. Submergée. Les larmes devraient venir. L'émotion qui monte en moi devrait éclater. Mais non. Je reste simplement assise, je cligne des yeux dans le vide, le cerveau engourdi.

Je finis par faire l'effort de me relever. Je me brosse les dents, me nettoie le visage, et je ressors de la salle de bains, prête à lui céder cet espace exigu, qu'il puisse se préparer pour la nuit. Mais il n'est plus là. Ni dans le dressing ni dans notre lit. Où est-il ? Je me rends au bout du couloir, et je le vois. Il est devant la chambre de Luke, dans l'encadrement de la porte. Je n'entraperçois que son profil, mais il ne m'en faut pas plus. Il a les joues ruisselantes de larmes.

Cela me secoue au plus profond de moi. Depuis dix ans que je le connais, c'est la première fois que je le vois pleurer.

Nous sommes au lit, allongés, en silence. J'écoute sa respiration, régulière mais rapide, et je sais qu'il est éveillé. De nouveau, paupières battantes dans l'obscurité, mon cerveau peine à façonner mes pensées en mots. Il doit y avoir une autre issue. Révéler son identité d'agent dormant ne peut être la seule option.

Je me tourne sur le côté, face à lui. La veilleuse du couloir dispense assez de lumière pour que je puisse discerner son visage.

— Tu pourrais tout arrêter.

Il tourne la tête vers moi.

— Tu sais qu'il m'est impossible de faire ça.

— Pourquoi ? Peut-être que…

— Ils me tueraient sûrement. Ou alors ils m'anéantiraient.

J'observe attentivement son visage, les rides du front, les yeux qui semblent examiner ma proposition, en mesurer les conséquences.

Il détourne la tête, regarde au-dessus de lui, vers le plafond.

— Sans le SVR, Matt Miller n'existe pas. S'ils me privent de mon identité, où irai-je ? Comment vivrai-je ?

Je me tourne sur le dos, regardant le plafond moi aussi.

— Rien ne nous interdit d'aller voir directement le FBI.

Omar. Notre ami, l'homme qui voulait proposer aux agents dormants de sortir de l'ombre et de fournir des renseignements en échange de leur immunité.

— Et leur dire quoi ?

— Leur dire qui tu es. Leur procurer des informations. Conclure un accord.

À l'instant où je prononce ces mots, ils sonnent creux. Le Bureau a finalement rejeté le plan d'Omar, sans hésiter. Qu'est-ce qui permet d'affirmer qu'ils accepteraient cette fois-ci ?

— Je n'ai pas assez de choses à leur apporter. Je n'ai rien de valable à négocier en échange.

— Alors, l'Agence. Tu pourrais proposer à la CIA de devenir agent double.

— Maintenant ? Songe un peu au timing. Une dizaine d'années de silence, et ensuite, tout d'un coup, je leur propose de jouer les agents doubles ? Jamais ils ne croiraient à ma bonne foi. En plus, je me suis toujours dit que je ne ferais jamais ça. S'il n'y avait que moi, passe encore. Mais je refuse de vous exposer à un tel danger, les enfants et toi. C'est vous faire courir trop de risques.

J'en ai le cœur douloureux.

— Alors je vais démissionner. Si tu n'étais pas marié à un agent de la CIA…

— Ils savent que tu ne ferais pas ça. Ils connaissent notre situation financière.

Tout au fond de moi, l'angoisse me remue les entrailles, à l'idée que les Russes connaissent nos vies, nos points faibles. Qu'ils nous sachent à ce point pris au piège. J'essaie d'ignorer cet aspect, de me concentrer sur le problème le plus urgent.

— Alors je vais me faire révoquer.

— Ils ne seront pas dupes. Et, de toute manière, après, quoi ? Et s'ils m'ordonnent de te quitter ?

La porte de notre chambre grince imperceptiblement, et je vois Ella sur le seuil, cernée par la lumière du couloir, son dragon en peluche tout pelé serré contre sa poitrine.

— Je peux venir dormir dans votre lit ? demande-t-elle, et elle renifle.

Elle s'adresse à son père, en quête d'une réponse, mais c'est moi qui réagis.

— Bien sûr, mon cœur.

Évidemment, qu'elle peut. Elle est malade... Et j'étais si préoccupée par Matt que je ne lui ai accordé aucune attention, apporté aucun réconfort.

Elle se faufile entre nous. Elle s'installe, remonte le drap jusqu'à son menton, et le borde aussi juste au-dessous du menton de son dragon. Je scrute le plafond, seule avec mes peurs. Je sais que Matt en fait autant. Comment pourrions-nous dormir, lui ou moi, à cet instant ?

Je sens la chaleur d'Ella contre moi. J'entends sa respiration ralentir, s'atténuer. Je la regarde, sa petite bouche ouverte, le halo de ses cheveux de bébé. Elle s'agite légèrement dans son sommeil, soupire doucement. Mon regard se détache d'elle, revient vers le plafond. J'ai du mal à me résoudre à dire ces mots-là, mais il le faut.

— Et si nous allions tous en Russie ?

— Je ne pourrais pas vous infliger ça, aux enfants et à toi, me répond-il à voix basse. Tu ne reverrais jamais tes parents. Aucun de vous ne connaît le russe. Et puis l'éducation là-bas... les opportunités... et

Caleb. Les soins médicaux, les consultations... Il n'aurait pas la même vie en Russie.

Le silence s'installe à nouveau. Face au caractère désespéré de la situation, je sens des larmes me picoter les yeux. Comment se fait-il qu'il n'y ait pas d'autre solution ? Comment se peut-il que ce soit notre seule option ?

— Ils vont sans douter lancer une enquête, déclare-t-il finalement. (Je change encore de position, pour lui faire face, et je l'observe, au-dessus d'Ella, prise en sandwich entre nous. Lui aussi me regarde.) Quand tu m'auras dénoncé à l'Agence. Ils vont surveiller mes communications. Je ne sais pas combien de temps. Mais nous ne serons plus en mesure de souffler un mot de tout ça. Nulle part, à aucun moment.

Je me représente notre maison truffée de micros, une pièce pleine d'agents écoutant tout ce que nous disons aux enfants, tout ce que nous nous disons. L'ensemble retranscrit, des analystes, mes homologues, décortiquant chaque mot. Pendant combien de temps ? Des semaines ? Des mois ?

— N'admets jamais, jamais, que tu m'as prévenu, poursuit-il. Il faut que tu sois là pour les enfants.

En un éclair, je repense à ces écrans de mise en garde sur Athena, aux accords de non-divulgation que j'ai signés. Il s'agissait d'informations classifiées. Hautement classifiées. Et je les ai partagées.

— Promets-moi de ne jamais l'avouer, répète-t-il d'une voix pressante.

J'ai la gorge serrée, à la limite du supportable.

— Je te le promets, je murmure.

Je perçois son soulagement.

— Et moi, je ne dirai jamais rien non plus, Viv. Je le jure. Je ne te ferais jamais ça.

Il s'endort. Je ne sais pas comment il y parvient, parce que moi, je ne peux pas. Je regarde les minutes s'écouler sur le réveil, en vert fluorescent, jusqu'à ce que je ne sois plus capable de le supporter. Je descends au rez-de-chaussée, la maison est plongée dans le noir, pleine d'un silence pesant qui semble empreint d'une solitude immense. J'allume la télévision, qui remplit la pièce d'une lueur tremblotante bleuâtre, je zappe sur une émission stupide de téléréalité, des femmes en maillot de bain et des hommes torse nu qui boivent, se disputent. Je finis par me rendre compte que je n'en capte pas un mot et j'éteins. La noirceur est de retour.

Il faut que je le dénonce. Nous le savons l'un et l'autre. C'est le seul moyen. J'essaie de me représenter l'annonce. Assise en face des officiers de sécurité, ou de Peter, ou de Bert, je leur révèle ce que j'ai découvert. Cela semble infaisable. Déloyal. Il s'agit de Matt, l'amour de ma vie. Et puis il y a nos enfants. J'essaie de m'imaginer leur apprenant que leur père est parti, qu'il est en prison, qu'il a menti, qu'il n'était pas celui qu'il prétendait être. Et plus tard, quand ils apprendront que je suis la raison de son arrestation, la raison pour laquelle ils ont grandi sans père.

J'entends sonner le réveil de Matt, à six heures et demie. La douche qui coule, une minute plus tard, comme n'importe quel autre matin. Je monte au premier m'habiller, mon tailleur-pantalon préféré. Mon mari sort de la douche, une serviette autour de la taille, et me dépose un petit baiser sur la tête, comme il le fait tous les matins. Je sens l'odeur de son savon, je le regarde dans le miroir se déplacer, se diriger vers le dressing.

— Ella est brûlante, m'informe-t-il.

Je vais à notre lit, je pose la main sur son front.

— En effet.

La culpabilité m'envahit. Je n'ai même pas pensé à vérifier.

— Je vais rester travailler à la maison. Tu peux déposer les jumeaux sur ta route ?

— Bien sûr.

Je ne le quitte pas des yeux et une sensation indéfinissable s'empare de moi, d'irréalité. Comment peut-il se comporter si normalement, alors que notre vie est sur le point de voler en éclats ?

Le reste du lever se déroule dans la précipitation habituelle. Nous habillons les jumeaux et Luke, nous leur préparons leur petit déjeuner, notre partie de catch quotidienne. Je me surprends à l'observer avec plus d'insistance que je ne le devrais, comme si, tout à coup, j'allais entrevoir quelqu'un d'autre. Mais non. C'est toujours mon mari. L'homme que j'aime.

Je descends Ella, l'installe dans le canapé, sous une couverture, avec ses crayons et son livre de coloriage à côté d'elle. Je lui dis au revoir avec un baiser, et à Luke aussi. Ensuite, je prends Caleb avec moi, et Matt prend Chase. Sans un mot, nous mettons les jumeaux dans leurs sièges bébé. Les portières de la voiture refermées, nous restons plantés dans l'allée, mal à l'aise, rien que tous les deux.

Je n'ai pas d'autre choix, si ? J'aurais voulu proposer une autre issue possible. Il n'y en a aucune. J'ai besoin de lui dire quelque chose, mais je suis incapable de trouver les mots.

Il me sourit presque tristement, il a deviné mes pensées.

— Ne t'en fais pas, Viv.

— Je ne vois pas d'échappatoire, dis-je, d'une voix lourde de culpabilité. J'y ai réfléchi toute la nuit…

— Je sais.

— S'il n'y avait que toi et moi, alors partir… là-bas… ce serait une possibilité. Mais les enfants… et surtout Caleb…

— Je sais. Ne te tracasse pas, Viv. Franchement…

Il hésite, et je sens bien qu'il a envie d'ajouter quelque chose. Il ouvre la bouche, la referme.

— Qu'y a-t-il ?

— C'est juste… (Il s'interrompt, avec un geste nerveux de la main.) On va manquer d'argent, achève-t-il. (Puis il laisse échapper un sanglot étouffé, qui me terrifie, parce que Matt ne perd jamais la maîtrise de lui-même. Je m'avance vers lui, mes bras l'enserrent à la taille, ma joue contre sa poitrine. Je sens les siens m'entourer, de cette étreinte qui m'a toujours semblé si sûre, si protectrice.) Mon Dieu, je suis désolé, Viv. Qu'est-ce que j'ai fait ? Qu'est-ce que ça va faire aux enfants ?

Je ne sais que répondre. Même si j'avais su, je n'aurais pu forcer mes lèvres à remuer.

Il s'écarte et respire profondément.

— J'aurais aimé que rien de tout cela ne soit arrivé. (Une larme coule sur sa joue.) Ce que tu as découvert, j'aimerais tant pouvoir tout faire disparaître.

— Moi aussi, je chuchote.

J'observe cette larme qui dessine une ligne jusqu'à son menton. J'ai autre chose à l'esprit, qu'il faut que je dise, mais je ne sais comment le formuler. Enfin, je les prononce, ces mots interdits, du bout des lèvres :

— Tu peux partir, tu sais.

Je ne peux m'empêcher de penser à quel point c'est étrange, et lamentable, d'en être arrivés là. Dix ans de vie commune, quatre enfants. Et maintenant, des adieux dans l'allée du garage ?

Il me regarde, incrédule, puis il fait tristement non de la tête.

— Je n'ai plus rien, là-bas.

— J'aurais compris.

Il pose les mains sur mes épaules.

— Ma vie est ici.

Cela semble si sincère, quand il dit ça.

— Enfin, Matt, si tu changes d'avis… au moins, n'oublie pas d'appeler une baby-sitter.

Il laisse retomber les bras, son expression est celle d'un animal blessé. Je ne sais même pas au juste pourquoi j'ai dit ça. En réalité, jamais je n'ai pensé une seconde qu'il puisse laisser Ella seule.

Je ne sais qu'ajouter. Quand bien même je le saurais, j'ignore si je serais capable de sortir ces mots-là sans craquer. Alors je détourne le regard, monte dans la voiture, puis tourne la clé de contact. Elle démarre du premier coup. Une chance sur combien ? Je pars en marche arrière. Matt nous regarde reculer, jusqu'au bout de l'allée, loin de la vie que je connais, celle que nous avons construite ensemble – et c'est seulement à cet instant que je fonds en larmes.

Une file ininterrompue de véhicules franchit les postes de contrôle, gardés par des policiers armés. Les parkings, signalés par des codes couleur, commencent à se remplir. Ils sont des milliers à travailler ici, au quartier général. Depuis l'un des parcs de stationnement situés les plus à l'écart, je me rends à pied en direction de mon bureau, hébétée. Je marche d'un pas lourd. Sur cette large allée dallée de béton, des collègues me dépassent lentement, de part et d'autre. Je regarde comme pour la première fois les espaces paysagers impeccablement entretenus, sur ma droite, les plantes, les couleurs – cela vaut mieux que de penser à la suite.

Dès que je franchis les portes automatiques du hall d'entrée, une masse d'air chaud m'enveloppe. Mon attention est attirée par le gigantesque drapeau américain suspendu au centre de l'atrium. Aujourd'hui, il me semble goguenard et menaçant. Je suis sur le point de trahir l'homme que j'aime le plus au monde. Parce que je n'ai pas le choix. À cause de ce drapeau, de mon pays, et du fait qu'en réalité ce pays n'est pas le sien.

Les vigiles de la sécurité sont postés aux tourniquets d'accès, ils surveillent, ils observent, comme toujours. Ron, celui que je vois ici presque tous les matins, celui qui ne sourit jamais, même quand je lui souris. Molly, celle qui a toujours l'air de s'ennuyer. Les employés sont invités à rejoindre la file d'attente, afin de scanner leur badge et de saisir leur code. J'intègre la queue, je retire mon bonnet et mes gants, je lisse mes cheveux. Pourquoi suis-je aussi nerveuse ? Comme si je commettais un délit. Cela n'a pas de sens.

Je vais d'abord informer Peter. Je me suis décidée pendant le trajet en voiture. J'ai besoin de m'entraîner à prononcer ces mots, avant de les répéter devant les responsables de la sécurité, car je ne m'imagine toujours pas les formulant. *J'ai trouvé la photo de mon mari...* Comment y parvenir sans m'effondrer ?

Je me dirige au bout du long couloir, vers ma salle forte – notre volume clos, composé de box et de bureaux, protégé par une lourde porte, pareille à celle de toutes les salles fortes. Encore une lecture de badge, encore un code. Je passe devant Patricia, la secrétaire, et devant les bureaux des directeurs, je franchis les rangées de box jusqu'au mien. J'ai déployé tant d'efforts pour qu'il devienne comme un prolongement de ma maison. Les dessins au crayon, les photos de mes enfants, de Matt. Ma vie, accrochée par des punaises.

J'ouvre une session, autre série de mots de passe, et je me prépare une cafetière pleine en attendant l'authentification système. L'ordinateur est prêt avant le café. J'ouvre Athena. Encore des mots de passe. Ensuite, je me sers un peu de café, que je verse dans mon mug spécial maman, celui que Matt m'a offert pour la dernière fête des Mères, celui avec la photo de nos enfants. C'est l'une des rares photos où ils regardent tous les quatre l'objectif, et ils sont même trois à sourire. Il nous a fallu dix minutes pour obtenir ce cliché, avec moi qui poussais des cris ridicules et Matt qui sautait en l'air en agitant les bras derrière moi – tous les deux l'air de cinglés, j'en suis sûre.

Athena se charge, et je clique sur les écrans de mise en garde, ceux dont j'ai négligé les avertissements, hier, rien qu'en parlant à Matt. Ses mots m'obsèdent. *Je ne dirai jamais rien. Je te le jure.* Et il tiendra parole, n'est-ce pas ? D'autres propos de mon mari me reviennent en tête. *Je suis loyal envers toi.* J'y crois. Vraiment.

Dans l'ordinateur de Youri, rien n'a changé. Même fond bleu, mêmes bulles, mêmes icônes alignées sur quatre rangées. Mon regard se pose sur la dernière : *Amis*. La salle forte est silencieuse. Je jette un œil autour de moi, il n'y a personne à proximité. Je double-clique, et le dossier s'ouvre sur la liste des cinq images. J'ouvre la première en cliquant dessus. Le même type aux lunettes rondes. Ensuite, la deuxième, la rouquine. Mes yeux s'attardent sur la troisième icône, la suivante, celle avec la photo de Matt, mais je ne l'ouvre pas. Je ne peux pas. Je saute directement à la quatrième, une femme, la peau claire et de fins cheveux blonds. La cinquième, un jeune type aux cheveux hérissés. Je la ferme, je referme le dossier entier, et je fixe l'écran, les bulles bleues, l'icône du dossier. *Amis*. Tous des agents dormants. Comment est-ce possible ?

Mon regard glisse vers le haut de l'écran. Deux boutons. « Actif ». « Passif ». Le second est en surbrillance : c'est le seul mode que les analystes soient habilités à utiliser, celui qui crée une image miroir de l'écran cible, et n'autorise aucune manipulation. Mais c'est le bouton « Actif » qui attire mon regard, et mes yeux ne s'en détachent plus.

J'entends quelque chose derrière moi. Je me retourne et vois Peter, debout à l'entrée de mon box. Je tremble, même s'il n'a en aucun cas pu voir où mes yeux ont atterri, sur quoi mon attention s'est concentrée. Aucun moyen qu'il sache quelles pensées me parcourent l'esprit. Il jette un coup d'œil à mon écran et je sens une montée d'adrénaline. Le dossier est là, devant lui. Mais c'est juste un dossier, et c'était juste un coup d'œil. Ses yeux reviennent sur moi.

— Comment va ta petite fille ? me demande-t-il.

— De la fièvre, sinon, ça va. (Je tâche de conserver ma voix la plus neutre possible.) Matt reste à la maison avec elle, aujourd'hui.

Matt. J'avale cette boule qui revient au fond de ma gorge.

— Tina est passée hier, m'informe-t-il. Elle veut te voir.

— Pourquoi ? je réplique, très vite, *trop* vite.

Tina est la chef du centre de contre-renseignement. Redoutable, pragmatique. Tina la tenace.

Le visage de Peter laisse échapper une pointe de confusion.

— Elle sait que nous sommes entrés dans l'ordinateur portable de Youri. Elle veut savoir ce que nous avons trouvé.

— Mais je n'ai pas eu le temps…

— Je lui ai dit. Ne t'inquiète pas. J'ai repoussé la réunion à demain matin. Elle veut juste savoir s'il contient quoi que ce soit de prometteur.

— Mais…

— Il n'y en aura que pour dix minutes. Consacre ta journée à donner quelques coups de sonde. Je suis sûr que tu vas nous dénicher quelque chose.

Comme les photos de cinq agents dormants, par exemple ? Et l'un d'eux serait mon mari ?

— D'accord.

Il hésite.

— Tu veux un coup de main ? Je peux t'aider si tu veux.

— Non, fais-je, là encore trop vivement, trop fermement. Non, ne te soucie pas de ça. Tu as déjà amplement de quoi t'occuper. Je vais lui dégotter un truc.

96

Il hoche la tête, mais il a une expression curieuse. Incertaine. Il semble hésitant.

— Est-ce que ça va, Vivian ?

Je le regarde, un battement de cils, et je sais quoi lui répondre. Il le faut. Je n'ai pas le choix.

— Il faut que je te parle d'une chose. En privé.

En disant ça, je me sens prise d'écœurement. Mais je dois en finir, avant que mes nerfs ne lâchent.

— Accorde-moi dix minutes. Je t'envoie un message dès que je suis prêt.

J'acquiesce et le regarde s'éloigner, regagner son bureau. Je viens de mettre la mécanique en mouvement. Dix minutes. Dans dix minutes, mon univers va se briser. Tout sera différent. Ce sera la fin de la vie que je connais.

Je me retourne vers l'écran. Le dossier. *Amis*. Puis je tourne les yeux : les porter sur autre chose, j'en ai besoin. Vers la cloison du fond, au-delà des photos de ma famille, parce qu'à cet instant, je suis incapable de les affronter elles aussi, sous peine de craquer. Mon regard se pose sur un petit graphique, qui se trouve là depuis des années, ignoré. Un prospectus d'une session de formation sur la rigueur analytique. Je le parcours pour la première fois depuis une éternité, ce qui suffit à détacher mon esprit du présent immédiat. « Mesurez les implications de deuxième et de troisième niveau… » « Pensez aux dommages collatéraux… »

Les paroles de Matt, ce matin, dans notre allée de garage, me reviennent à l'esprit. On va manquer d'argent. Nous allons perdre son salaire. À cela, au moins, j'ai déjà réfléchi. Je vais devoir retirer le plus petit des trois de l'école, c'est certain, sans doute engager une nounou, quelqu'un payé au rabais, et je vais devoir surmonter ma crainte qu'une inconnue garde mes enfants, les conduise en voiture.

Je réalise soudain que je vais moi aussi perdre mon emploi. Jamais Tina n'acceptera de me garder, de me laisser conserver mon habilitation de sécurité, alors que je suis mariée à un espion russe. C'est une chose d'être privés du salaire de Matt. Comment survivrons-nous, si je dois aussi renoncer au mien ?

Oh, mon Dieu. Nous allons perdre mon assurance santé. Caleb. Comment pourra-t-il recevoir les soins dont il a besoin ?

Je revois Matt s'effondrant. *Qu'est-ce que ça va faire aux enfants ?* Subitement, le futur apparaît devant mes yeux. Le cirque médiatique que cela va forcément engendrer. Mes enfants, sans père, sans argent, dépouillés de tout ce qu'ils connaissent. La réputation qui les suivra toujours. La honte, la suspicion, parce que, après tout, ils sont sa chair et son sang. Fils et fille de traître.

Je suis glacée de peur. Si je n'étais pas tombée sur la photo, si je n'avais pas suggéré ce foutu algorithme, si je ne m'étais pas frayé un passage en force jusqu'à l'ordinateur de Youri, je ne saurais rien d'Alexander. Personne ne saurait rien. Ses paroles résonnent. *Si seulement tu n'étais pas aussi douée dans ton métier.*

Mes yeux reviennent aux boutons, en haut de l'écran. « Actif ». « Passif ». Non, je ne peux pas faire ça. Si ? Je déplace pourtant la souris, jusqu'à ce que la flèche du pointeur tourne au-dessus du bouton « Actif ». Je clique, et les bordures de l'écran changent du rouge au vert. La culpabilité menace de me submerger. Je songe à ma toute première journée au travail, quand j'ai levé la main droite, prêté serment.

… de soutenir et de défendre la Constitution des États-Unis contre tous ses ennemis, extérieurs et intérieurs…

Mais Matt n'est pas un ennemi. Ce n'est pas quelqu'un de mauvais. C'est quelqu'un de bien, une personne honnête, on a abusé de lui quand il était enfant, pris au piège de circonstances échappant à son contrôle. Il n'a rien fait de mal, il n'a causé aucun tort à notre pays. Jamais il ne ferait ça. Je le sais.

Je déplace le curseur vers le dossier. Un clic droit, je descends le pointeur vers la commande « Supprimer ». J'hésite, la main tremblante.

Du temps. Il me faut juste plus de temps. Le temps de réfléchir, de prendre la mesure de la situation, d'élaborer un plan. Il doit y avoir un moyen de s'en sortir. Un moyen de revenir en arrière. Je ferme les yeux, je suis devant l'autel avec mon futur époux, mes yeux plongés dans les siens, et je prononce mes vœux.

… pour le meilleur et pour le pire…

J'ai promis de lui être fidèle, tous les jours de mon existence. Puis, j'entends sa voix, hier soir. *Je ne dirai jamais rien, Viv. Je ne te ferais jamais ça.* Il disait vrai, n'est-ce pas ? Pourtant me voici, sur le point de le trahir.

Des images de nos enfants défilent dans ma tête. Leurs visages à chacun, si innocents, si heureux. Ils seraient anéantis.

Un autre souvenir du jour de notre mariage : notre première danse, les mots qu'il m'a chuchotés à l'oreille, que je n'ai jamais compris, pendant toutes ces années, et qui prennent soudainement tout leur sens.

Je rouvre les yeux, et ils tombent instantanément sur le mot « Supprimer » en surbrillance. Le curseur oscille encore au-dessus. D'autres mots affleurent dans ma mémoire, et je ne sais même plus si ce sont les siens, les miens, ou si cela compte. *J'aimerais que rien de tout ceci ne soit arrivé.*

J'aimerais pouvoir tout faire disparaître.

Je clique.

6

Le dossier a disparu.

Je retiens mon souffle, les yeux rivés sur l'écran, en attendant que quelque chose se produise. Mais non, rien. Le dossier s'est simplement effacé. C'est ce que je voulais, n'est-ce pas ?

Je me remets à respirer, de rapides petites inspirations. J'oriente la souris vers le bouton au sommet de l'écran. « Passif ». Je clique, le cadre vire au rouge.

Et le dossier est toujours absent.

Je ne quitte pas des yeux l'endroit où il devrait s'afficher, où il était un instant auparavant. Les mêmes bulles bleues en arrière-plan, une icône de moins dans la dernière rangée. J'entends un téléphone sonner, quelques box plus loin. Des bruits de frappe sur des claviers à proximité. Les inflexions d'un présentateur sur une chaîne d'information en continu, en provenance d'une des télévisions fixées au plafond.

Oh, non, qu'est-ce que je viens de faire ? Je suis saisie de panique. J'ai détruit des fichiers dans un ordinateur cible. En passant en mode actif, j'ai pénétré sur le territoire opérationnel – en soi, cela suffirait à me faire révoquer. Qu'est-ce qui m'a pris ?

Mon regard se déplace vers l'angle supérieur gauche, l'icône familière, le symbole de la corbeille. Il est dans cette corbeille, maintenant. Je ne m'en suis pas débarrassé, pas complètement. Je double-clique sur l'icône de la corbeille, et il est là. Le dossier *Amis*.

De nouveau, un regard sur les deux boutons. « Actif ». « Passif ». Je pourrais le remettre en place, faire comme si les dernières minutes n'avaient pas existé. Ou le supprimer définitivement, aller au bout de ce que j'ai entamé. Quoi qu'il en soit, je dois tenter quelque chose. Ce fichier ne peut pas simplement rester là.

Le supprimer *complètement*. C'est ce que je veux faire, ce que je *dois* faire. Il y a une raison derrière mon geste. Protéger Matt, ma famille. Je vérifie derrière moi. Personne. Je clique sur le bouton « Actif », puis sur « Vider la corbeille » et reviens aussitôt après en mode passif.

Disparu. Je fixe la corbeille vide et me creuse la cervelle, tâchant de me remémorer ce que je sais de la suppression de fichiers. Il est encore là, quelque part. Un logiciel de restauration de données réussirait à le récupérer. Il va me falloir un outil pour l'écraser. Du type de…

Un carillon retentit, et une petite boîte blanche surgit au centre de mon écran. Je suis transie de peur. Ça y est, le signe que je viens de me faire prendre, démasquer. Mais dans le petit cadre de la messagerie, il y a le visage de Peter, et ces mots qu'il a tapés : « Rejoins-moi. »

Je me sens flancher. Ce n'est que Peter. J'ai même oublié que je lui avais demandé une entrevue. Je referme la boîte de messagerie et verrouille mon ordinateur, les mains tremblantes. Je me dirige vers son bureau.

Que vais-je lui dire ? Je me repasse notre dernière conversation. *Il faut que je te parle d'une chose. En privé.* Quelle erreur ! Qu'est-ce que je vais bien pouvoir lui raconter ?

Je pousse la porte. Son espace de travail est minuscule – ils le sont tous –, rien que son bureau, modulaire et gris comme le mien, et une petite table ronde, surchargée de piles de documents. Je m'assois sur une chaise.

Il croise les chevilles, m'observe par-dessus ses lunettes d'un air interrogateur. Il attend visiblement que je prenne la parole. J'ai la bouche sèche. Avant de me présenter ici, n'aurais-je pas dû réfléchir à ce que j'allais lui dire ? Je cogite à toute vitesse. Qu'est-ce que les gens racontent à leur chef en tête à tête, d'habitude ?

— Que se passe-t-il ? finit-il par me demander.

Je perçois le goût des mots que je devrais prononcer. Ceux que je me suis répétés mentalement toute la matinée. *J'ai trouvé une photo de mon mari.* Mais il est trop tard maintenant pour ces mots-là, même si je pouvais me forcer à les sortir.

Je regarde les cartes qui tapissent les murs. De grandes cartes de la Russie. Des cartes politiques, des cartes routières, topographiques. Mes yeux s'arrêtent sur la plus grande, les contours du pays. Je me concentre sur la bande de territoire située entre l'Ukraine et le Kazakhstan. Volgograd.

— J'ai un souci familial, je lâche.

Je parviens à peine à distinguer les lettres sur la carte. Je ne sais pas où je vais. Je n'ai aucun plan d'action.

Il laisse échapper un petit soupir.

— Ah, Vivian. (Ses yeux expriment l'inquiétude, la sympathie.) Je comprends.

Il me faut un moment pour saisir la teneur de sa réponse et, quand c'est fait, la culpabilité m'assaille. Je regarde les photos encadrées, sur son bureau derrière lui. Toutes de la même femme. Katherine. Un cliché d'elle, jauni, en robe de dentelle blanche. Un autre, pris sur le vif, où elle ouvre un cadeau, un pull bouffant, une coiffure bouffante, une expression absolument ravie. Un autre, plus récent, Peter et elle, ensemble, des montagnes à l'arrière-plan, tous deux complètement à l'aise, bien dans leur peau, heureux.

Je déglutis.

— Comment va-t-elle ? Comment va Katherine ?

Il détourne les yeux. Katherine souffre d'un cancer du sein. Stade trois, diagnostiqué l'an dernier. Je me souviens encore du jour où il nous l'a annoncé. Une réunion d'équipe en salle de conférences. Un silence stupéfait, quand nous avons vu Peter, Peter le stoïque, craquer et fondre en larmes.

Peu après, elle a participé à un essai clinique. Il n'en a jamais beaucoup parlé, mais apparemment elle réussissait à combattre la maladie. Et puis, deux semaines plus tôt, il s'est absenté du bureau – ce qui ne correspond absolument pas au personnage – et, quand il est finalement revenu, pâle, les traits tirés, il nous a annoncé qu'elle n'était plus retenue pour le protocole d'essai. Cette fois, pas de larmes, mais le même silence. Nous savions ce que cela signifiait. Le traitement n'agissait pas. Ce serait bientôt la fin. Ce n'était plus qu'une question de temps.

— C'est une battante, me répond-il, mais son regard laisse deviner que c'est une bataille qu'elle ne peut remporter. (Il contracte la mâchoire.) Et ton petit garçon aussi.

J'ai un moment de confusion et, en un éclair, je comprends. Il sait que Caleb avait un rendez-vous chez la cardiologue, hier. Il en conclut qu'il a subi une rechute. Je devrais le détromper, mais je m'en abstiens. Je baisse les yeux, j'acquiesce, la nausée au ventre.

— Si je peux faire quelque chose…, continue-t-il.

— Merci.

Un silence gêné, puis il reprend la parole.

— Tu ne veux pas rentrer chez toi ? Pour t'occuper de lui.

— Je ne peux pas. Je n'ai pas de jours de congé…

— Combien d'années as-tu passées à faire des heures supplémentaires que tu n'as jamais récupérées ?

Je lui souris à demi.

— Beaucoup.

— Prends le reste de ta journée.

Je suis sur le point de refuser, mais j'hésite. Qu'est-ce que je redoute ? De perdre mon emploi pour ça ? D'échouer à mon prochain test de détecteur de mensonges ? Je sens en partie la tension s'évacuer de mon corps. C'est ce dont j'ai besoin. M'échapper d'ici, me vider la tête, essayer de décider quoi faire ensuite.

— Merci, Peter.

— Je vais prier pour toi, ajoute-t-il doucement alors que je me lève pour ressortir. (Il me regarde longuement.) Pour te donner de la force.

Je regagne mon bureau. Helen et Raf ont roulé avec leur siège dans l'allée voisine de mon box, et sont en grande conversation. Il est exclu que je fasse quoi que ce soit de ce fichier pour le moment. Ils me verraient.

Demain. Je peux régler ça demain.

J'hésite un instant, puis je referme ma session d'ordinateur, attrape mon sac et ma veste. Je m'attarde, surveillant l'écran, attendant qu'il vire au noir. Et, ce faisant, je laisse dériver mon regard vers l'angle de la table, vers la photo de Matt et moi, le jour de notre mariage. Un sentiment étrange s'empare de moi, celui d'avoir évité une balle qui m'était destinée, mais, chose inexplicable, de perdre quand même du sang.

★

Six mois après le début de notre relation, je devais enfin rencontrer ses parents, découvrir la maison où il avait grandi, son lycée. Rencontrer ses amis d'enfance. J'avais cumulé l'équivalent d'une semaine de congés. Il avait réservé les billets d'avion, ou, en tout cas, m'avait dit les avoir réservés. J'étais tellement ravie de partir, j'avais du mal à me contenir.

Il venait de faire la connaissance de mes parents à moi. Nous avions tous passé Noël ensemble à Charlottesville, et cela s'était déroulé encore mieux que je n'aurais pu l'espérer. Papa et maman l'avaient adoré. Et du seul fait de le voir avec eux, je ne l'en avais que plus aimé. Je savais que je souhaitais l'épouser, sans l'ombre d'un doute. Nos fiançailles paraissaient toutefois reléguées dans un lointain avenir. Je n'avais même pas encore vu sa famille, et il n'était pas question que je me fiance à quelqu'un sans connaître son père et sa mère. Cela ne semblait tout simplement pas convenable. Et je le lui avais dit. Du moins, je croyais le lui avoir dit.

Nous étions à l'aéroport, par une froide journée de janvier. Je m'étais torturée l'esprit pendant des heures pour choisir la tenue que je porterais, un pantalon et un cardigan – mignonne mais classique – choisie pour faire bonne impression sur ceux qui, avec un peu d'espoir, deviendraient un jour mes futurs beaux-parents. Nous suivions les méandres de la file des contrôles de sécurité, en tirant nos valises à roulettes noires. Matt était silencieux. Il avait l'air tendu, et cela me rendait nerveuse, parce que je ne voulais surtout pas que ma rencontre avec ses parents le tracasse. Qu'il ait des doutes à notre sujet.

Alors que nous approchions des portiques, je m'étais aperçue qu'il avait encore en main ma carte d'embarquement, celle qu'il avait imprimée avant notre départ de l'appartement.

— Oh ! avais-je fait. Je peux avoir ma carte d'embarquement ?

Il m'avait tendu la feuille de papier pliée en deux, sans me quitter une seconde des yeux, le visage d'une neutralité étudiée.

Ce regard m'avait encore plus perturbée.

— Merci, lui avais-je dit.

J'avais finalement baissé les yeux sur le document pour m'assurer qu'il m'avait bien remis la mienne et non la sienne, car il l'avait fait sans le vérifier. J'avais lu mon nom, Vivian Grey, et trois lettres, de grandes majuscules, qui n'étaient pas les bonnes. HNL.

Ce n'était pas le code de l'aéroport de Seattle, de cela, au moins, j'étais certaine. J'avais fixé ces trois lettres, tentant de les resituer, d'en comprendre le sens.

— Honolulu, m'avait-il alors précisé, et j'avais senti ses bras m'enserrer la taille.

— Quoi ?

Il était tout sourire.

— Eh bien, en fait, Maui. Nous avons un vol de correspondance à notre arrivée là-bas.

— Maui ?

D'un petit geste, il m'avait invitée à avancer. J'avais cligné des yeux, et en effet, c'était mon tour de franchir les contrôles. L'agent des services de sécurité avait eu un air agacé. J'avais tendu la carte d'embarquement et sorti mon permis de conduire, en fouillant mon sac, les joues écarlates, totalement désarçonnée. Il avait tamponné la carte, j'étais passée pour atteindre le tapis roulant du détecteur à rayons X, puis retirer mes chaussures. Matt était arrivé derrière moi, avait soulevé ma valise et l'avait couchée sur le tapis roulant, avant d'y mettre la sienne. Ensuite, j'avais de nouveau senti ses bras se refermer autour de ma taille, sa joue se poser tout contre la mienne.

— Qu'en penses-tu ? m'avait-il demandé, son souffle chaud près de mon oreille, et je pouvais entendre le sourire dans sa voix.

Qu'est-ce que j'en pensais ? J'en pensais que j'avais envie d'aller à Seattle. J'avais envie de rencontrer ses parents, d'en apprendre plus sur lui.

— Mais enfin, ta famille…

J'avais franchi le portique de détection. Il en avait fait autant, et nous avions de nouveau attendu côte à côte, le temps que mon bagage roule au bout du tapis.

— Je n'allais pas te laisser gâcher toute ta semaine de congés à Seattle ! avait-il ironisé.

Qu'étais-je censée répondre ? Que j'aurais préféré Seattle ? Ce serait le comble de l'ingratitude, non ? Il venait de m'offrir un voyage à Maui. *Maui*. En renonçant à un moment avec sa famille.

En même temps, ne savait-il pas combien il m'importait de rencontrer les siens ? Et il n'ignorait pas que désormais nous allions encore devoir reporter le séjour à Seattle de longs mois, jusqu'à ce que j'aie accumulé suffisamment de congés.

Il avait soulevé nos bagages, les avait déposés au sol.

— J'ai refait ta valise, m'avait-il prévenue. À cette période, rien que des vêtements d'été. Beaucoup de maillots de bain. (Il m'avait souri, avant de m'attirer à lui, jusqu'à coller mes hanches contre les siennes.) Évidemment, j'espère que nous passerons surtout du temps sans nos maillots.

Ses prunelles dansaient.

— Je ne sais pas quoi dire, avais-je finalement avoué, et, dans ma tête, je criais ces mots : *Il est trop tard pour changer nos billets ?*

Le sourire s'était effacé de son visage, et il avait laissé retomber ses bras le long du corps.

— Ah, avait-il soufflé.

Rien que cette syllabe. Ensuite, je m'étais sentie gagnée par la culpabilité. *Regarde un peu ce qu'il vient de faire pour toi.*

— C'est juste que… j'étais vraiment impatiente de rencontrer tes parents.

Il avait l'air absolument déconfit.

— Je suis désolé. Vraiment. Je pense que... j'ai juste cru que... (Il avait eu un mouvement de tête un peu sec.) Allons-y. Voyons si nous pouvons modifier les billets...

J'avais rattrapé sa main.

— Attends.

Je ne savais même pas pourquoi je l'en empêchais, ou ce que j'allais dire. Je savais seulement que je détestais cette expression sur son visage, je détestais qu'il se sente ainsi à cause de moi.

— Non, tu as raison. Je n'aurais pas dû agir ainsi. C'est simplement que je voulais que tout soit parfait quand je t'aurais demandé...

Il s'était brusquement interrompu, et le rouge lui était monté aux joues.

Demandé de m'épouser. Je pouvais presque entendre les mots. J'étais certaine que c'était ce qu'il allait dire. Mon cœur menaçait de cesser de battre. Je l'avais dévisagé, j'avais vu l'air de panique sur son visage, les joues écarlates comme jamais.

Oh mon Dieu, il allait me demander en mariage. Nous allions à Hawaii parce qu'il avait organisé la demande en mariage parfaite. Une plage, une destination exotique. Je n'aurais rien désiré de plus au monde. Et maintenant, j'avais tout gâché.

— Demande-moi, avais-je lâché.

Les mots avaient franchi mes lèvres avant que j'aie pu y réfléchir. Cependant, une fois prononcés, ils revêtaient tout leur sens. Après ce malentendu, le voyage aurait été pénible, épineux. Le seul moyen de le rattraper, c'était d'en changer toute la teneur. De dissiper ce nuage noir.

— Quoi ?

— Demande-moi ma main, avais-je répété avec plus d'assurance.

— Ici ?

Il semblait incrédule.

J'avais devant moi l'homme que j'allais épouser, celui que j'aimais de tout mon cœur. Quelle importance, l'endroit où nous nous fiancerions ? J'avais fait oui de la tête.

L'embarras s'était effacé de son visage, laissant place à un demi-sourire, une expression d'étonnement, d'excitation, et j'avais su que j'avais pris la bonne décision. En fin de compte, c'était rattrapable.

Il m'avait pris l'autre main.

— Vivian, je t'aime plus que tout au monde. Tu me rends plus heureux que je ne l'aurais jamais cru possible, plus que je ne le mérite.

J'étais au bord des larmes. C'était mon avenir, l'homme avec lequel j'allais passer le reste de ma vie.

— Il n'y a rien que je désire plus que de vivre toute ma vie avec toi.

Puis il avait lâché une de mes mains, plongé la sienne dans sa poche, en sortant une bague. Juste une bague, sans écrin. Il avait dû la placer sur le plateau du détecteur avec son portefeuille et ses clés, et je ne l'avais même pas remarquée. Il avait mis un genou au sol et me l'avait tendue, le visage si plein d'espoir, si vulnérable.

— Veux-tu m'épouser ?

— Bien sûr, avais-je chuchoté, et, quand il me l'avait passée au doigt, son visage exprimait le soulagement et le bonheur.

Autour de nous, une petite foule de voyageurs que je n'avais pas vue se former avait éclaté en applaudissements. J'avais ri, comme prise de vertige. J'avais étreint Matt, je l'avais embrassé, là, en plein aéroport. Puis, j'avais contemplé la bague à mon doigt, le diamant étincelant sous les néons. Et, à cet instant, cela m'était égal de ne pas connaître son passé. Le futur était tout ce qui comptait.

★

Je m'arrête devant la porte du garage, l'esprit embrouillé. J'ai agi comme il le fallait, non ? Même si c'était purement impulsif. Demain, il me faudra aller encore plus loin, faire place nette, me débarrasser définitivement de ce fichier. Oui, j'ai eu raison de tout effacer. De préserver nos vies.

Sauf que j'ai l'impression dérangeante de ne pas avoir réfléchi à fond avant d'agir alors qu'il s'agit tout de même d'une décision capitale. Maintenant, je dois au moins peser les conséquences de mes actions. Pourtant, mon esprit s'y refuse. C'est comme si je me savais incapable de supporter ce qui découlera de cette réflexion.

J'entre, et je vois Matt par l'ouverture de la cuisine. Il regarde dans ma direction, il tient un torchon, se sèche les mains. Il paraît calme, d'un calme remarquable. Pas du tout l'air de celui qui pense que je viens de le dénoncer. Tout semble normal. J'entends la télévision dans le petit salon, la série où il est question d'animaux en peluche qui prennent vie.

— Tu rentres tôt, remarque-t-il.

Mais bon, nous en avions parlé : faire en sorte que tout reste normal, n'est-ce pas ? Pour ma propre sécurité. Il part sans doute du principe que quelqu'un nous écoute, à cet instant, et peut-être même nous observe. Je retire ma veste, la suspends à la patère à côté de la porte d'entrée. Je laisse tomber mon sac par terre. Et je m'approche de Matt.

— Je n'ai pas pu, j'avoue à voix basse.

Le torchon cesse de s'agiter. Il lui faut un moment avant de prendre la parole.

— Que veux-tu dire ?

— Je n'ai pas pu. Je n'ai pas pu te dénoncer.

Il plie le torchon et le pose sur le plan de travail.

— Viv, nous en avons déjà longuement discuté. Il le faut.

Je secoue la tête.

— Pas du tout. Je m'en suis débarrassé.

Il me dévisage avec une telle intensité qu'un frisson me parcourt tout entière.

— Débarrassé de quoi ?

— De… la chose… qui te relie à tout ça.

— Qu'as-tu fait ?

— Je me suis arrangée pour que tout disparaisse.

La panique s'insinue dans ma voix. Je me reprends intérieurement. *Non. Pas encore, pas tout à fait.* Suis-je vraiment capable de tout effacer ?

Ses yeux s'enflamment.

— Qu'as-tu fait, Viv ?

Qu'est-ce que j'ai fait ? Oh mon Dieu, non !

Il se passe une main dans les cheveux, puis se couvre la bouche.

— Tu étais censée me dénoncer, rappelle-t-il sur un ton feutré.

— Je n'ai pas pu, je réplique, à voix tout aussi basse.

Et c'est le cas, non ? Je savais au fond de moi que dire la vérité était bien la meilleure chose à faire. La seule chose à faire. Pour autant, quand est venu le moment de passer à l'acte, de mettre en branle un mécanisme que je n'aurais jamais été en mesure de freiner, j'en ai été totalement incapable.

Il a un mouvement de tête incrédule.

— Ce genre de choses ne disparaissent pas comme ça. (Il s'approche un peu plus de moi.) Cela finira par se savoir. Ils comprendront ce que tu as fait.

J'ai l'impression que quelqu'un m'a empoigné le cœur. Ils ne peuvent rien trouver. Personne ne pourra jamais rien trouver.

— J'avais besoin que tu prennes la bonne décision, pour les enfants, insiste-t-il.

— J'ai pris cette décision *pour* les enfants.

Comment ose-t-il suggérer que je ne pensais pas aux enfants ? Notre famille était mon unique préoccupation.

— Et maintenant ? Qu'arrivera-t-il aux enfants quand nous aurons été tous deux condamnés pour espionnage au profit de la Russie ?

Je me sens comme subitement privée d'oxygène. Je tends la main vers le mur, pour m'y retenir. Espionner pour le compte de la Russie. De l'espionnage. C'est ce que j'ai fait ?

Qu'arriverait-il aux enfants ? Les enverrait-on en Russie ? Un pays qu'ils ne connaissent pas, dont ils ignorent la langue, et tous leurs rêves réduits à néant ?

La terreur me dévore, à présent, mais en même temps je suis en colère, furieuse contre Matt, et c'est cette part qui s'exprime.

— Si je te livrais, qu'arriverait-il aux enfants ? Que nous arriverait-il ?

— Cela vaut mieux que…

Je fais un pas vers lui.

— On perdrait ton salaire. Je serais licenciée, et on perdrait aussi le mien. Ainsi que notre assurance santé. Notre maison.

Il semble accablé, son visage vire au gris. Et une part de moi s'en réjouit. J'aime le voir ainsi, aussi désespéré, aussi perdu que je le suis.

— Ils ne seraient plus que « les enfants d'un espion russe », jusqu'à la fin de leur vie. Quel effet cela aura-t-il sur eux ?

De nouveau, il se passe la main dans les cheveux. Le voilà si désemparé. Tellement à l'opposé du Matt que je connais, celui qui est imperturbable, d'une sérénité infaillible.

— Ne t'avise pas de me rendre responsable de tout ça, j'ajoute.

J'ai l'air combative. Je *suis* combative, mais au fond de moi, je suis terrorisée. Ses paroles résonnent dans ma tête. *J'avais besoin que tu sois là, pour les enfants.* « J'avais besoin », au passé. Je ne voulais pas les priver de leur père, mais si j'avais commis un acte bien plus grave ?

Dissimulation intentionnelle de preuves. Conspiration, espionnage – tout serait étalé au grand jour. Et si j'allais en prison pour cela ?

— Tu as raison, admet-il. (Je tressaille, me fixe sur lui. Il hoche la tête. Son visage manifeste à nouveau l'assurance. La détermination. Comme s'il savait quoi faire.) C'est ma faute. Il faut que j'arrange ça.

115

C'est exactement ce que j'ai besoin d'entendre. *Oui, règle ça. Sors-nous de là.* Je sens en partie la tension s'évacuer de mes épaules. Il vient de lancer une bouée de sauvetage, au moment où la noyade paraissait inévitable. Et je tente déjà de l'attraper, je m'y accroche.

Il baisse la voix, se penche vers moi, jusqu'à ce que son visage soit tout proche du mien.

— Mais pour y arriver, j'ai besoin que tu me dises tout ce que tu as découvert exactement. Et comment tu l'as fait disparaître. Dans les moindres détails.

7

Je le dévisage. Il me demande de partager avec lui des informations classifiées. De devenir le genre d'individu que j'ai consacré ma carrière à pourchasser. Il le sait. *Il te manipule*, m'avertit une voix au fond de mon crâne.

Non, il n'a pas l'air de me manipuler. Il semble si acculé. Il tente de trouver un moyen de nous sortir de là. En ce qui me concerne, je n'ai pas la moindre idée de comment procéder. Et, en réalité, ce qu'il dit tombe sous le sens. Je dois lui raconter ce que je sais. Sans cela, comment pourrait-il m'aider en quoi que ce soit ?

J'ai déjà franchi des limites que je n'aurais jamais dû franchir. Lui dire que j'avais découvert son identité. Effacer le fichier. Mais ça ? Lui révéler exactement ce que j'ai découvert, exactement ce que j'ai fait ? Ce serait dévoiler des informations sur Athena, l'un des programmes les plus sensibles de l'Agence. Des informations que j'ai juré de protéger.

J'ai besoin de réfléchir. J'ai besoin de peser le pour et le contre. Sans un mot, je passe devant lui, l'effleurant, j'entre dans le séjour, où Ella est assise, entortillée dans une couverture. J'arbore un sourire feint.

— Comment tu vas, ma puce ?

Elle lève les yeux et me fait un beau sourire, qui se transforme rapidement en faux air de grande malade.

— Je suis malade, maman.

La semaine dernière, j'aurais lutté pour ne pas rire devant son numéro. Maintenant, il me glace. Parce que c'est un mensonge. Un domaine dans lequel son père est passé maître.

Je conserve mon sourire de façade.

— Je suis désolée que tu ne te sentes pas bien. (Je l'observe encore un moment, son attention de nouveau attirée par l'écran de télévision. Je tente de regrouper mes pensées dans un semblant d'ordre. Puis je lève la tête, croise les yeux de Matt, et m'adresse à Ella tout en le regardant.) Papa et moi, on va sortir devant la maison, pour discuter.

— D'accord, murmure-t-elle, totalement absorbée par son émission.

Matt me suit dehors et referme la porte derrière nous. L'air froid me frappe comme une gifle. J'aurais dû prendre mon manteau. Je m'assois sous notre véranda et croise les bras sur ma poitrine, blottie, en boule.

— Tu veux une veste ? me demande Matt.

— Non.

Il s'installe à côté de moi, si près que nous nous touchons. Je sens sa chaleur, le poids de son genou contre le mien. Il regarde droit devant lui.

— Je sais que c'est beaucoup demander. Mais si je veux arranger ça, j'ai besoin d'en savoir davantage.

118

Manipulation. Est-ce vraiment le cas ? Pour une raison que j'ignore, le jour de nos fiançailles me revient en mémoire. Ce moment à l'aéroport, tous les deux. La foule autour de nous, qui se dispersait, des visages souriants. Et le mien, souriant aussi. Je baissais les yeux sur cette bague, je la voyais scintiller à la lumière, si immaculée, si parfaite.

Et puis la prise de conscience. Je m'étais fiancée sans rencontrer ses parents. Une étape qui était pour moi si importante. Je le lui avais pourtant dit, non ? J'avais senti mon sourire s'effacer. J'avais senti son bras autour de mes épaules, m'entraînant au loin, dans la profondeur de l'aéroport, vers notre porte d'embarquement. Nous étions fiancés, nous nous dirigions vers Hawaii, exactement comme il l'avait prévu.

En même temps, il avait planifié ce qui, à mes yeux, constituait une demande en mariage parfaite – *à Hawaii*. Et prévu de me surprendre. J'avais levé les yeux vers lui, j'avais vu son visage si ouvert, son bonheur et son excitation, et je lui avais souri à nouveau. Je me montrais ridicule : il avait commis une maladresse, certes, ce n'était pas si grave ; je n'étais même pas tout à fait certaine d'avoir mentionné mon souhait de rencontrer ses parents avant d'éventuelles fiançailles. Peut-être n'en avais-je jamais parlé après tout.

Toutefois, les doutes ne s'étaient jamais tout à fait dissipés. Durant toutes ces journées à la plage, ces randonnées jusqu'aux chutes d'eau, ces dîners aux chandelles, ce regret était demeuré logé dans le fond de ma tête. Je m'étais fiancée à l'aéroport, devant une foule d'inconnus, sans avoir été présentée à ses parents.

Ce n'était pas ce que j'avais désiré, loin de là. *Mais tu l'as poussé à te demander en mariage, à cet endroit, à cet instant*, me rappelais-je.

Et puis ç'avait été notre dernière matinée dans les îles. Nous étions sortis sur le petit balcon, nous étions assis là, dehors, avec nos mugs de café, nous regardions les palmiers qui se balançaient, nous nous imprégnions de la tiédeur de la brise.

— Je sais que tu souhaitais d'abord rencontrer mes parents, avait-il déclaré sans préambule.

Je l'avais regardé, surprise. Donc je le lui avais bien dit. Il le savait.

— Mais je suis qui je suis, Viv. Indépendamment de qui sont mes parents. (Il m'avait dévisagée avec une telle force que j'en avais été interloquée.) Le passé est le passé.

Il a honte de ses parents, avais-je compris. *Il s'inquiète de ce que je vais penser d'eux. De ce que je vais penser de lui, après avoir fait leur connaissance.* J'avais contemplé la bague à mon doigt. *Il n'empêche. Qu'en était-il de ce que je voulais, moi ?*

— Quoi qu'il en soit, ce n'était pas correct de ma part, avait-il repris. (J'ai de nouveau levé les yeux vers lui, perçu de la sincérité dans les siens. Et le regret.) Je suis désolé.

Je souhaitais que mes propres regrets se dissipent. Je le voulais vraiment. Il s'était excusé. Mais pourrais-je jamais tout à fait passer outre ? Il n'ignorait pas ma volonté de d'abord rencontrer ses parents, ce qui ne l'avait pourtant pas arrêté, il m'avait quand même demandée en mariage. Cela me donnait l'impression d'avoir été manipulée.

À présent, le regard rivé sur cette bague, sur ce diamant plus aussi étincelant qu'au premier jour, ce n'est finalement plus le cas. Au contraire.

En effet, puisque ce n'étaient pas ses vrais parents – il était plus honnête de ne pas me les faire rencontrer avant de nous fiancer : ils auraient pu chercher à influencer mon opinion à son sujet, mes sentiments à son égard. Et cela, dans les faits, n'aurait-ce pas été précisément de la manipulation ?

Je me tourne vers lui et me décale, juste assez pour lui faire face, afin de déchiffrer son expression. Elle me semble empreinte de sincérité, de vulnérabilité. La même que lorsqu'il m'a demandé ma main. La même que je lui ai vue le jour de notre mariage, il y a de cela tant d'années. Je nous revois encore devant le prêtre, dans la vieille église en pierre de Charlottesville. Son visage quand il avait prononcé ses vœux. On ne peut feindre ce genre de chose, si ?

En vérité, je n'en sais rien. J'ignore si je peux le croire. Mais j'ai besoin de soutien. J'ai besoin d'aide. Je me suis empêtrée dans un bourbier, et il me propose de m'aider à m'en extraire. Sa question ne cesse de me trotter dans la tête. *Que deviendront les enfants quand nous aurons été tous les deux condamnés pour espionnage au profit de la Russie ?* À cela, je ne peux me résigner. Je suis donc bien obligée de le croire.

— Nous avons accès à l'ordinateur de Youri, je déclare finalement.

Ces mots sont plus difficiles à prononcer que je ne m'y attendais.

À chaque syllabe, j'ai la sensation de commettre un crime. Oui, je commets un crime. Je révèle des informations classifiées, je viole la loi, l'Espionage

Act. Presque personne, à l'Agence, ne connaît les capacités d'Athena, tant l'accès en est restreint. Des gens finissent en prison pour avoir partagé ce type de renseignement.

— J'étais en train de parcourir son contenu quand je suis tombée sur un dossier avec cinq photos. (Je lui jette un regard.) La tienne en faisait partie.

Il regarde droit devant lui. Il hoche la tête, imperceptiblement.

— Juste ma photo ? Autre chose à mon sujet ?

— Je n'ai rien découvert d'autre.

— Rien de crypté ?

— Non.

Il reste assis en silence un moment, puis se tourne face à moi.

— Dis-moi ce que tu as fait.

— Je l'ai effacée.

— Comment ?

— Tu sais, j'ai cliqué sur « Supprimer ».

— Et après, quoi ?

— Ensuite, j'ai vidé la corbeille.

— Et ?

Sa voix se durcit.

J'avale ma salive.

— Pour l'instant, rien d'autre. Je sais que ça ne suffit pas, je dois écraser le disque dur, ou quelque chose de cet ordre. Il y avait trop de gens aux alentours, je ne pouvais pas.

Je détourne le regard, vers la rue. J'entends un moteur, un véhicule en approche. Un utilitaire orange, de ce service de nettoyage à domicile auquel tant de nos voisins ont recours. Il s'arrête devant la maison des Parker. Je suis la scène, trois femmes en gilet orange en sortent et rassemblent des fournitures de nettoyage, rangées à l'arrière. Dès qu'elles sont entrées et que la porte se referme derrière elles, le silence retombe sur la rue.

— Ils ont l'historique de ta suppression de fichiers, m'indique Matt. Il est exclu qu'ils n'enregistrent pas l'activité de l'utilisateur.

Je vois mon souffle se condenser dans l'air, par petites volutes. Je sais déjà tout ça. N'ai-je pas cliqué sur des écrans successifs m'avertissant que toutes mes actions étaient enregistrées ? Pourquoi n'y ai-je pas réfléchi plus tôt ?

Je n'ai pas réfléchi du tout. C'est là tout le problème.

Je me tourne vers Matt. Il regarde droit devant lui, les sourcils froncés, l'air profondément concentré. Le silence qui nous entoure est pesant.

— D'accord, dit-il enfin. (Il pose une main sur mon genou, le serre légèrement. Les rides de son front sont très prononcées, ses yeux assombris par l'inquiétude.) Je vais te tirer de là.

Il se lève, rentre à l'intérieur. Je reste assise, frissonnante, ses mots se répercutent à l'intérieur de mon crâne. *Je vais te tirer de là.*

Te.

Pourquoi n'a-t-il pas dit *nous* ?

Quelques minutes plus tard, quand il revient, clés de voiture en main, je suis encore sous la véranda. Il marque un temps d'arrêt.

— Je reviens, m'informe-t-il.

— Que vas-tu faire ?

— Ne t'inquiète pas pour ça.

Il pourrait s'en aller. Embarquer dans un avion pour la Russie, me laisser seule exposée aux conséquences. Mais jamais il ne ferait ça. Enfin je le crois.

Alors, que va-t-il faire ? Et pourquoi a-t-il attendu tout ce temps pour le faire ?

— J'ai le droit de savoir.

Il me dépasse, se dirige vers sa voiture, garée dans l'allée.

— Moins tu en sais, mieux ça vaut, Viv.

Je me lève.

— Qu'est-ce tu veux dire par là ?

Il s'arrête, se tourne vers moi, me parle sur un ton posé.

— Détecteur de mensonges. Procès. Il vaut tout simplement mieux que tu ne connaisses pas les détails.

Je le dévisage, et il me dévisage. Il a une expression troublée. Presque coléreuse. Ce qui me rend furieuse.

— Pourquoi es-tu en colère contre moi, au juste ?

Il lève les mains, ses clés s'entrechoquent.

— Parce que si tu m'avais écouté, nous ne serions pas dans ce merdier.

Nous échangeons un regard noir, le silence est presque étouffant, puis il secoue la tête, comme si je l'avais déçu. Je le regarde partir, sans un mot. Je sens monter en moi une vague d'émotions confuses.

★

Nous avions fêté notre premier anniversaire de mariage aux Bahamas, cinq jours à lézarder au soleil, les cocktails tropicaux coulant à flots, en piquant de temps à autre une tête dans l'océan, pour nous rafraî-chir, aussitôt nous enlacer dans l'eau et trouver nos lèvres qui avaient un goût de rhum et de sel marin.

Notre dernière soirée là-bas, nous étions au bar de la plage, une petite cahute dans le sable, sous un toit en paille, avec ses lampions et ses cocktails de fruits. Nous étions assis sur des tabourets au bois patiné, assez proches l'un de l'autre pour que nos jambes se touchent, que sa main puisse se poser sur ma cuisse, juste un petit peu trop haut. Je me souviens d'avoir écouté le fracas des vagues, respiré l'air salé, et de m'être sentie comme baignée de chaleur.

— Donc…, avais-je amorcé.

Mon index suivait les contours du petit parasol planté dans mon verre, remuant la question qui ne m'était plus sortie de la tête de toute la soirée, celle qui s'était lentement formée dans mon esprit depuis des semaines, voire des mois. Tentant de trouver la meilleure façon d'amener le sujet, et, n'y arrivant pas, j'avais simplement bredouillé ma question :

— … Quand est-ce qu'on aura un bébé ?

Il avait failli recracher sa boisson. Il avait levé vers moi de grands yeux, remplis d'amour, de joie. Et puis quelque chose avait changé, et je l'avais senti davantage sur ses gardes. Il avait détourné les yeux.

— Les enfants, c'est un énorme pas, avait-il remarqué, et, même l'esprit embrumé par le rhum, j'en avais été troublée.

Il adorait les enfants. Nous avions toujours prévu d'en avoir. Deux probablement, peut-être trois.

— Nous sommes mariés depuis un an, lui avais-je rappelé.

— Nous sommes encore jeunes.

J'avais baissé les yeux sur mon verre, un liquide rose, et agité les glaçons à moitié fondus avec ma paille. Ce n'était pas la réponse que j'attendais. Mais alors pas du tout.

— Que se passe-t-il ?

— Je pense juste qu'on n'a pas besoin de se presser, c'est tout. Nous devrions peut-être attendre quelques années, nous soucier de nos carrières avant.

— Nos carrières ?

Cela semblait sortir de nulle part. Jamais il n'avait eu l'air carriériste jusqu'à présent.

— Eh bien, oui. (Il évitait de croiser mon regard.) Je veux dire, prends ton boulot. (Il avait baissé la voix, s'était penché plus près, et cette fois, en me scrutant intensément :) L'Afrique. C'est vraiment la région du monde à laquelle tu as envie de te consacrer ?

À mon tour, j'avais regardé ailleurs. J'étais parfaitement satisfaite d'être rattachée à l'unité Afrique du contre-renseignement. Cela suffisait à m'occuper, et à rendre mes journées intéressantes. J'avais l'impression de jouer un rôle déterminant, quoique modeste. Et c'était ce dont j'avais réellement envie. L'Afrique n'était pas aussi en vue que d'autres unités, certes, mais cela me convenait parfaitement.

— Bien sûr.

— Je veux dire, ce ne serait pas plus intéressant de travailler sur un secteur comme… la Russie, par exemple ?

J'avais aspiré une longue gorgée de mon cocktail avec la paille. Évidemment, ce serait plus intéressant. Mais plus stressant, aussi. Des horaires plus lourds. Et il y avait tant d'agents qui opéraient au sein de cette unité, franchement, quel réel impact aurait une personne supplémentaire dans le service ?

— Et peut-être plus bénéfique pour ta carrière ? Niveau promotion, tout ça ?

Depuis quand s'intéressait-il aux promotions ? Et pourquoi s'imaginait-il que moi je m'y intéressais ? Si mon objectif était de gagner de l'argent, je n'aurais pas choisi une profession dans l'administration. La sensation de chaleur en moi cédait peu à peu à celle de froid.

— Je veux dire, c'est ton choix, bien sûr, mon cœur. C'est ton boulot, après tout. (Il avait haussé les épaules.) Je crois simplement que tu serais plus heureuse si tu te consacrais à quelque chose de plus… important. Tu vois ?

Ces propos m'avaient piquée au vif. C'était la première fois que je sentais que mon métier n'était pas assez bien pour Matt. Que *je* n'étais pas assez bien.

Son expression s'était radoucie, et il avait placé une main sur la mienne, en m'adressant un regard plein de ferveur. L'air un peu navré, comme s'il savait qu'il s'était montré blessant.

— C'est juste… enfin, c'est là-dessus que les meilleurs analystes se focalisent, non ? La Russie ?

Où voulait-il en venir ? J'étais tellement décontenancée. Bien sûr, la Russie était une unité convoitée par beaucoup de mes collègues, et qui faisait l'objet d'une forte concurrence. Pourtant, certains arguments militaient aussi en faveur du travail au sein d'une direction moins exposée. Le fait de pouvoir s'assurer que rien ne se faufile entre les mailles du filet, que rien ne soit négligé. D'être en position de mesurer le fruit de mon travail.

— Tu fais partie de ces individus qui veulent toujours être les meilleurs. C'est ce que j'aime en toi.

C'était ce qu'il aimait en moi ? Le compliment me faisait l'effet d'une claque.

— Et une fois que nous aurons des enfants, il sera probablement plus compliqué de se lancer dans ce genre d'évolution de carrière, a-t-il poursuivi. Alors le mieux serait peut-être d'atteindre un tel poste avant de penser à avoir des enfants.

En me tenant ce discours, il remuait sa boisson, en prenant soin ne pas ne regarder.

J'avais vidé le reste de mon cocktail ; toute douceur disparue, seule subsistait l'amertume.

— D'accord, avais-je conclu, maussade.

★

Dès que les feux arrière de la voiture de Matt disparaissent au coin de la rue, je rentre dans la maison. Je vais vérifier comment va Ella, toujours devant la télé, puis je me dirige vers l'espace de rangement sous l'escalier. J'ai besoin de voir ce que contient ce fameux ordinateur portable.

L'endroit est exigu, encombré de piles de bacs en plastique bleu. Je tire sur la chaînette pour allumer la lumière et inspecte le sol, l'étroite partie qui est dégagée. Rien ne semble sortir de l'ordinaire. Je me mets à quatre pattes, je tâtonne et finis par tomber sur une lame de plancher légèrement surélevée d'un côté. Je passe la main dessus, j'essaie de la soulever, peine perdue.

Je jette un coup d'œil autour de moi dans la pièce et remarque un tournevis posé sur l'un des bacs en plastique. Je m'en sers pour écarter la lame de plancher, puis j'observe ce qu'il y a dessous. Un objet reflète la lumière. Je tends la main et en extrais un petit ordinateur portable argenté.

Je m'assieds en tailleur, l'ouvre, l'allume. Il démarre vite, affiche un écran noir avec une seule barre blanche, un curseur qui clignote. Il n'y a pas de texte, mais il est protégé par un mot de passe – ça au moins, c'est clair.

J'essaie les mots de passe habituels de mon mari, ceux qu'il utilise pour tout, diverses variantes composées des noms et dates de naissance de nos enfants. Ensuite, j'essaie celui que nous utilisons sur nos comptes joints. Rien ne fonctionne. Mais pourquoi fonctionneraient-ils ? Une autre suite de mots me vient en tête. *Alexander Lenkov. Mikhaïl et Natalia. Volgograd.* Je n'ai aucun moyen de deviner ce qu'il pouvait avoir en tête quand il a inventé ce mot de passe, et même si c'est lui qui l'a créé. Mes tentatives restent vaines.

Exaspérée, je rabats l'écran et remets tout dans l'état où je l'ai trouvé. Je retourne dans le salon voir Ella.

— Ça va, mon cœur ?

— Oui-oui, murmure-t-elle sans quitter la télé des yeux.

Je m'attarde un moment, avant de monter au premier. Je m'arrête devant notre chambre. Je vais d'abord à la table de nuit de Matt. J'ouvre le tiroir et fouille. Des reçus froissés de cartes de crédit, de la monnaie, quelques dessins d'Ella, qu'elle a dessinés pour lui. Rien de très suspect. J'explore sous le lit, j'en sors une caisse en plastique, rempli de ses vêtements d'été : maillots de bain, shorts, T-shirts. Je la referme et la glisse à nouveau dessous.

J'ouvre le tiroir du haut de sa commode. Je déplace la pile de caleçons, la pile de chaussettes, je cherche ce qui n'aurait rien à faire là, n'importe quoi. Je procède de même avec le tiroir suivant, et celui d'après. Rien.

Je me dirige vers le dressing. Je passe la main sur les tenues accrochées à la barre de penderie. Polos, chemises, pantalons. Je ne suis même pas certaine de savoir ce que j'essaie d'exhumer. Quelque chose qui prouve qu'il n'est pas celui qu'il prétend être ? Ou au contraire l'absence d'éléments compromettants, afin de m'assurer que rien ne pourrait le relier à sa réelle identité ?

Un vieux sac marin est rangé sur l'étagère du haut. Je l'attrape et le pose sur le tapis. Je fais coulisser la fermeture Éclair, j'en retourne le contenu. Un assortiment de cravates, qu'il ne porte plus depuis des années, et quelques vieilles casquettes de base-ball. Je vérifie chacune des poches zippées. Vides.

Je replace le sac sur l'étagère et descends une pile de boîtes à chaussures, m'agenouille sur le tapis. La première est remplie de factures assez anciennes. La deuxième, de tickets de caisse. La troisième, ce sont ses souliers de soirée, noirs et luisants. Mais qu'est-ce que je fabrique ? Comment ma vie a-t-elle pu en arriver là ?

Je suis sur le point de remettre en place le couvercle de la boîte quand mon œil s'arrête sur un objet. Une forme noire, coincée dans une des deux chaussures. Avant même que mes doigts ne se referment dessus, je sais ce que c'est.

Un pistolet.

Je le tire par la crosse et l'examine. La culasse de métal noir, la détente large et aplatie. Un Glock. J'actionne la culasse et entrevois le cuivre d'une balle à l'intérieur.

Il est chargé.

Matt a un pistolet chargé dans notre dressing.

J'entends Ella au rez-de-chaussée, qui m'appelle. Les mains tremblantes, je range le pistolet noir dans la chaussure, referme le couvercle, rempile les boîtes sur l'étagère. Un dernier coup d'œil, puis j'éteins la lumière et redescends au rez-de-chaussée.

Matt est de retour trois heures plus tard. L'air affairé, il retire sa veste et me fait un sourire, gêné, contrit. Puis il vient vers moi et me prend dans ses bras.

— Je suis désolé, souffle-t-il dans mes cheveux.

Il a la peau encore froide, du fait d'avoir été dehors. Les mains froides, les joues froides. Je ne peux réprimer un frisson.

— Je n'aurais pas dû te parler comme ça. Ce n'est pas juste de ma part de t'en vouloir. Tout est de ma faute.

Je m'écarte, je l'observe. Il a l'air d'un inconnu, me fait l'effet d'un inconnu. Je suis incapable de me représenter autre chose que ce pistolet dans notre dressing.

— Tu as fait ce que tu devais faire ?

Il laisse retomber ses mains, se détourne, mais j'ai le temps de saisir l'expression de son visage. Tendue.

— Oui, oui.

— Alors… On est tirés d'affaire ?

Dans ma tête, je revois ce pistolet. Cela fait des heures, maintenant, et je ne sais toujours pas quelle conclusion en tirer. Est-ce la preuve qu'il me ment encore ? Qu'il est dangereux ? Ou est-ce un moyen de nous protéger, nous, sa famille, contre ceux qui sont réellement un danger ?

Il est complètement immobile, dos à moi. Je vois ses épaules se soulever, s'abaisser, comme s'il avait pris une profonde inspiration, avant de murmurer :

— J'espère.

J'arrive à mon bureau, le lendemain matin, et je remarque le petit voyant rouge clignotant sur mon téléphone. La messagerie vocale. Je fais défiler l'historique des appels. Trois d'Omar, deux hier et un ce matin. Je ferme les yeux. Je devais m'y attendre, non ? Ou du moins, j'aurais dû m'y attendre. Si j'avais pris le temps d'aller au fond des choses.

Je décroche le combiné, compose son numéro. Autant en finir.

— Vivian, répond-il.

— Omar. Désolée d'avoir manqué tes appels. Je suis partie tôt hier, je viens d'arriver ce matin.

— Pas de soucis.

Ensuite, un temps de silence.

— Écoute, dis-je, au sujet de l'ordinateur de Youri. (Mes ongles se plantent dans ma paume.) Cela ne me paraît pas très prometteur. Je crains qu'il n'y ait pas grand-chose à en tirer.

Cela me fait horreur, de lui mentir. Je nous revois tous les deux, tant d'années auparavant, nous lamentant après le rejet de son plan opérationnel par le FBI.

132

Et toutes ces fois depuis lors, chez O'Neill et dans nos bureaux, même chez lui ou chez nous, où nous avons partagé nos frustrations sur notre incapacité à découvrir quoi que ce soit de valable. Notre conviction que les agents dormants constituent une véritable menace, et que nous sommes impuissants à lui faire barrage. Une amitié scellée par un sentiment commun d'inutilité. Et maintenant que je tiens enfin quelque chose, je n'ai pas d'autre choix que de lui mentir.

À l'autre bout de la ligne, il reste silencieux.

Je ferme les yeux, comme si cela pouvait rendre mes mensonges plus aisés.

— Évidemment, on va devoir attendre la traduction et l'exploitation des données. Mais jusqu'à présent, je n'ai rien trouvé d'intéressant.

J'ai un ton de voix étonnamment assuré.

Encore un silence.

— Vraiment rien ?

Mes ongles s'enfoncent encore plus fort.

— Il subsiste toujours la possibilité d'éléments incorporés dans les fichiers, du type stéganographie ou autre chose de cet ordre. Mais pour l'instant, rien.

— Tu trouves toujours quelque chose, d'habitude.

C'est à mon tour de marquer une pause. J'entends la déception dans sa remarque. Mais autre chose aussi. De plus perturbant.

— Oui.

— Pour chacun des quatre autres, tu as découvert quelque chose. Assez pour que cela mérite une traduction accélérée.

— Je sais.

— Mais avec celui-ci, rien.

C'est une affirmation, pas une question. Et une pointe indéniable de scepticisme dans la voix. Maintenant, mon cœur bat à toute vitesse.

— Enfin, je réplique, luttant pour contenir le vacillement dans ma voix, pour l'instant.

— Hmm, fait-il. Ce n'est pas ce que m'a assuré Peter.

J'ai la sensation d'avoir reçu un coup de poing dans le ventre. Cela doit concerner les photos. Il a trouvé les photos. Quoi que Matt ait fait lors de sa sortie, cela a échoué. Ensuite, j'ai subitement conscience d'une présence dans mon dos. Je me retourne, et justement, c'est Peter. Silencieux, qui m'observe. Et m'écoute.

— Je ne savais pas qu'il avait découvert quelque chose, dis-je dans l'appareil, sans quitter une seconde Peter des yeux, lui permettant d'entendre ma réponse.

J'ai la bouche très sèche.

Peter hoche la tête. L'expression de son visage est impossible à déchiffrer.

Omar se remet à parler, il m'annonce qu'il va venir au quartier général, une réunion, mais je n'entends pas véritablement les mots qu'il prononce. Mon cerveau s'emballe. Peter a-t-il trouvé la photo de Matt ? Impossible, Sinon il serait déjà allé avertir la sécurité. A-t-il constaté que j'avais supprimé le fichier ? Și oui, là encore, la sécurité. Il ne serait pas là, à me faire face tranquillement.

— Vivian ?

Un battement de cils, je tâche de me recentrer sur la conversation, la voix d'Omar dans le creux de l'oreille.

— À plus tard ?

— Oui, je murmure, à plus tard.

Je raccroche et pose les mains sur mes genoux, pour que Peter ne les voie pas trembler. Ensuite, je me tourne vers lui, j'attends qu'il dise quelque chose, car je suis incapable de remuer les lèvres.

Il s'accorde un instant avant de reprendre.

— Tu étais au téléphone avant que je puisse te prévenir. Je suis entré dans Athena ce matin, j'ai jeté un œil à l'ordinateur de Youri. J'ai pensé que tu pourrais avoir besoin d'un coup de main, de quelqu'un qui te décharge un peu.

Mon Dieu… De sa part, j'aurais dû songer à une initiative de ce genre.

— J'ai trouvé un fichier. Il avait été supprimé.

Mes enfants. J'ai leurs visages en tête. Leurs sourires, leurs expressions de joie et d'innocence.

— … sous l'intitulé « Amis »…

Luke est assez grand pour comprendre. Combien de fois lui avons-nous répété de ne pas mentir ? Maintenant il va savoir que la vie entière de son père, le mariage de ses parents, tout cela n'était qu'un mensonge.

— Cinq photos…

Et Ella. Elle vénère Matt. C'est son héros. Quel effet cela va-t-il lui faire ?

— Réunion à dix heures avec le Bureau…

Chase et Caleb. Trop jeunes pour comprendre, trop jeunes pour conserver des souvenirs de notre famille avant tout cette histoire.

— … Omar sera là…

Omar. Il connaît Matt. Je les ai présentés, quand Omar et moi avons commencé à passer tout ce temps ensemble. Il est venu chez nous, nous sommes allés

135

chez lui. Il se peut que Peter n'ait pas reconnu mon mari. Mais Omar, lui, le reconnaîtrait. Et, en tout cas, si je suis dans la pièce quand ils font circuler sa photo…

Il faut que je fasse semblant. Que je feigne la surprise.

— Vivian ?

Je tressaille. Peter me regarde, hausse les sourcils.

— Je suis désolée. Quoi ?

— Tu seras présente ? À la réunion ?

— Euh, oui. Oui, bien sûr.

Il hésite encore un moment, l'air soucieux, puis il s'en va, regagne son bureau. Je fixe mon écran, j'essaie de me rappeler ce que j'ai éprouvé à la seconde où j'ai découvert la photo de Matt, car je vais devoir reproduire cette réaction à l'identique. Incrédulité. Confusion. Peur.

Et ensuite, tenter de rationaliser : il a été pris pour cible.

Ce fichier, je pourrais demander à le consulter, tout de suite. Faire semblant de le voir pour la première fois, devant Peter. Mais il vaut mieux réserver ma réaction à un auditoire élargi, qu'ils me voient en passer par toutes ces émotions.

Si je réussis à faire ça de façon convaincante.

Pas *si* je réussis. *Quand* je réussirai. Il faut que je me montre convaincante. Parce que si je leur fournis le moindre soupçon que j'étais déjà au courant, il ne leur faudra pas longtemps pour en déduire que ce n'est pas Youri qui a détruit ce fichier.

Mais moi.

Peter est de retour à dix heures moins cinq. Nous marchons dans le couloir ensemble, vers la suite directoriale qui abrite la hiérarchie du centre de contre-renseignement.

— Est-ce que ça va, Vivian ? me demande-t-il sans s'arrêter, et il m'observe par-dessus ses lunettes.

— Oui, je réponds.

Mentalement, je suis déjà en salle de conférences, en train de voir la photo de Matt.

— Si tu as besoin de prendre encore du temps pour toi, d'être avec Caleb…

Je fais non de la tête. Sur l'instant, pas un mot ne me vient. J'aurais dû faire ce que Matt voulait. J'aurais dû le livrer. De toute manière, ils vont le démasquer, et maintenant, je suis en cause, moi aussi. Pourquoi ne l'ai-je pas écouté ?

Nous entrons dans la suite directoriale, et la secrétaire nous introduit dans la salle de réunion. J'y suis déjà venue à quelques reprises, et c'est chaque fois aussi intimidant que la première. Trop sombre à mon goût, lourde table en bois rutilant, fauteuils en cuir cossus. Quatre pendules au mur – Washington, Moscou, Pékin, Téhéran.

Omar est présent ainsi que deux autres types du Bureau, en costume. Ses chefs, j'imagine. Il m'adresse un signe de tête, mais sans son grand sourire habituel. Juste un signe de tête, sans me quitter des yeux.

Je m'assieds de l'autre côté de la table, et j'attends. Peter se rend à l'ordinateur, ouvre une session, et le vaste écran mural s'anime. Je le regarde naviguer dans Athena, lancer le programme, puis je jette un œil à la pendule, celle qui affiche l'heure locale. Je regarde l'aiguille des secondes décrire un tour complet, par saccades, je me concentre là-dessus, car je sais que si je pense à mon mari, à mes enfants, je vais m'effondrer. Tout va s'effondrer, et je ne vais jamais surmonter cette épreuve. Or il *faut* que je la surmonte.

Tina entre à grands pas, quelques instants plus tard, suivie de Nick, le chef du CCR Russie, et de deux assistants, l'un et l'autre en costume noir. Elle salue sèchement tout le monde et prend place en bout de table. Elle a un air déplaisant. Déplaisant et intimidant.

— Nous sommes donc dans l'ordinateur numéro cinq, attaque-t-elle sans préambule. Plus de chance qu'avec les quatre premiers, j'espère ?

Ses yeux balaient la pièce et s'arrêtent sur Peter.

Il se racle la gorge.

— Oui, madame.

Il a un geste vers l'écran, la page d'accueil d'Athena. Il double-clique sur l'icône au nom de Youri, et je vois s'afficher l'image-miroir de son ordinateur portable, les bulles bleues, qui me sont maintenant si familières. Mes yeux sont directement attirés par la rangée d'icônes, l'endroit où devrait se situer le dossier qui n'y est plus.

Peter parle, mais je ne perçois pas ses propos. Je reste concentrée sur la manière dont je vais feindre la surprise en tâchant de conserver un visage impassible pour le moment, car je sais qu'Omar me surveille. Je regarde l'écran se muer en une série de caractères : le programme de récupération de données est à l'œuvre. Quelques instants plus tard, le dossier réapparaît : *Amis*.

Ça y est. La vie que j'ai connue est terminée.

Le visage de mes enfants me revient à l'esprit. J'essaye de chasser cette pensée. De respirer par le nez, d'inspirer, d'expirer.

Il clique, et je découvre la liste des cinq images. Il change de mode, passe du texte aux grandes icônes. Aussitôt, cinq visages apparaissent à l'écran. J'ai vaguement conscience des lunettes rondes du premier, des cheveux orange vif de la deuxième. Mes yeux se focalisent sur le troisième. Sur Matt.

Sauf que ce n'est plus Matt.

8

C'est quelqu'un qui lui ressemble. Du moins, vaguement. Cheveux bruns, yeux sombres, sourire franc. Et la photo ressemble indubitablement à celle de Matt qui se situait à ce même emplacement, sous ce même nom de fichier. Le même port de tête, légèrement penchée, la même distance par rapport à l'objectif, le même fond. Mais les traits sont visiblement différents. C'est une tout autre personne. Pas mon mari.

Je cligne des yeux. Une fois, deux fois. L'incrédulité m'envahit. Puis elle se transforme, lentement, en une vague de soulagement. Une vague irrésistible, totalement euphorisante. Matt… Bien sûr. Il a tout arrangé, comme il l'avait promis. Je ne sais pas comment il s'y est pris, mais sa photo a disparu. Notre famille demeure intacte.

Nous sommes saufs.

Je finis par détacher mes yeux de cette photo, par les déplacer vers la gauche, vers la première et la deuxième photo, l'homme aux lunettes rondes, la femme aux cheveux orange. J'en reste médusée. L'homme a des traits plus nets qu'hier, le menton plus carré. La femme, des pommettes plus hautes, un front plus large. Ce ne sont plus les mêmes gens, eux non plus.

Je continue vers la droite, les deux dernières images, la femme au teint pâle et l'homme aux cheveux hérissés, même si je sais déjà ce que je vais voir. Des traits similaires, des angles de prise de vue similaires, mais pas les mêmes individus qu'hier.

Mon Dieu.

Matt, c'était une chose. Mais les quatre autres agents dormants ?

Je me sens oppressée. J'ai supprimé les quatre autres photos avec celle de Matt. Je voulais les cacher, afin de protéger mon mari. Alors pourquoi cela me dérange-t-il, maintenant, de voir ces images remplacées ? Qu'est-ce que ça change ?

J'entends des voix, noyées dans le brouillard qui m'emplit la tête. Une conversation, Tina et Peter. Sur la question de savoir s'il pourrait réellement s'agir d'agents dormants. Je cligne encore des yeux, m'efforce d'écouter.

— Mais le fichier n'est pas crypté, observe Tina.

— C'est vrai, et tous nos renseignements indiquent qu'il devrait l'être, admet Peter. Mais il a été supprimé.

Tina incline la tête, se rembrunit.

— En quelque sorte, une erreur de Youri ?

Peter hoche la tête.

— Pas impossible. Le fichier a été chargé accidentellement, ou le cryptage a échoué, un incident de ce style, et la réaction de Youri a été de le détruire.

— Sans se rendre compte qu'il serait en fait encore là, ajoute-t-elle.

— Exactement.

— Et que nous le trouverions.

Il opine à nouveau.

Elle porte l'index à ses lèvres, le vernis rouge vif scintille à la lumière. Elle tapote une fois, deux fois du doigt. Puis elle se tourne vers la délégation du Bureau, les trois agents assis côte à côte, en costume sombre, les mains fermement croisées devant eux.

— Votre avis ?

Celui du milieu s'éclaircit la gorge et prend la parole.

— Au vu des éléments, il semble logique de considérer ces photos comme une piste sérieuse qui nous mènerait jusqu'à des agents dormants russes.

— D'accord.

— Nous ferons notre possible pour identifier ces individus, madame.

Elle ponctue d'un bref signe de tête.

Mon crâne me lance. Ce ne sont pas des agents dormants. Il se peut même que ces gens n'existent pas. Des individus composites, numériquement modifiés, des pistes que le Bureau poursuivra en vain.

Et, en définitive, j'en suis responsable. J'ai révélé des données classifiées. Je l'ai fait pour protéger ma famille, bien sûr. Mais maintenant, nous avons perdu toute chance de découvrir l'identité des quatre autres agents russes. Subitement prise de vertige, je m'agrippe à l'accoudoir de mon fauteuil. Qu'ai-je fait ?

La conversation ne s'arrête pas là. J'essaie vraiment de me concentrer, j'entends le nom de Youri.

— … à Moscou, fait Peter.

— Savons-nous où, à Moscou ? demande Tina.

— Nous l'ignorons. Quoi qu'il en soit, il est certain que, ces prochains jours, nous allons y consacrer des ressources supplémentaires, déterminer sa position exacte.

— Et l'ordinateur ? Disposons-nous de la moindre information de localisation ?

— Non. Il ne s'en est pas servi pour se connecter à Internet.

Il est sur le territoire américain. C'est ce que je leur crie intérieurement. Ici, aux États-Unis, à Washington même. Avec des faux papiers. Tous les deux ou trois mois, ou chaque fois que mon mari lui envoie un signal, il se rend devant une banque, dans le nord-ouest du district de Columbia, un banc dans un petit espace vert. Je garde la bouche fermée, mâchoire contractée, et, quand je lève les yeux, je constate qu'Omar continue à m'observer. Sans ciller, sans sourire. Le reste de la conversation s'estompe, jusqu'à ce que je n'entende plus que le sang qui cogne dans mes oreilles.

Dans le couloir, après la réunion, je tente une retraite précipitée vers mon bureau, quand Omar me rattrape, au petit trot. Il règle son allure sur la mienne. Mon cœur bat à tout rompre. Je ne sais que lui dire, ce que lui va me dire, et comment je vais réussir à répondre à ses questions.

— Ça va, Vivian ?

Je lui jette un regard, il a l'air inquiet, ou peut-être faussement inquiet. Subitement, j'ai la bouche très sèche.

— Oui, oui. C'est juste que j'ai pas mal de soucis, en ce moment.

Encore quelques pas, son allure toujours réglée sur la mienne, et nous sommes devant l'ascenseur. J'appuie sur le bouton, je le regarde s'allumer, j'espère que l'ascenseur va vite arriver.

— Des problèmes familiaux ? me demande-t-il.

Sa manière de prononcer cette phrase, l'expression du visage, neutre, savamment étudiée, m'évoque un interrogatoire, l'une de ces premières questions inoffensives, destinées à créer une relation, pour mieux vous prendre au piège.

Je détourne le regard, vers les portes closes de l'ascenseur.

— Euh, oui. Ella a été malade, Caleb avait des examens médicaux…

Je n'achève pas ma phrase, me demandant, de façon un peu irrationnelle, si je ne vais pas leur jeter un sort et mettre leur santé en péril, avec tous ces mensonges. Le karma, tout ça.

De biais, je le vois qui regarde lui aussi droit devant.

— Je suis désolé de l'apprendre. (Puis il me lance un coup d'œil.) Nous sommes amis, tu sais. Si jamais tu as besoin d'une aide quelconque…

Un rapide signe de tête, et je lève le nez vers les chiffres lumineux au-dessus des portes métalliques. Je les regarde s'allumer l'un après l'autre, lentement, beaucoup trop lentement. Qu'est-ce que cela signifie ? Si jamais j'ai besoin d'une aide quelconque ? Nous restons là, côte à côte, à attendre.

Enfin, un tintement retentit, et les portes s'ouvrent. J'entre, Omar derrière moi. J'appuie sur le bouton de mon étage, et je lui glisse un regard. Je devrais répondre quelque chose, alimenter la conversation. Nous ne pouvons pas prendre l'ascenseur ensemble dans ce silence. Ce ne serait pas normal. J'essaie de penser à un sujet de conversation, quand il reprend la parole.

— Nous avons une taupe.

— Quoi ?

Il m'observe.

— Une taupe. Au CCR.

Pourquoi me parle-t-il de ça ? Est-ce moi qu'ils suspectent ? Je lutte pour demeurer impassible.

— Je l'ignorais.

Il acquiesce.

— Le Bureau enquête sur quelqu'un.

Ce ne peut être moi, tout de même ? Qu'est-ce que je dois répondre à ça ?

— C'est dingue.

— En effet.

Il se tait et je n'ai aucune idée de ce que je suis censée dire ensuite. Dans ce silence, j'ai la certitude qu'il peut entendre battre mon cœur.

— Écoute, je me suis porté garant à ton sujet, continue-t-il, un débit rapide, à voix basse. J'ai certifié que tu étais mon amie, qu'en aucun cas tu ne commettrais un acte pareil. Que tu n'avais pas à être une cible prioritaire dans cette enquête.

Je sens la cabine s'immobiliser. Je cesse de respirer. Je reste absolument figée. Les portes s'ouvrent.

— Mais il se passe quelque chose. Je le sens. (Il baisse encore la voix.) Et ils finiront bien par enquêter sur toi un jour ou l'autre.

146

Je m'oblige à le regarder. L'inquiétude se lit sur son visage, la sympathie aussi. Sans que je sache pourquoi, c'est presque plus perturbant que de la simple suspicion. Il avance une main, déclenche les capteurs, me maintient les portes ouvertes. Je sors de la cabine, m'attendant à ce qu'il me suive.

— Si tu as des ennuis, me dit-il en retirant la main, laissant les portes coulisser et se refermer, tu sais où me trouver.

Le reste de la journée s'écoule dans un brouillard. Les box environnants bruissent de rumeurs, de bavardages au sujet des cinq photos, de la meilleure façon de pister Youri, de séances de stratégie autour des moyens pour mettre la main sur son propre officier traitant, l'insaisissable chef de réseau. Et je voudrais ne plus être là. Avoir le temps de rester un peu seule avec mes pensées, le temps d'intégrer tout ce qui vient de se passer.

La conversation avec Omar, pour commencer. Pourquoi m'a-t-il averti qu'il y avait une taupe ? Et pourquoi a-t-il agi comme s'il me soupçonnait d'être compromise ? S'il croit que je suis un agent double, alors pourquoi s'interpose-t-il entre l'enquête et moi ?

Tout cela n'a aucun sens.

Et ensuite il y a Matt et les photos. Je ne sais pas comment il s'y est pris. Il n'aurait tout de même pas accédé lui-même à l'ordinateur de Youri… Il semble plus vraisemblable qu'il lui ait parlé. Mais jamais Matt ne me trahirait de la sorte, si ? Il a promis de ne rien dire.

Une sorte de pesanteur s'installe autour de moi. Une noirceur. Les cinq photos ont été échangées. Si l'objectif était de protéger notre famille, il n'avait qu'à remplacer la sienne. Modifier les cinq, c'est aller plus loin que protéger notre famille. C'est protéger le programme lui-même.

Je regarde la photo au coin de mon bureau, celle de notre mariage. Je fixe les yeux de Matt jusqu'à ce qu'ils me paraissent prendre un air presque moqueur. *Essaies-tu d'agir dans notre intérêt ? Ou dans le leur ?*

★

J'ai appris que j'étais enceinte deux mois jour pour jour après avoir sauté le pas en décidant de travailler au contre-renseignement Russie. Je me souviens de m'être assise sur le rebord de la baignoire en observant ce petit bâtonnet, la ligne bleue qui s'assombrissait lentement, la comparant à celle de la photo sur la boîte d'emballage, sentant monter en moi l'incrédulité et l'excitation.

J'avais eu toutes sortes d'idées charmantes sur la manière d'annoncer la nouvelle à Matt, que j'avais entendues, lues en ligne, mentalement classées au fil des années. Mais en voyant cette ligne, en apprenant qu'il y avait un bébé en moi, *notre* bébé, je n'avais pas pu attendre. Je m'étais presque précipitée hors de la salle de bains. Il boutonnait sa chemise. J'avais hésité un instant, puis je lui avais tendu le bâtonnet, le visage illuminé d'un grand sourire.

Ses mains s'étaient immobilisées. Il avait regardé le test, mon visage, écarquillé peu à peu les yeux.

— Vraiment ? avait-il fait.

Et, quand j'avais hoché la tête, il avait arboré cet immense sourire que je n'oublierais jamais. J'avais eu une crainte obsédante, depuis les Bahamas, qu'il ne désirait peut-être pas d'enfant autant que je l'avais cru, aussi fort que j'en désirais moi-même. Mais ce sourire avait dissipé le moindre doute qui subsistait. Il exprimait la joie pure. Jamais je ne l'avais vu aussi heureux.

— Nous allons avoir un bébé, avait-il soufflé, et j'entendais dans sa voix le même émerveillement que je ressentais.

J'avais acquiescé, et il était venu vers moi, m'avait prise dans ses bras, embrassée comme si j'étais soudain devenue un objet fragile, et j'avais senti mon cœur se gonfler comme un ballon, menaçant de s'envoler de ma poitrine.

J'avais passé le reste de la journée au travail dans un mélange de stupeur et de bonheur, me rendant compte par moments que je restais des dizaines de minutes d'affilée devant mon écran d'ordinateur, sur la même page, sans rien faire. À l'abri des regards indiscrets, j'avais ouvert le guide du salarié en ligne, consulté la section relative au congé de maternité, puis celle sur les congés personnels, cliqué sur le bouton « Imprimer », et fourré les feuillets dans mon sac.

J'avais quitté le bureau plus tôt, nous avions eu un dîner charmant à la maison avec Matt, cuisiné par lui. Il a dû me demander une demi-douzaine de fois comment je me sentais et si j'avais besoin de quoi que ce soit. Après avoir enfilé un jogging, j'avais sorti les pages, et je m'étais assise à côté de lui sur le canapé. Il était occupé à faire défiler des émissions stockées dans l'enregistreur numérique. Il s'était interrompu, avait regardé les feuillets, puis moi. Il avait eu une expression que j'étais incapable de déchiffrer.

Il s'était arrêté sur une émission, un concours de cuisine, et je l'avais regardée avec lui, recroquevillée contre lui, la tête sur sa poitrine. Presque vers la fin, alors que les concurrents étaient tous en rang devant la table des juges, il avait mis sur pause.

— Il nous faut une maison, avait-il décrété.

— Quoi ?

J'avais entendu ce qu'il venait de dire, mais c'était tellement inattendu que j'éprouvais le besoin de l'entendre encore, pour être sûre d'avoir bien compris.

— Une maison. Nous ne pouvons pas élever un enfant ici.

D'un geste circulaire, il avait désigné le volume de notre maison de ville. J'avais regardé autour de moi. Un salon, une cuisine, une salle à manger – un coup d'œil me suffisait pour en cerner le moindre centimètre carré. Jamais elle ne m'était apparue si petite, auparavant.

En même temps, nous n'avions pas à supporter d'emprunt immobilier. Nous vivions près de la ville. Je n'avais jamais éprouvé la nécessité d'acheter. Lui non plus, à ma connaissance.

— Enfin, les premières années…, avais-je commencé par répondre.

— Il nous faut de l'espace. Un jardin. Un vrai voisinage.

Il semblait si catégorique, si soucieux. Et ce seraient en effet de très bonnes choses, en fin de compte. J'avais haussé les épaules.

— Ça ne coûte rien de chercher, j'imagine.

Dès la semaine suivante, nous avions un agent immobilier, un type effacé aux cheveux gris clairsemés sur lesquels je fixais les yeux depuis la banquette arrière de sa berline, durant tous ces longs trajets en périphérie de Washington. Nous avons commencé près de la ville, dans nos gammes de prix. Les maisons étaient petites. Des habitations à rénover, pour la plupart. Dès que nous y entrions, je voyais bien à l'expression de Matt qu'elles lui faisaient horreur. Il les détestait toutes. « Cet escalier ne serait pas sûr pour les enfants », tranchait-il. « Il nous faut plus d'espace. » « Pas de place pour une balançoire. » Il y avait toujours quelque chose qui clochait.

Nous nous étions donc éloignés de la ville, là où les maisons proposées étaient plus grandes, mais pas nécessairement plus intéressantes. Ou plus intéressantes, mais pas plus grandes. Ensuite, nous avions opté pour une tranche de prix supérieure. Je croyais que cela nous donnerait accès à quelques options viables. Avec un côté vieillot agaçant, peut-être, mais viables. Exiguës, mais nous ferions avec. En banlieue, mais nous ne prenions ni l'un ni l'autre les transports en commun pour aller au travail.

Dans chacune d'elle, pourtant, Matt relevait un défaut inacceptable. Un palier qui serait dangereux pour des enfants qui commenceraient à marcher. Bordée d'un ruisseau sur l'arrière – et si les enfants tombaient dedans ? Jamais je ne l'avais vu aussi sourcilleux.

— Nous ne trouverons rien de parfait, l'avais-je prévenu.

— Pour notre bébé, je veux ce qu'il y a de mieux. Et pour les autres enfants que nous aurons aussi, m'avait-il répliqué.

Et il avait eu un regard qui signifiait : *Ce n'est pas ce que tu veux, toi aussi ?*

Si l'agent immobilier n'avait pas été aussi endurant, et s'il n'était pas assuré d'empocher une belle somme quand nous aurions enfin pris une décision, je jure qu'il nous aurait lâchés. Pourtant, nous continuions de chercher. Nous avons une fois encore augmenté notre fourchette de prix, visité encore plus loin, dans des comtés moitié-suburbains, moitié-ruraux. Les « exurbains », nous avait expliqué l'agent immobilier.

Ces offres avaient davantage retenu l'attention de Matt. Il aimait bien les grandes maisons coloniales, les grands jardins, les quartiers pleins de gosses à vélo. Moi, les prix et la distance par rapport à la ville me faisaient reculer. « Pense un peu comme ce serait formidable pour les enfants », répétait-il, et comment argumenter contre ça ?

Puis nous en avions finalement trouvé une. Superbe agencement, rénovée, dans un cul-de-sac bordé d'arbres. J'ai vu à l'expression de son visage qu'il la trouvait parfaite. Elle me plaisait, à moi aussi. Je nous voyais bien élever une famille à cet endroit. Et même si je refusais de l'admettre, j'en avais assez, plus qu'assez de toutes ces recherches. J'avais envie d'être chez moi, de lire des livres pour bébé. Ce soir-là, nous avions décidé d'envoyer notre offre.

Le lendemain matin, j'étais descendue au rez-de-chaussée, et Matt avait son ordinateur portable ouvert. J'avais tout de suite compris à son visage que quelque chose n'allait pas. Vu son air, il n'avait pas fermé l'œil de la nuit.

— Les écoles, m'avait-il expliqué, elles sont lamentables.

J'avais fait le tour, je m'étais penchée sur les appréciations affichées à l'écran. Il avait raison : elles étaient médiocres.

— Il nous faut des écoles de qualité, avait-il insisté.

Il était revenu à son écran. Il avait réduit cette fenêtre, et une autre était apparue. Une maison. Petite, assez quelconque, du genre de celles que nous avions visitées au début de notre recherche.

— Elle est située à Bethesda, m'avait-il annoncé. Les écoles sont toutes notées dix sur dix. (J'ai perçu de l'excitation dans sa voix, identique à celle qu'il avait exprimée quand nous avions pénétré dans l'autre, cette demeure coloniale si parfaite.) C'est notre maison, Viv.

— Elle est petite. Tu détestes les maisons petites.

— Je sais. (Il avait haussé les épaules.) Bon, nous serons un peu serrés. Nous n'aurons pas le plus grand des jardins. Je n'aurai pas tout ce que je veux. Mais les écoles sont géniales. Pour les enfants, cela en vaudrait la peine.

J'avais regardé plus attentivement ce qui s'affichait à l'écran.

— Tu as vu le prix ?

— Oui, oui, ce n'est pas tellement plus que la dernière. Celle que nous étions prêts à acheter.

Je sentais mon cœur s'agiter. Pas tellement plus ? La différence était de cinquante mille dollars. Et la dernière maison se situait déjà au-dessus de notre budget, et notre budget avait déjà augmenté au-delà de ce que nous pouvions nous permettre, estimais-je. En aucun cas nous n'aurions les moyens d'acheter cette maison.

— Nous en avons les moyens, avait-il enchaîné, lisant dans mes pensées. (Il avait ouvert un autre écran, une feuille de calcul.) Tu vois ?

C'était un tableau Excel. Il avait tout budgétisé.

— J'aurais bientôt droit à une augmentation. Tu recevras des hausses annuelles de traitement, et par la suite tu obtiendras des promotions. À nous deux, ça peut fonctionner.

J'en avais la respiration presque coupée.

— Ça ne fonctionne que si je garde mon travail.

Il y avait eu un silence gêné.

— Tu as envie de partir ?

— Enfin, non. Pas de partir. Peut-être de prendre un congé sans solde…

C'était un sujet dont nous n'avions jamais discuté, je crois. J'avais simplement songé cesser un temps de travailler. Et je supposais que cela correspondait à son envie, à lui aussi. Nos deux mères étaient restées au foyer, quand nous étions jeunes. Nous n'avions aucune famille à proximité. Nous n'allions pas mettre notre bébé à la crèche, quand même ?

— Tu n'es pas du style mère au foyer, si ? s'était-il étonné.

Du style mère au foyer ? Qu'est-ce que c'était censé signifier ?

— Je ne parle pas de rester à la maison pour de bon. (Cela recommençait, comme lors de la soirée aux Bahamas, ce sentiment de n'être pas assez bien pour lui, qu'il avait épousé quelqu'un qui s'avérait n'être

154

pas à la hauteur de ses attentes.) Juste un certain temps.

— Mais tu adores ton métier.

Je n'adorais pas mon métier, je ne l'aimais plus. Plus depuis que j'avais intégré l'unité Russie. Le stress, les heures supplémentaires, le sentiment, malgré un travail acharné, de n'obtenir aucun résultat, me déplaisaient. Et je savais que je l'apprécierais encore moins avec un bébé au milieu de tout le reste.

— J'aime l'idée de pouvoir influer sur le cours des choses. Mais depuis que j'ai commencé à travailler sur la Russie…

— Tu as obtenu le meilleur poste de l'Agence, non ? Celui que tout le monde convoitait ?

J'avais hésité.

— C'est un bon poste, oui.

— Et tu le quitterais pour rester toute la journée à la maison avec un bébé ?

Je l'avais dévisagé.

— *Notre* bébé. Et oui, pourquoi pas. Peut-être. Je n'en sais rien.

Il avait eu un mouvement de tête incrédule, et de nouveau un silence empreint de malaise s'était abattu sur la pièce.

— Si tu ne travailles pas, comment épargnerons-nous pour l'université des enfants ? Comment voyagerons-nous avec eux, comment ferons-nous ce genre de choses ? avait-il fini par me demander.

Avant que j'aie pu répondre, il avait poursuivi.

— Viv, les écoles sont toutes notées dix. *Dix*. Ce ne serait pas génial ? (Il avait tendu la main vers moi, l'avait posée sur mon ventre arrondi, avec un regard lourd de sens.) J'ai juste envie de ce qu'il y a de mieux pour notre bébé.

Et, dans le silence qui avait suivi, cette question tacite était demeurée en suspens : *Pas toi ?*

Bien sûr que si. Comment se faisait-il que je me sentais déjà comme une mauvaise mère ? Une qui ne serait pas à la hauteur ? J'avais regardé l'écran qui était revenu sur la maison. La maison qui me faisait déjà l'effet d'un poids énorme, alors que nous ne l'avions même pas encore visitée. Quand j'avais repris la parole, c'était d'une voix étranglée.

— Allons y jeter un coup d'œil.

★

Ce soir-là, je rentre à la maison plus tard que d'habitude et, à peine la porte franchie, je les vois tous autour de la table de la cuisine, ainsi que des restes de spaghettis et de boulettes de viande dans les bols en plastique de couleurs vives – et qui constellent aussi les plateaux de leurs chaises hautes.

— Maman ! s'exclame Ella.

— Coucou, maman ! s'écrie en même temps Luke.

Les jumeaux sont torse nu, la bouille couverte de sauce tomate, des petits morceaux de pâtes collés partout – sur le front, les épaules, dans les cheveux. Matt me sourit, comme si tout était normal, puis il se lève et se dirige vers la cuisinière, et me sert à dîner.

Je laisse ma veste et mon sac près de la porte et j'entre dans la cuisine, avec un sourire de façade. Chase me répond d'un grand sourire édenté et tambourine sur son plateau, faisant voler des gouttelettes de sauce. Je tire une chaise à moi et m'assois à l'instant où Matt dispose mon assiette sur la table. Il s'assoit à son tour et je le regarde, sentant l'expression de mon visage se durcir.

— Merci, dis-je.

— Tout va bien ? demande-t-il, prudent.

J'élude la question, préfère me tourner vers Ella.

— Comment te sens-tu, mon cœur ?

— Mieux.

— Bon.

Je lance un bref coup d'œil à Matt. Il m'observe. J'interroge Luke :

— Comment c'était, ta journée à l'école ?

— Bien.

J'essaie de réfléchir à ce que je pourrais lui demander d'autre. Quelque chose de précis. Concernant un contrôle, ou un exposé, mais je ne vois pas quoi. Alors, à la place, je me contente d'avaler une bouchée de spaghettis tièdes, en évitant soigneusement de croiser les yeux de mon mari.

— Est-ce que tout va bien ? répète-t-il.

Je mâche lentement.

— J'ai cru un instant que les choses allaient mal tourner. Mais finalement non.

Et je plante mes yeux dans les siens.

Il a compris. Je le vois.

— Je suis heureux de l'apprendre.

Un ange passe. Finalement, c'est Ella qui rompt le silence.

— Papa, j'ai tout fini, annonce-t-elle.

Nous la regardons tous les deux.

— Attends que maman ait terminé, mon chou, répond-il.

Je fais non de la tête.

— Ne t'embête pas.

Il hésite, et je lui glisse un regard. *Laisse-la sortir de table. Laisse-les tous, que nous puissions parler.*

— D'accord, me fait-il avant de s'adresser à Ella. Tu mets ton bol dans l'évier, s'il te plaît.

— Je peux me lever de table, moi aussi, papa ? demande Luke.

— Bien sûr, bonhomme.

Luke et Ella nous abandonnent. Matt va chercher quelques carrés d'essuie-tout qu'il humidifie, se charge de débarbouiller le visage de Chase, et ses mains. J'avale encore quelques bouchées, le regardant nettoyer son fils, le soulever de sa chaise, le poser sur le sol. Il me jette un rapide coup d'œil avant de consacrer toute son attention à Caleb. Finalement, je pose ma fourchette. Plus d'appétit. Inutile de se forcer.

— Comment t'y es-tu pris ? j'interroge.

— Pour changer les images ?

— Oui.

Il est concentré sur les mains de Caleb, à présent, en essuyant bien entre ses petits doigts potelés.

— Je t'ai promis que je nous sortirais de là.

— Mais comment as-tu procédé ?

Il ne répond pas, ne me regarde pas, se contente d'essuyer les mains de Caleb.

Je serre les dents.

— Peux-tu répondre à ma question, s'il te plaît ?

Il soulève Caleb hors de son siège, se rassoit avec son fils sur les genoux. Caleb se fourre les doigts dans la bouche, se met à les sucer.

— Je t'ai expliqué qu'il valait mieux que tu ignores les détails.

— Épargne-moi ce genre de discours. C'était toi ? Ou as-tu averti quelqu'un ?

Il fait sauter Caleb sur ses genoux.

— J'ai prévenu Youri.

Je suis secouée, comme par une décharge électrique – la brûlure de la trahison.

— Tu m'avais juré de ne rien révéler à personne.

Son visage trahit une confusion soudaine.

— Quoi ?

— Tu avais juré de ne jamais en parler.

Il paraît désarçonné, puis, visiblement, il percute.

— Non, Viv, j'ai juré de ne jamais en parler aux *autorités*.

Je le dévisage. Caleb se trémousse, se débat pour descendre des genoux de son père.

— J'étais obligé d'avertir Youri, continue-t-il. (Caleb laisse échapper un geignement. Il gigote avec encore plus d'énergie.) Je reviens tout de suite, murmure-t-il, et il sort de la pièce avec notre fils en équilibre sur la hanche.

Je baisse les yeux, contemple mes mains, mon alliance. Cela ressemble-t-il à ça, de se faire tromper ? Le jour où j'ai épousé Matt, je me suis dit que j'avais de la chance, de ne jamais avoir à connaître ce sentiment. J'étais incapable de l'imaginer me trahir, jamais, de toute ma vie. Je place ma main droite sur la gauche, et la bague disparaît de ma vue.

Il revient un instant plus tard, seul. Se rassoit. J'écoute les sons en provenance de la pièce voisine. Luke et Ella jouent aux cartes, au jeu des sept familles. Je baisse d'un ton, me penche vers lui.

— Alors maintenant les Russes savent que j'ai partagé des informations classifiées avec toi.

— Youri est au courant.

Je rêve…

— Comment as-tu pu faire une chose pareille ?

— Si j'avais pu régler le problème moi-même, je l'aurais fait. Mais je n'avais aucun moyen d'y arriver. La seule solution, c'était de s'en remettre à Youri.

— Et de remplacer la totalité des photos ?

Il se redresse contre le dossier de sa chaise.

— Qu'est-ce que tu racontes ?

Je ne lui réponds pas. Que suis-je censée dire ? Que je ne suis pas sûre qu'il soit véritablement loyal envers moi ?

— Rien de tout ceci ne serait arrivé si tu m'avais simplement dénoncé.

Il me sermonne, comme si c'est lui qui avait été trahi.

Mais il a raison. Et je sens une part de la colère en moi commencer à se muer en culpabilité. Il m'a bel et bien enjoint de le livrer. Il n'a pas immédiatement sollicité Youri. Ces photos n'ont pas été modifiées dès le premier jour.

S'il s'était soucié davantage du programme que de moi, il aurait agi ainsi dès le début.

— Alors tout est en ordre, maintenant ? dis-je enfin. (J'essaie de me sortir les visages des quatre autres agents dormants de la tête, le fait que leurs identités resteront cachées à cause de moi. *Tu as dissimulé le fichier, Viv. Tu as effacé les photos la première.*) Nous sommes en sécurité ?

Il détourne les yeux, et, avant même qu'il ne réponde, je sais que ce n'est pas le cas.

— Eh bien, pas exactement.

Pas exactement. Je me force à réfléchir.

160

— Parce qu'ils peuvent toujours découvrir que j'ai déplacé le fichier ?

J'imagine les autorités m'interrogeant, m'informant avoir découvert la vérité. Je peux prétendre qu'il s'agissait d'un accident. Que je ne m'en étais pas rendu compte. Cela semblerait un peu tiré par les cheveux, et ça ne manquerait pas de susciter des soupçons, au moins temporairement. Mais cela aurait été bien pire s'ils avaient trouvé la photo de Matt.

— Oui, admet-il. Enfin, cela ne s'arrête pas là. Athena crée un journal d'activité de l'utilisateur.

Comment connaît-il le nom d'Athena ? Je suis certaine de ne jamais le lui avoir mentionné.

— Il existe donc une trace de ce que tu as vu sur l'ordinateur de Youri, Viv. En théorie, quelqu'un pourrait y pénétrer et observer toute ta navigation, repérer quels fichiers tu as ouverts.

— Ils pourraient me voir ouvrir ta photo.

— Oui.

— Donc elle existe toujours, sur le serveur ?

— Oui.

Cela signifie que les quatre autres existent aussi. Il ne serait pas trop tard pour remettre les vrais clichés entre les mains du FBI. J'ai encore une chance de tout avouer, d'informer l'Agence. De faire mon devoir.

Je n'ai causé aucun dommage irréversible. Pour le moment tout du moins. Peut-être seraient-ils en mesure d'excuser mes actions ? Mettre ça sur le compte de l'acte impulsif d'une épouse angoissée.

Sauf qu'en réalité cet argument n'est pas vraiment valable. Parce que cela n'explique pas le remplacement des cinq photos… J'ai révélé aux Russes des informations détaillées sur un programme hautement confidentiel. J'ai commis une trahison. Ce seul fait suffirait à m'envoyer en prison. La peur transforme mon sang en glace.

Je pense à Omar, à la manière dont il m'a regardée. *Il y a une taupe au CCR.* Si c'est moi qu'ils soupçonnent, il leur suffit de consulter le serveur pour avoir la preuve définitive de ma duplicité.

— Il y a une autre solution, déclare Matt. Un moyen de tout effacer.

Il paraît troublé, réticent.

— Comment ?

Ma voix se réduit à un chuchotement.

Il plonge la main dans sa poche, en sort une clé USB. Il la tient en l'air.

— Il y a là-dedans un logiciel, qui effacera tout l'historique d'activité de ces deux derniers jours.

Je fixe la clé. Ce simple objet balaierait toutes les preuves. Ils n'auraient rien sur quoi fonder mon inculpation. Rien pour m'éloigner de mes enfants.

— Le tien et celui d'autres personnes, ajoute-t-il. Ce programme recalera tous les serveurs deux jours en arrière.

Je lève les yeux vers lui. *Recalera tous les serveurs deux jours en arrière.* Deux journées de travail perdues pour l'Agence entière, tous ces gens, tout ce travail.

Mais dans l'absolu, ce n'est pas grand-chose, si ?

Cela éviterait de faire éclater ma famille. Cela effacerait la photo de Matt, une fois pour toutes. Cela effacerait également les photos des quatre autres agents dormants, mais il ne fait plus aucun doute dans mon esprit : je les laisserais échapper à la justice en échange de la sécurité de ma famille. Je sais que c'est répréhensible. Et rien que d'oser y penser, j'ai l'impression d'être une criminelle. Mais il s'agit de mes enfants…

— Alors, quoi ? je demande. Ils vont se contenter de télécharger ce logiciel sur le serveur ?

— Eh bien, c'est là que les choses se corsent. C'est toi qui l'installerais.

9

Il pose la clé USB sur la table et je la contemple comme si elle risquait d'exploser d'un moment à l'autre.

— Je ne peux rien en faire. Les ordinateurs ont été modifiés. Je n'ai pas de port d'accès…

— Il y en a un dans la salle en accès restreint.

Je le dévisage. Lui ai-je une seule fois signalé l'existence de la salle en accès restreint ? Je n'ai en tout cas certainement jamais rien dit des ordinateurs qui l'équipent. Cependant, il a raison : il y a bien une machine distincte des autres, réservée au téléchargement des données en provenance du terrain.

— Enfin, peu importe. Cet ordinateur est protégé par mot de passe. Je n'ai pas les accréditations…

— Tu n'en as pas besoin. Le logiciel tourne tout seul. La clé a juste besoin d'être insérée dans le port.

L'énormité de ce qu'il exige de moi me laisse abasourdie.

— Tu me demandes de charger un programme inconnu dans le réseau informatique de l'Agence.

— Je te demande d'effacer les preuves t'incriminant.

Cela effacera aussi les cinq photos. Je détourne les yeux. Ensuite, je prononce les mots qui me tourmentent l'esprit :

— Tu es un agent russe, et tu me demandes de charger un logiciel dans un réseau de la CIA.

— Je suis ton mari, et j'essaie de t'éviter d'aller en prison.

— En me demandant de commettre un acte qui pourrait m'envoyer derrière les barreaux pour le restant de mon existence.

Il pose sa main sur la mienne.

— En l'état actuel des choses, s'ils découvrent ce que tu as fait, tu te retrouveras dans une cellule quoi qu'il arrive.

J'entends Ella dans la pièce voisine.

— C'est pas juste ! s'exclame-t-elle.

Tu as raison, me dis-je en fixant la clé USB. *C'est pas juste. Rien de tout ça n'est juste.*

— Papa ! crie-t-elle de sa voix perçante. Luke a triché !

— C'est pas vrai ! hurle Luke.

Je sens les yeux de Matt qui m'observent. Ni lui ni moi ne nous levons pour aller arbitrer la dispute. Les enfants continuent de se chamailler, mais plus discrètement, maintenant. Quand leur conversation redevient normale, je retire ma main de sous celle de Matt et croise les bras.

— Qu'est-ce qu'elle contient exactement ? Un dispositif qui permettra aux Russes de pénétrer dans nos systèmes ?

D'un signe de tête, il se défend.

166

— Non, absolument pas. Je te le jure, c'est juste un programme qui réinitialisera les serveurs à leur état antérieur, deux jours plus tôt.

— Comment le sais-tu ?

— J'ai vérifié. J'ai effectué des diagnostics. C'est tout ce qu'il y a dessus.

Et pourquoi devrais-je te croire ? Ces mots, je ne les prononce pas. Ce n'est pas nécessaire : je suis certaine qu'il est capable de les lire sur mon visage.

— Si tu ne le fais pas, tu iras en prison. (Il a l'air vraiment inquiet.) C'est une porte de sortie.

Je baisse à nouveau les yeux sur cette clé, je voudrais qu'elle disparaisse, tout oublier. J'ai la sensation de m'enfoncer de plus en plus profondément dans une spirale sans fin, et d'être impuissante à en sortir. Serais-je réellement capable de commettre un tel acte ?

Je lève la tête, l'étudie longuement. Ses paroles résonnent dans ma tête. *J'ai effectué des diagnostics.*

— Je veux les voir.

La confusion assombrit ses traits.

— Quoi ?

— Tu as dit que tu avais fait des diagnostics. Montre-les-moi.

Il recule, comme s'il venait de recevoir une gifle.

— Tu ne me crois pas.

— Je veux juste vérifier par moi-même.

Nous nous mesurons du regard, sans ciller, et enfin il lâche :

— D'accord.

Il se lève, sort de la pièce, et je l'imite. Il se rend à l'espace de rangement situé derrière l'escalier. Allume la lumière, attrape le tournevis, celui que j'ai moi-même utilisé. Je l'observe soulever la lame du parquet, sortir l'ordinateur. Il se retourne, je suis incapable de déchiffrer son regard, puis il regagne la table de la cuisine, en m'effleurant au passage.

Il ouvre l'ordinateur. Je me place derrière lui, debout, et surveille l'écran. La barre blanche s'affiche, le curseur clignote. Mes yeux se déplacent vers le clavier, suivent ses doigts qui tapent sur les touches, lentement, posément. Une formule que je reconnais, celle de ses mots de passe habituels, les dates d'anniversaire des enfants. À la fin, il frappe sur quelques touches de plus, et il me faut un instant avant de réaliser. C'est la date de notre anniversaire de mariage.

— Tu ne vas pas y comprendre grand-chose, je me trompe ? me demande-t-il.

Heureusement qu'il est de dos et qu'il ne peut pas me voir, parce qu'il a raison. Je ne suis pas très douée pour lire des lignes de code. Les détails ne me paraîtront pas clairs. Mais il ne s'agit pas de ça. Il s'agit de sa manière de se conduire, à cet instant, de ce qu'il me fait voir. J'en comprendrai assez pour savoir s'il a réellement effectué ces diagnostics, ou si c'était un mensonge. Et cela suffit. Peut-être.

— J'en sais plus que tu ne le penses.

Il ouvre un programme, saisit une commande, et du texte défile à l'écran.

— Un journal d'activité de l'utilisateur, murmure-t-il.

Il désigne une ligne de code : la date d'aujourd'hui. Puis une autre, un horodatage antérieur de quelques heures.

Il fait défiler jusqu'en bas de l'écran, indique une portion de texte.

— Le contenu de la clé, précise-t-il.

Je balaie ces lignes, pour l'essentiel indéchiffrables, mais certains fragments sont compréhensibles, concordent avec ce qu'il m'a dit. Rien ne suggère que ce programme contienne autre chose de plus nuisible.

Et le plus important, le marquage de la date et de l'heure. Le fait qu'il ait quelque chose à me montrer. Il a effectué des diagnostics sur ce disque, tout comme il me l'a assuré.

Il ne mentait pas.

Il se tourne sur sa chaise et lève les yeux vers moi. Il a une expression blessée, et je me sens rongée par la culpabilité.

— Tu me crois maintenant ?

Je me rassois. J'hésite, puis lance :

— Ce ne sont pas des amateurs, tu sais. Les gens de l'Agence. Et s'ils me relient à cette attaque ?

— Impossible, me certifie-t-il d'une voix calme.

— Comment peux-tu en être sûr ?

— Réfléchis à tout ce que je t'ai dit. À tout ce que savent les Russes. (Il approche la main, couvre une fois encore la mienne.) Ce ne sont pas des amateurs non plus.

Cette nuit-là, de nouveau, je ne ferme pas l'œil. Au lieu de dormir, j'erre dans la maison, le cœur serré, douloureux. Je regarde les enfants assoupis, leurs petites poitrines se soulever, leurs visages qui semblent encore plus jeunes dans leur sommeil profond. J'avance à pas feutrés dans les couloirs, en m'attardant devant chacune des photos accrochées aux murs, tous ces moments fugitifs, ces sourires heureux. Les dessins fixés au frigo par des aimants. Les jouets, inertes dans l'obscurité, en attente. J'ai juste envie que tout cela continue. D'avoir une vie normale.

Mais je ne peux nier la réalité : je pourrais aller en prison. C'est une quasi-certitude maintenant, s'ils découvrent ce que j'ai commis. Et je serais privée de tant de choses, si cela devait se produire. Je suis gagnée par l'émotion. Les premiers pas de Caleb, ses premiers mots. Ella perdant sa première dent, l'excitation de la petite souris. Les spectacles de danse, les parties de Tee-ball, le base-ball pour les petits, les leçons de vélo. Tous ces petits moments mis bout à bout. Les rassurer quand ils ont fait un cauchemar, ou les câliner quand ils sont malades. Les entendre dire « Je t'aime, maman », et les écouter parler de ce qu'ils ont appris à l'école, ce qui les excite, et les effraie.

Bien sûr, cela signifie que le Bureau ne capturera pas des espions qu'en d'autres circonstances il aurait arrêtés. Mais si l'on restitue cela dans un contexte plus vaste, quelle importance au bout du compte ? Il y avait littéralement des dizaines d'agents dormants à mon mariage… La situation est tellement plus grave que ce que nous imaginions. Cinq agents, c'est une goutte d'eau dans la mer.

Je suis assise au fond du canapé, dans la dernière obscurité d'avant l'aube, quand Matt descend au rez-de-chaussée. Il allume l'éclairage de la cuisine, cligne des yeux, s'accommode. Il se dirige vers la cafetière. Je l'observe en silence. Enfin, il me remarque, s'immobilise, me scrute. Je soutiens son regard. Ensuite, je lève la main, la clé USB entre le pouce et l'index.

— Dis-moi ce que j'ai besoin de savoir.

Je vais le faire. L'énormité de la chose est presque écrasante. Dans un état second, je regarde Matt essuyer la clé avec un petit chiffon, du genre de ceux qu'il utilise pour essuyer les traces sur ses lunettes de soleil. « Pour les empreintes digitales », me précise-t-il. Il la glisse ensuite dans le double-fond d'un mug de voyage. Brillant, métallique, isotherme, un objet que je n'avais jamais vu auparavant. Où était-il rangé ? Où conserve-t-il ce genre de choses ?

Comment ai-je pu être aussi aveugle ?

— Il te suffit de brancher la clé, explique-t-il en me tendant le mug. Il y a un port USB en façade du terminal d'ordinateur.

En saisissant le thermos, j'aperçois mon reflet déformé sur la paroi. On dirait quelqu'un d'autre.

— D'accord, je réponds.

— Attends au moins cinq minutes, pas plus de dix, puis tu la débranches. Au bout de dix minutes, les serveurs lancent leur réinitialisation. Si la clé reste connectée après la fin de la réinitialisation, ils seront en mesure de la relier directement à l'ordinateur.

Cinq minutes ? Je vais devoir rester assise dans la salle pendant cinq minutes, avec la clé connectée ? Et si quelqu'un entre ?

— J'attendrai la fin de la journée, alors.

Il fait non de la tête.

— Tu ne peux pas. La session d'ordinateur doit être ouverte.

— Ouverte ?

Ses mots m'emplissent de frayeur. En d'autres termes : pendant les horaires de bureau. Car Peter est le seul à détenir les habilitations. En général, il ouvre une session sur cet ordinateur dans la matinée, il la verrouille pour la journée, puis ferme de nouveau la session avant de s'en aller. Ce qu'il me demande de faire présente un énorme risque.

— Et si quelqu'un me voit faire ?

— Cela n'arrivera pas, assure-t-il, mais je peux déceler la peur sur son visage, une légère incertitude, pour la première fois depuis qu'il m'a montré cette clé USB. Tu feras en sorte que cela ne se produise pas.

Le mug est posé dans le porte-gobelet, tandis que je roule vers le bureau. Sur le trajet à pied, du parking au bâtiment, je le serre fort, et plus fort encore lorsque j'entre dans le hall. Je me force à paraître calme, un tour de force.

Je dépasse trois panneaux avec la liste des articles interdits dans les bâtiments – je n'avais jamais remarqué qu'il y en avait autant. Une longue liste, avec tous les appareils électroniques possibles et imaginables. Même si la clé USB était vide, l'apporter avec moi serait interdit. Et je ne pourrais prétendre ignorer la réglementation.

J'attends dans la file pour franchir les tourniquets. Sur la droite, une femme d'à peu près mon âge a été priée de s'écarter pour un contrôle inopiné. Ron fouille son sac. Sur la gauche, un autre contrôle aléatoire, un homme plus âgé, ausculté au détecteur de métaux. Je détourne les yeux. Je sens des gouttes de sueur perler sur mon front, ma lèvre supérieure. Quand c'est mon tour, je place mon badge au-dessus du lecteur, je saisis mon code sur le pavé tactile. Le tourniquet se déverrouille, m'autorise à passer.

Les capteurs retentissent, une tonalité sourde, et deux agents que je ne reconnais pas regardent dans ma

172

direction. Mon cœur s'emballe, il bat si fort que je suis sûre que les gens autour de moi l'entendent. Je prends un air confus, juste une fraction de seconde, puis je souris, en levant le mug dans leur direction. *Regardez, c'est juste ça. Ne vous inquiétez pas.* Les capteurs, ceux qui sont équipés pour détecter les appareils électroniques, sont notoirement capricieux.

L'un des agents s'approche. Il se saisit d'un détecteur, me le passe le long du corps, devant et derrière, sur mon sac. Le détecteur ne bipe qu'en réaction au mug. L'air blasé, il me fait signe d'avancer.

Je lui souris, avec un hochement de tête. Je continue jusqu'au bout du hall, d'un pas égal. Dès que je suis hors de vue, du dos de ma main tremblante, j'essuie mon front moite.

À l'entrée de ma salle forte, je présente mon badge face au lecteur, puis saisis de nouveau mon code. La lourde porte se déverrouille, et je la pousse. J'aperçois Patricia. Je lui adresse un sourire et poursuis mon chemin. Ensuite, je gagne mon box et m'identifie sur l'ordinateur. La routine, les échanges de salutations, tout va bien.

De mon bureau, j'observe fixement la porte. ACCÈS RESTREINT, en grandes lettres rouges. Les lecteurs, à côté : l'un sert à scanner les badges, l'autre, les empreintes digitales. Un programme est ouvert sur mon écran, mais je n'y prête pas attention. Je ne lance aucune recherche, je n'ouvre aucun mail. Je fixe cette porte, rien d'autre.

Quelques minutes après neuf heures, Peter arrive. Je le regarde placer son badge contre un des lecteurs, saisir un code, puis appliquer son index sur l'autre, et le maintenir. Il entre, referme le lourd panneau derrière lui. Quelques minutes plus tard, la porte se rouvre, et il s'en va.

Mes yeux se tournent vers le mug, posé devant moi, sur le bureau. La session d'ordinateur est ouverte. C'est maintenant ou jamais. Je prends le mug, referme les doigts autour. Il m'est presque difficile de me lever de ma chaise, de forcer mes jambes à marcher vers la porte.

Je présente mon badge, presse mon doigt sur le lecteur optique. La serrure se déclenche. À l'intérieur, il fait sombre. J'actionne l'interrupteur. C'est un petit espace, plus petit encore que le bureau de Peter. Deux ordinateurs, côte à côte, sur une table, les écrans orientés dans des sens opposés. Un troisième, plaqué contre le mur d'en face. C'est ce dernier qui attire mon attention, celui qui possède un port USB sur le devant.

Je m'assieds à l'une des deux autres machines, pose le mug devant moi. J'ouvre une session. Si quelqu'un entre, il faut que j'aie l'air occupée. J'affiche l'information la plus compartimentée à laquelle j'ai accès, celle que, dans toute l'Agence, seule une poignée de fonctionnaires est autorisée à consulter. Des éléments si sensibles que je n'aurais pas d'autre choix que de prier un éventuel arrivant de ressortir, et d'attendre que j'aie terminé. Ensuite, je prends une inspiration et, doucement, dévisse le fond du mug. Je tire sur ma manche, m'en couvre la main, secoue la clé pour la faire tomber au creux de ma paume, revisse le fond.

Je reste un instant immobile, attentive au moindre bruit, mais tout est silencieux.

Puis je me dirige vers le troisième ordinateur. Les doigts cachés par l'extrémité de ma manche, j'insère la clé, rapidement, sans difficulté. Presque aussitôt, l'embout plastique clignote, un témoin lumineux orange. Quelques secondes plus tard, je regagne mon siège.

Tremblante. Je n'ai jamais été aussi terrifiée de toute ma vie.

Je consulte l'horloge en bas de l'écran. Cinq minutes. C'est tout ce dont j'ai besoin. Juste cinq minutes, puis je dois retirer la clé, la ranger dans son compartiment secret, et tout sera terminé, tout sera réglé. Comme si rien n'était jamais arrivé.

Je lance de nouveau un coup d'œil à la clé, à l'embout lumineux orange. Quelle opération cette clé est-elle en train d'accomplir ? S'introduire dans les serveurs, j'imagine. S'apprêter à effacer les activités des deux derniers jours. C'est tout, n'est-ce pas ? Mon Dieu, j'espère que c'est tout.

Une minute s'écoule, qui semble une éternité. Je calcule mentalement. Un cinquième du parcours déjà. Vingt pour cent.

Puis un bip retentit derrière la porte, un badge plaqué contre le lecteur. Je me fige, et me tourne vers l'entrée. Sois calme. Je dois rester calme. Quatre minutes. Quatre minutes. Il me faut juste quatre minutes de plus.

La porte s'ouvre, et c'est de nouveau Peter. Oh non, Peter. La peur m'agrippe les entrailles. Il a accès à tout ce à quoi j'ai accès. Je n'ai aucun motif pour l'éloigner, aucun, il va s'assoir au poste à côté du mien, et alors comment pourrai-je accéder à l'autre, en retirer la clé ?

— Hello, Vivian ! salue-t-il.

Agréable, rien qui sorte de l'ordinaire. J'espère qu'il ne va pas remarquer à quel point je suis paniquée. Totalement terrorisée.

— Hello.

Je lutte pour garder une voix calme.

Il s'assied au terminal voisin du mien, tape ses mots de passe. J'ai terriblement conscience de la clé USB dans l'ordinateur derrière nous. Il n'a a priori aucune raison d'utiliser cette machine. Mais s'il remarque la clé ?

Je consulte l'horloge. Cela fait maintenant trois minutes. Soixante pour cent. Encore deux, et…

— Vivian ?

— Oui ?

Je me tourne vers lui.

— Peux-tu me laisser quelques minutes ? J'ai besoin de vérifier une nouvelle donnée de renseignement. Eagle Justice.

Un compartiment auquel je n'ai pas accès. Il fait exactement ce que j'avais prévu de faire, mettre dehors quiconque ne détiendrait pas l'habilitation nécessaire. Je jette de nouveau un œil à l'horloge. Non, pas deux, encore trois minutes ! Je jurerais que le temps ne s'écoule plus dans le bon sens.

— Peux-tu m'accorder encore quelques minutes, Peter, le temps que je termine ? J'ai presque fini.

— Ce serait bien volontiers, mais j'ai besoin de consulter ce document avant la réunion de direction de ce matin. Ordre de Nick.

Non. Non, ce n'est pas possible. Qu'est-ce que je suis censée faire ? Qu'est-ce que je lui aurais répondu en temps normal, bon sang ?

— Vivian ?

— D'accord. Bien sûr. Laisse-moi juste fermer ma session.

176

— Si tu avais l'amabilité de simplement la clôturer pour le moment... J'ai vraiment besoin de consulter ça rapidement.

J'hésite. Sur l'instant, mon cerveau me fait défaut, il ne trouve absolument aucune parade, à part simplement acquiescer.

— D'accord.

Je ferme mon écran, Contrôle-Alt-Supprimer. Je me lève, et, au moment où j'ouvre la porte pour sortir, coule un regard vers la clé USB, toujours branchée, avec son témoin lumineux orange.

Je regagne mon bureau, je m'assois, hébétée. Mes yeux tombent sur l'horloge – cinq minutes – puis se fixent sur la porte. Mes neurones sont comme paralysés, incapables de décider quoi faire. Je repense aux propos de Matt, ce matin. *Cinq minutes... pas plus de dix... les serveurs entament leur réinitialisation.*

Six minutes maintenant, et la porte reste fermée. Et si Peter remarque la clé ?

Sept minutes. Je reste assise, terrifiée, transie de peur.

Huit minutes. Pourrais-je l'attirer dehors ? Je ne vois pas comment. Attendre ? Il va falloir qu'il termine, et vite.

Neuf minutes. Je suis pétrifiée, incapable de bouger. Je me force à reculer ma chaise, à me lever. Je vais prétexter d'avoir oublié quelque chose. Le mug. Ensuite, je vais le renverser, en direction de l'ordinateur, extraire la clé quand je me serai baissée pour le ramasser...

Un éclair fugace en face de moi attire mon attention. Un changement de couleur, de contraste. Mon écran vire au noir, juste un instant. Je pivote sur place, jette

177

un œil au bout de la rangée de box, constate que d'autres écrans virent au noir eux aussi. Toute une série, l'un après l'autre. Un bref clignotement, qui parcourt toute la salle forte comme un courant électrique. Retour des écrans à la normale. Les gens regardent autour d'eux, en murmurant. *Que se passe-t-il ?*

Oh merde.

Je me précipite vers la porte de la pièce en accès restreint. Je plaque mon badge, j'appuie le doigt contre le lecteur. Les instructions de Matt défilent dans ma tête. *Si la clé reste connectée après la fin de la réinitialisation, ils seront en mesure de la relier à l'ordinateur…*

La porte s'ouvre juste à l'instant où la serrure se déclenche et que je pousse sur le panneau, j'en perds l'équilibre, je me heurte quasiment à Peter.

— Vivian ! s'écrie-t-il, interloqué.

Il réajuste ses lunettes sur l'arête du nez.

— Mon mug. J'ai oublié mon mug, dis-je en vitesse.

Trop vite. Il me lance un regard interrogateur, teinté de suspicion. Mais sur l'instant, peu importe, rien d'autre n'importe que d'extraire cette clé USB. Je m'efface, j'attends qu'il passe, chaque fraction de seconde me fait l'effet d'une torture.

Enfin, il sort de la pièce et je peux entrer, refermant derrière moi. Un instant après, je tire sur la clé d'un coup sec, j'atteins le mug, en dévisse le fond, remets la clé en place, revisse le fond.

Et je m'affale sur le siège, totalement et complètement vidée de toute énergie. Tout mon corps tremble. Je suis incapable de reprendre mon souffle.

La terreur subsiste, même après que les tremblements ont cessé. Je devrais m'en aller. J'ai la clé. Je suis tirée d'affaire, non ? La réinitialisation n'était pas encore terminée, j'en suis certaine.

Pourtant même si le plan a fonctionné comme prévu, j'ai l'affreux pressentiment de ne pas être complètement tirée d'affaire.

Il ne faut pas longtemps à tous les analystes de la salle forte pour s'apercevoir que la totalité de leur travail des deux derniers jours a été effacée. Tout le monde se plaint d'avoir perdu des documents, des présentations PowerPoint. La nouvelle se propage comme une traînée de poudre, celle d'une panne de courant affectant l'ensemble du système. Les théories du complot affluent, tout y passe, du renseignement étranger aux hackers en passant par des employés du service informatique mécontents de leur sort.

Peter fait le tour des box, vérifie si tous les comptes de ses analystes ont été pareillement affectés. J'entends des conversations discrètes, puis je l'entends s'approcher. Quand il arrive à hauteur de mon box, il se contente de m'observer en silence un long moment. Son visage est dénué d'expression, mais, je ne sais pourquoi, il provoque encore des vagues de peur en moi.

— Même chose ici, Vivian ? me demande-t-il. Deux journées de travail ?

— On dirait bien, oui.

Il hoche la tête, toujours impassible, et continue son inspection.

Je le suis du regard, et la peur se transforme en nausée irrépressible. Subitement, je me sens le cœur au bord des lèvres. Il faut que je parte, il faut que je m'échappe d'ici.

Je recule mon siège, me précipite au bout de l'allée en traversant toute la rangée de box, sors de la salle forte. La main contre le mur afin de garder mon équilibre, je me dirige vers les toilettes pour femmes. Je pousse la porte, dépasse très vite la double batterie de lavabos, le double alignement de miroirs, jusqu'à la rangée de cabinets. Je m'enferme dans le dernier, tout au bout. Je rabats le loquet, me retourne, et vomis dans la cuvette.

Quand j'ai fini, je m'essuie la bouche du dos de la main. J'ai les jambes chancelantes, je sens tout mon corps affaibli. Je me redresse, respire à fond, j'essaie de me calmer les nerfs. Ça a marché, il faut que ça ait marché. Et je dois me maîtriser, maintenant, continuer ma journée comme si de rien n'était.

Je m'oblige finalement à quitter la sécurité relative de ce cabinet de toilettes verrouillé pour ressortir face à la rangée de lavabos. Je me lave les mains. Il y a quelqu'un à l'autre extrémité, une fille, l'air à peine sortie de l'université. Elle m'adresse un petit sourire, dans le miroir. Je lui souris à mon tour, puis contemple mon reflet. Des cernes sombres sous les yeux. Le teint pâle. J'ai l'air affreuse. J'ai l'air d'une traîtresse.

Je détourne le regard, tire un morceau d'essuie-mains brun et râpeux, me sèche les mains. J'ai besoin d'avoir l'air apaisée. Je suis entourée d'analystes du contre-renseignement, merde.

Respire à fond. Respire à fond, Viv.

Je me glisse à nouveau dans la salle forte, me faufile vers le fond, en tâchant de faire la sourde oreille aux diverses conversations, surtout des discussions tendues où il est question de la coupure de courant. Les collègues de mon unité sont rassemblés dans l'allée centrale. Je me joins à eux, hésitante, à deux pas de mon box. Ils se parlent, mais j'y prête à peine attention, saisissant des bribes au passage, hochant machinalement la tête, avec les interjections qu'il faut. Du moins, je l'espère. Je n'arrive pas à détacher mes yeux du mug, ou de l'horloge. Je suis impatiente de sortir d'ici et de rentrer chez moi. De remettre la clé à Matt, de me débarrasser de cette pièce à conviction, d'en avoir fini avec tout ça.

— Tu penses que c'était qui ? demande Marta en plaisantant à moitié, d'une voix qui pénètre mon esprit embrumé. Les Russes ? Les Chinois ?

Elle nous regarde tous mais c'est Peter qui répond :

— Si les Russes avaient la capacité d'accéder à nos systèmes, ils ne se borneraient pas à effacer notre travail des deux derniers jours. (Il a les yeux fixés sur Marta, pas sur moi, mais l'expression de son visage suffit néanmoins à me glacer.) Si ce sont les Russes, ce n'est pas fini. Loin s'en faut.

Je suis en route pour la maison, et le mug est de retour dans son porte-gobelet. La tension s'est en partie dissipée, mais cela n'a en rien dénoué le nœud au creux de mon ventre. Qu'ai-je fait ?

Mes mains se crispent sur le volant. Une tempête d'émotions se déchaîne en moi. Soulagement, incertitude, regret.

Cela fonctionnera peut-être. Cela m'évitera peut-être la prison. Mais ne vivrai-je pas éternellement dans la crainte d'être arrêtée ? J'aurai la possibilité de regarder mes enfants grandir, mais tout ne sera-t-il pas

181

entaché d'une faute sans rémission ? Chaque doux moment n'en sera-t-il pas un peu moins doux ?

N'aurais-je pas dû plutôt dire la vérité, quitte à risquer le châtiment ?

J'ai le sentiment que j'aurais dû y réfléchir plus en profondeur, plus froidement. J'ai agi de manière impulsive, même si j'étais persuadée du contraire.

Je me range devant le garage. La voiture de Matt est garée le long du trottoir, comme toujours. Il fait sombre, et l'intérieur est brillamment éclairé. Les rideaux de la cuisine sont grands ouverts, et je les vois tous les cinq, assis autour de la table.

Je ne serai donc plus jamais totalement à l'aise, totalement heureuse. Mais mes enfants, si. Et n'est-ce pas la seule chose qui compte, lorsqu'on est parent ?

Je coupe le moteur, sors de la voiture, me dirige vers la boîte aux lettres. Elle contient la pile habituelle d'enveloppes et de pubs. Et, sur le dessus, une fine enveloppe kraft, à moitié pliée pour qu'elle puisse entrer dans la boîte trop étroite. J'attrape le tout, les yeux rivés sur l'enveloppe. Pas de timbre, pas d'adresse d'expéditeur, juste mon prénom, au feutre noir, en lettres capitales. VIVIAN.

Tout mon corps se glace. Immobile, je fixe l'enveloppe, puis j'oblige mes jambes à se mouvoir, à me conduire jusqu'à la véranda. Je m'assois, pose le reste du courrier à côté de moi, gardant juste l'enveloppe. Je la retourne, glisse un doigt sous le rabat.

Je sais déjà ce qu'elle contient. En réalité, il n'y a qu'une seule possibilité.

J'en extrais une mince liasse de papiers, trois ou quatre feuilles, tout au plus. La première, une capture d'écran. Mon ordinateur. Les bandeaux de niveau de classification, en haut et en bas, mon numéro d'identité professionnelle. Athena est actif et, à l'intérieur, l'image-miroir de l'ordinateur de Youri. Un fichier, ouvert. *Amis.*

Je fais glisser la première feuille, afin de découvrir la suivante. Les mêmes bandeaux de classification, le même matricule d'employée, le même fichier. Sauf que cette fois, l'une des images est ouverte, et une tête en gros plan remplit l'écran.

À nouveau, le visage de mon mari.

10

Je suis incapable de respirer. J'ai effacé les preuves. J'ai fait exactement ce que m'a demandé Matt, j'ai pris un énorme risque, j'ai inséré cette clé USB. Pourtant, c'est là, devant moi. Sur mes genoux. La preuve qui pourrait m'envoyer derrière les barreaux. Quelqu'un l'a apportée ici, à mon domicile.

Je regarde la troisième, puis la quatrième. Du langage informatique, des chapelets de caractères que je ne comprends pas vraiment. Mais ce n'est pas nécessaire. Il s'agit d'un historique de mon activité, de mes recherches. La preuve que j'ai bien vu la photo de Matt. Que j'ai sciemment supprimé ce fichier.

J'entends la porte s'ouvrir derrière moi.

— Viv ?

Matt m'appelle.

Je ne lève pas les yeux vers lui. Je n'y arrive pas. C'est comme si j'avais soudainement perdu la dernière parcelle d'énergie qui pouvait me rester. Il y a un temps de silence, et j'imagine Matt dans mon dos, hésitant sur le seuil, les yeux baissés sur moi, sur les papiers. Cela lui causera-t-il le même choc qu'à moi ?

Je le sens s'approcher, puis il s'assoit tout près. Je ne l'ai toujours pas regardé. Impossible.

Il saisit les documents, et je le laisse faire. Il les parcourt, une page après l'autre, en silence. Pas un mot. Puis il les remet dans l'enveloppe.

Encore un silence. Je me concentre sur ma respiration, je regarde chaque petit nuage de condensation se former, puis s'évanouir. Comment transformer ce fouillis de pensées dans ma tête en quelque chose de cohérent ? À la place, j'attends que Matt prenne la parole, qu'il réponde à mes questions implicites.

— C'est une assurance, lâche-t-il finalement.

Une assurance. Ce n'est pas ça, non. C'est plus que ça. Bien plus.

— Un avertissement, continue-t-il. Ils veulent s'assurer que tu ne parleras pas.

Je me tourne vers lui. Il a les joues écarlates, le nez rougi par le froid. Il ne porte pas de veste.

— C'est du chantage, je réplique, et ma voix se brise.

Il soutient mon regard un moment, et je tente désespérément de déchiffrer son expression. Troublée ? Je ne sais pas.

— Oui, c'est du chantage.

Je regarde vers la rue, en contrebas, le trottoir où nous promenons les jumeaux dans leur poussette double, où Luke a appris à faire du vélo.

— Ils sont venus ici. Ils savent où nous vivons.

— Ils l'ont toujours su.

Ces mots me font l'effet d'un coup de poing. Évidemment qu'ils ont toujours su. Subitement, rien ne me semble plus sûr.

— Les enfants…, je souffle d'une voix étouffée.

Du coin de l'œil, je le vois secouer la tête, un non catégorique.

— Les enfants ne courent aucun danger.

— Comment peux-tu en être certain ?

Ma voix n'est plus qu'un chuchotement.

— Je travaille pour eux. Dans leur esprit, les enfants leur… appartiennent.

Je sais que ces mots-là sont destinés à me rassurer, mais je n'en suis que plus effrayée. J'enlace mes genoux et me tourne vers la rue. Un véhicule vient dans notre direction, moteur grondant, ses phares nous aveuglant. La voiture des Nguyen. Leur porte de garage s'ouvre, et leur véhicule s'engage dans l'allée. La porte du garage se referme derrière eux, avant que le bruit du moteur ne s'estompe.

— Ce que j'ai fait aujourd'hui… (Je perds mes mots.) C'était censé être la fin.

— Je sais.

— Pourquoi ne m'as-tu pas avertie qu'ils en conserveraient une copie ?

— Je l'ignorais. (Son front est creusé de sillons sinueux, les sourcils sont froncés.) Je te jure, Viv. Je ne savais pas. Ils ont dû avoir accès au programme, je ne sais pas comment. Ou quelqu'un a pu exploiter les historiques de recherches.

Encore des phares. Une voiture que je ne reconnais pas. Elle passe devant nous, continue sa route. Je la suis des yeux, jusqu'à ce que ses feux arrière disparaissent.

— Je ne pense pas qu'ils aient l'intention de s'en servir. Cela lèverait ma couverture.

Une idée commence à se cristalliser, qui donne un sens à tout ceci. J'essaie de la cerner.

— Ils ne vont pas bêtement ficher en l'air vingt-deux années d'investissement…, reprend-il.

Mon cerveau tente encore d'appréhender cette idée, de la transformer en mots. Trois mots. Trois mots qui expliquent tout. Je les formule, lentement, en détachant chaque syllabe.

— Ils me tiennent.

Comment ai-je pu me montrer si naïve ? Enfin, quoi, je suis une analyste du contre-renseignement ! Je sais comment procèdent ces services, les plus agressifs d'entre eux. Ils vous impliquent, et ensuite ils vous tiennent. Ils vous font chanter pour en obtenir davantage. Toujours plus. Il n'y a aucun moyen d'en sortir.

— Ce n'est pas ça, se défend-il.

— Bien sûr que si !

— Ils me tiennent, moi. Tu es ma femme. Ils ne te feraient pas ça, pas à toi.

— Vraiment ?

J'observe l'enveloppe avec insistance. *Parce que ce n'est pas l'impression que ça donne.*

Son visage est traversé d'une réaction fugace – de l'incertitude ? –, qui disparaît aussi vite. Nous gardons tous les deux le silence. Ces trois mots deviennent presque oppressants, maintenant, ils résonnent dans mon crâne, me narguent. *Ils me tiennent.*

— Ils vont exiger quelque chose de moi, je conclus finalement.

Il fait non de la tête, mais pas résolument, pas comme s'il le pensait vraiment. Probablement parce que tout au fond de lui, il le sait, lui aussi. *Ils me tiennent.*

— Ce n'est qu'une question de temps. Ils vont me réclamer quelque chose, et ensuite, comment devrai-je réagir ?

— Nous verrons bien, suggère-t-il, mais cette promesse sonne creux. Quoi qu'il arrive, nous y ferons face, ensemble.

Ah oui ? Je regarde un réverbère clignoter, puis s'éteindre.

L'avons-nous jamais été ?

★

Quelque chose a changé en moi le jour de la naissance de Luke. Je n'étais absolument pas préparée à l'amour irrésistible, bouleversant, que j'ai ressenti pour cet être minuscule. Ce besoin d'être toujours à ses côtés, de le protéger.

Le premier mois de sa vie a été un pur bonheur. Épuisant, c'est certain. Et pourtant, merveilleux. Le deuxième et le troisième mois, pas tant que cela. Chaque jour, je me réveillais en sachant qu'une journée de moins me séparait du moment où je devrais retourner travailler. Le confier à quelqu'un qui n'était pas l'un de ses deux parents, quelqu'un qui ne pourrait en aucun cas l'aimer de la même manière que moi je l'aimais, durant toutes ces heures, et toutes ces longues, si longues journées. Et tout ça pour quoi ? Pour un travail qui ne faisait plus sens à mes yeux…

Je regrettais de ne plus travailler sur l'Afrique. Mais ce poste avait cessé d'être vacant, il était occupé par quelqu'un d'autre, et ce n'était jamais qu'un choix par défaut, n'est-ce pas ?

Quand le jour de la séparation est finalement arrivé, j'étais aussi prête qu'on pouvait l'être. Nous allions mettre Luke dans la meilleure crèche du quartier, celle qui possédait la plus longue liste d'agréments, une réputation impeccable. J'avais un frigo rempli de lait maternel que j'avais tiré moi-même. En bouteilles, soigneusement étiquetées. Un drap pour son berceau, des couches et des lingettes, tout l'essentiel dans un petit sac, prêt à partir. Et je m'étais choisi une nouvelle tenue, un chemisier et un pantalon en soie, un ensemble qui réussissait presque à faire disparaître les derniers kilos qui me restaient de la grossesse, ce qui, espérais-je, m'insufflerait la confiance nécessaire pour affronter l'une des journées les plus difficiles de mon existence.

Il s'est avéré que je n'étais pas prête du tout. Rien n'aurait pu me préparer au fait de confier Luke à une inconnue. Me retourner à la porte, le voir me suivre du regard, aux aguets, presque perdu, les yeux rivés sur moi, et cette question dans ses prunelles : *Où vas-tu ? Pourquoi m'abandonnes-tu ?*

Au moment où la porte de la crèche s'était refermée, j'avais craqué. J'avais pleuré sur tout le trajet jusqu'au bureau, j'étais arrivée les yeux rougis et des traces de larmes sur mon chemisier en soie, je me sentais comme amputée d'un membre. Trois fois ce matin-là, quelqu'un était passé me voir, m'avait félicitée pour mon retour, posé des questions au sujet de Luke. Et chaque fois, j'avais fondu en larmes. La nouvelle avait finalement dû circuler, car tout le reste de la journée,

190

des collègues avaient pris soin de m'éviter – ce dont je leur étais reconnaissante.

À mon retour à la maison ce soir-là, Luke était endormi dans son berceau. À la crèche, il n'avait pas fait de sieste, et son père l'avait couché tôt. J'avais manqué une journée entière avec lui. Une journée que je ne récupérerais jamais. Comment pourrais-je supporter cela cinq fois par semaine ? Et de le voir juste une petite heure par jour ? J'avais de nouveau fondu en larmes dans les bras de Matt.

— J'en suis incapable, lui avais-je dit en pleurant.

Il m'avait serrée contre lui, m'avait caressé les cheveux. J'avais attendu qu'il acquiesce. Attendu qu'il me réponde que ce choix n'appartenait qu'à moi. Si je voulais rester à la maison avec Luke, nous nous arrangerions. Si je voulais un nouvel emploi, nous surmonterions ma baisse de revenus. Nous vendrions la maison, nous déménagerions de ce quartier, nous nous priverions de voyages, de dîners au restaurant et d'épargne. Tout ce qu'il faudrait.

Enfin, il s'était exprimé, d'une voix tendue.

— Tu finiras par t'y faire, ma chérie.

Je m'étais figée. Et puis j'avais levé les yeux vers lui. Je voulais qu'il voie mon visage, qu'il voie à quel point j'étais sérieuse. Il me connaissait. Il comprendrait.

— Matt, je ne peux vraiment pas.

J'avais décelé le reflet de ma douleur dans ses yeux, et de nouveau enfoui ma tête contre son épaule. Cela m'avait un peu détendue. Il comprenait. Je savais qu'il comprendrait. Il m'avait encore caressé les cheveux, en silence.

Quelques instants plus tard, il avait insisté.

— Tiens bon. (Des mots qui m'avaient transpercée comme la lame d'un couteau.) Tu finiras par t'y faire.

★

Des jours ont passé, des semaines. Tous les matins, je pars travailler, exercer ce métier qui n'est désormais que mensonge. Seul point positif auquel se raccrocher : rien ne laisse penser qu'ils aient remonté une piste à partir de l'ordinateur en accès restreint. La clé USB ne semble avoir causé aucun dégât important, à part les deux journées perdues. J'avais été attentive à toutes les rumeurs qui circulaient, j'avais lu les rapports sur lesquels j'avais pu mettre la main. Et je n'avais rien entendu dire d'autre au sujet des Russes, ni eu de nouvelles des contacts de Matt, excepté cette enveloppe.

Les premiers temps, la CIA s'était concentrée sur Youri. En tentant de le pister à Moscou. Et le FBI était accaparé par sa tentative d'identifier les cinq personnes des photos – jusqu'à la semaine dernière, quand un analyste était tombé sur les cinq mêmes photos en possession d'un recruteur identifié. Avec des informations détaillées. Le Bureau avait retrouvé ces cinq personnes, les avait interrogées, avait pu déterminer qu'elles n'avaient aucun lien avec Youri et n'étaient sans doute que des individus que les Russes espéraient recruter. Youri avait alors été rapidement relégué au second rang des priorités du FBI – il redevenait un recruteur de bas niveau comme un autre – et, peu après, de celles de l'Agence.

J'étais soulagée. Moins ils s'intéressaient à lui, mieux cela valait. Qui plus est, le Bureau ayant conclu que Youri n'était pas impliqué dans le programme des agents dormants, les soupçons d'Omar avaient paru se dissiper, au moins partiellement. Je lui avais parlé quelques fois depuis. Nos conversations étaient redevenues peu à peu plus cordiales, plus normales. Je le suspecte encore de ne pas m'accorder sa pleine et entière confiance, mais notre relation s'améliore.

Et Peter. Peter n'avait pas été souvent là. La santé de Katherine s'était fortement détériorée, nous avait annoncé Bert lors d'une de nos réunions matinales, au troisième jour d'absence de Peter. La pièce était devenue silencieuse. Helen avait éclaté en sanglots, et le reste d'entre nous avait aussi les larmes aux yeux. Quelques jours plus tard, Katherine nous avait quittés. Peter a finalement repris le travail, mais depuis son retour, il paraît vidé. Brisé. Je suis le cadet de ses soucis.

Nous nous tournons autour, Matt et moi, en maintenant nos distances. Je lui en veux. Pas seulement du fait qu'il m'ait menti durant des années, qu'il nous ait entraînés là-dedans. Mais qu'il soit allé voir Youri. Qu'il ait tout révélé aux Russes. Qu'il m'ait vendue.

La maison ne me semble plus aussi sûre qu'avant. J'ai fait changer nos serrures, installer des verrous supplémentaires. Je laisse les volets baissés. J'ai débranché tablette, ordinateur portable, haut-parleurs sans fil, tout rangé dans une caisse au garage. Quand nous sommes tous réunis, les enfants, leur père et moi, j'éteins mon portable, je retire la batterie. Et je l'oblige à faire de même. Il m'observe comme si j'étais paranoïaque, comme si tout cela ne rimait à rien, mais ça m'est égal.

Je ne sais pas qui nous surveille, qui nous écoute. Je suis obligée de partir du principe que quelqu'un le fait.

Un jour, peu après la réception de l'enveloppe, j'ai quitté le bureau tôt, je suis allée dans une boutique de téléphonie de la galerie marchande située à l'autre bout de notre banlieue résidentielle. Je me suis assurée que personne ne me suivait et j'ai acheté un téléphone prépayé, en espèces, un téléphone jetable du genre de ceux qu'utilisent les dealers de drogue. Je n'ai rien dit ni à Matt, ni à personne d'autre, et je ne sais même pas trop pourquoi j'ai pris cette initiative. Cela me paraissait utile d'en avoir un au cas où.

Les enfants sont mon seul salut. Je me surprends à les contempler en silence, à ne pas perdre une miette du moindre petit moment passé avec eux. Tâches domestiques, cuisine, ménage – rien de tout ça ne compte, pour l'instant. J'ai laissé Matt recoller les morceaux, préserver la stabilité de nos existences, tandis que moi, j'observe, sans rien faire. Il me doit bien ça.

Et il le sait. Chaque semaine, il me rapporte un bouquet de fleurs. Il maintient la maison dans un état irréprochable, les repas sont toujours prêts, le linge lavé et plié. Il se charge toujours du plus capricieux des deux bébés, il arbitre les disputes des enfants, tient le rôle de chauffeur pour toutes les invitations à aller jouer chez les petits copains et autres activités extra-scolaires. Comme si, d'une certaine manière, ces gestes étaient de nature à compenser les mensonges qui ont failli nous anéantir, et qui le pourraient encore.

Nous sommes un vendredi, cinq semaines après ma découverte de la photo, après le basculement de nos vies. Les journées sont plus longues à présent, les températures en hausse. Les arbres ont reverdi. L'herbe est drue. Le printemps a surgi, enfin, et je commence à sentir peu à peu que, pour nous aussi, une nouvelle saison s'annonce. Un nouveau départ.

J'ai quitté le bureau quelques heures plus tôt afin que nous puissions emmener les enfants à la foire du comté. Nous nous sommes garés dans un vaste terrain, où des bénévoles en gilet orange guident de longues files de monospaces et de 4 × 4 vers leur emplacement. Nous avons avancé non sans mal à travers une prairie, Matt maniant la double poussette, moi tenant les grands par la main. Ella n'arrêtait pratiquement pas de sautiller, tant elle était excitée. Sans cesser de jacasser.

Nous avons passé la soirée à regarder les enfants sur les attractions : les tasses tournantes, les toboggans à bosses, les mini montagnes russes en forme de dragon. À en juger par leurs frimousses ravies, les carnets de tickets hors de prix valaient largement la dépense. Nous les avons pris en photo avec nos téléphones portables. Nous avons partagé tous les six un *funnel cake*, qui ressemblait à des volutes de churros, et éclaté de rire devant les bouilles des jumeaux, constellées de sucre glace.

Pour finir, nous attendons devant le petit train, celui qui accomplit tout le circuit. Le dernier tour du soir. Les quatre enfants sont montés dedans – Luke et Caleb dans une voiture, Ella et Chase dans une autre. Et ils sourient, tous les quatre. J'ai la sensation que mon cœur est sur le point d'éclater de joie.

Matt me prend la main, un geste si familier et pourtant si étranger. Depuis des semaines, je me suis soustraite à son contact. Mais pas aujourd'hui. Je laisse ses doigts s'entrecroiser avec les miens, je sens la chaleur et la douceur de sa peau. Ensuite, d'un coup, la réalité fait irruption. Je pense aux Russes, aux mensonges. À la clé USB et à la menace de la prison. Toutes ces épreuves m'ont rongé l'esprit depuis des semaines – sauf ces deux dernières heures de pur bonheur, où je n'y ai presque pas pensé.

D'instinct, j'ai envie de retirer ma main. Mais je m'abstiens.

Il me sourit, m'attire à lui et, l'espace d'un instant, tout redevient comme avant. Je sens peu à peu se dissoudre la tension que je porte encore en moi. Il est peut-être temps de pardonner. Temps de passer à autre chose, de prendre cette existence à bras-le-corps, de cesser de vivre dans la peur. Il avait peut-être raison. L'enveloppe n'était qu'un simple avertissement. Bien inutile, car je n'avais pas l'intention de le dénoncer. Et maintenant que je sais la vérité, il se peut qu'ils nous laissent tranquilles.

Le train revient s'immobiliser à son point de départ. Je m'en approche et soulève Caleb. Les trois autres descendent tant bien que mal, Chase trottinant derrière les deux grands. Nous attachons les jumeaux dans la poussette et nous dirigeons vers la voiture. Ella tient fermement un ballon et Luke s'est coiffé d'un casque de pompier en plastique, trop bébé pour lui, a-t-il protesté, mais qu'il a néanmoins accepté de porter. Les jumeaux sont silencieux, dans leur poussette qui cahote dans le champ au terrain inégal. Le temps que nous atteignions le monospace, ils se sont tous les deux endormis.

Je prends Chase et Matt se charge de Caleb, et nous les transférons délicatement dans le monospace. Avec des sourires, nous invitons Ella et Luke à faire silence, nous tâchons de calmer leur excitation persistante. Je regarde Luke attacher sa ceinture, puis je la vérifie moi-même. « Bravo, bonhomme », je le félicite. Je jette un coup d'œil à Matt, de l'autre côté, occupé à attacher Ella, et s'assurant que son ballon est bien à l'intérieur. Puis j'ouvre la portière côté passager.

Et je la vois.

Une enveloppe kraft, mon prénom en majuscules, au feutre noir indélébile. Posée sur mon siège. En tout point identique à celle de la boîte aux lettres.

Je suis pétrifiée. Les yeux fixés sur ce pli. Je sens un martèlement sous mes tempes, assourdissant. Les voix des enfants se sont tues. Tous les bruits ont disparu, excepté ce martèlement.

Reprends-toi, me souffle mon cerveau. *Récupère-la.* Je m'exécute. Je saisis l'enveloppe, me glisse dans la voiture. J'ai vaguement conscience des bruits de voix derrière moi, de Matt qui ouvre la portière côté conducteur, qui se met au volant. Mais je ne me tourne pas vers lui. Je fixe l'enveloppe, sur mes genoux. Du coin de l'œil, je le vois marquer un temps d'arrêt, s'immobiliser. Et je comprends qu'il l'a vue, lui aussi.

Je me force à soutenir son regard. Un long regard, lourd de sens.

Des voix à nouveau, en provenance de la banquette arrière. Ella, qui demande pourquoi nous ne démarrons pas. Luke, qui veut savoir ce qui se passe.

Qui l'a mise là ? Youri ? Quelqu'un d'autre ? Comment sont-ils entrés dans notre voiture fermée à clé ? Ils ont dû nous suivre. Nous surveillent-ils, en ce moment même ?

Je retourne l'enveloppe et glisse l'index sous le bandeau cacheté. Je soulève le rabat, inspecte l'intérieur. Il y a une clé USB. Noire, identique à celle que Matt m'a remise. Je secoue l'enveloppe, fais tomber la clé dans ma main, et avec elle, un petit bout de papier. Un mot, et ces lettres capitales :

PAREIL QUE LA DERNIÈRE FOIS.

11

Je regarde la clé, le message. Je devrais avoir la sensation que tout mon univers s'écroule. Je devrais penser : *Maintenant ? Alors que je me laisse enfin aller à de nouveau profiter de la vie ?* Au lieu de quoi, une étrange sensation de calme me gagne. Tout au fond de moi, je savais que cela arriverait. Depuis que j'ai reçu la première enveloppe dans la boîte aux lettres. Je n'avais peut-être pas deviné quelle forme cela revêtirait, mais j'ai toujours su ce qui nous attendait. Finalement, le fait que cela se produise me procure une certaine paix. Comme le fait d'apprendre une mauvaise nouvelle, qui vaut mieux que de ne rien savoir du tout.

Matt regarde droit devant lui, les yeux sur la route. Son visage est pâle, d'une blancheur presque spectrale, mais peut-être n'est-ce que le clair de lune. La mâchoire contractée, quand même – à cause de cette enveloppe.

— Tu as vu ? je commence.

Ma voix semble étranglée.

Je vois bouger sa pomme d'Adam.

— Oui.

— Je savais qu'ils ne s'arrêteraient pas là.

Il jette un œil dans le rétroviseur, sur les enfants, puis vers moi.

— Nous allons régler ça.

Je détourne la tête, vers la fenêtre, vers les réverbères, jusqu'à ce qu'ils ne forment plus qu'un brouillard. Matt garde le silence, les enfants dorment, le bruit du moteur emplit l'habitacle. Je ferme les yeux. Nous y voilà. C'est à cela que je m'attendais. J'y trouve presque une confirmation, comme si les faits me donnaient raison, mais je n'en tire aucune satisfaction. Aucune. Rien que du vide. Et ce sentiment, une fois encore, que tout ce que j'aime, tout ce qui pour moi compte le plus au monde, va bientôt m'être arraché.

Lorsque nous arrivons à la maison, nous couchons les quatre enfants, un rituel heureusement écourté ce soir. Après avoir souhaité bonne nuit à Luke avec un baiser, j'attrape le babyphone caméra et je sors par la porte de derrière. Je n'attends pas Matt. Je m'assois dans l'une des chaises de la terrasse, sur l'arrière de la maison, et plonge le regard vers le jardin, dans l'obscurité, en jetant un œil de temps à autre à l'écran du babyphone, aux images en noir et blanc pixellisées, qui passent d'une chambre à l'autre, là où les enfants dorment. L'air est chargé d'odeurs sucrées. Le parfum des fleurs du jardin de notre voisin flotte jusqu'à nous. Les cigales fredonnent leurs airs entêtants. Un calme paisible, seulement interrompu quand la porte de derrière s'ouvre en grinçant.

Matt me rejoint. Il ne parle pas tout de suite, reste simplement assis en silence avec moi.

— Je suis désolé, déclare-t-il. Je ne pensais pas que cela se produirait.

— Moi, si.

Je l'entrevois qui hoche la tête.

— Je sais.

Nous retombons dans le silence.

— Je pourrais essayer de parler à Youri, hasarde-t-il finalement.

— Et lui dire quoi ?

Il y a un blanc, et j'en déduis qu'il n'en a aucune idée.

— Essayer de le convaincre d'arrêter ?

Je ris, et ce rire retentit cruellement dans la nuit. La proposition est si grotesque que je ne prends même pas la peine d'y répondre.

— Il est exclu qu'ils utilisent ces informations. Sinon, ils me grillent, insiste-t-il, presque sur la défensive.

— Et tu ne crois pas que ça leur est égal, de te griller ? dis-je avec brusquerie. Franchement, s'ils n'obtiennent rien de moi, à quoi sert de te maintenir sous couverture ?

Il déplace un peu de paillis du bout de sa chaussure, sans répliquer.

Je cligne des yeux, je laisse le silence, lourd et épais, nous envelopper.

— Qu'est-ce qu'il y a, sur cette clé ?

— Je peux y jeter un œil.

C'est sa réponse. Il y a encore un énième blanc, puis sa chaise racle le plancher quand il se lève. Sans un mot de plus, il rentre. Je reste assise, et j'observe fixement la ligne des arbres dans l'obscurité, seule avec mes pensées.

★

Je suis retombée enceinte quand Luke avait deux ans. Je ne l'avais pas toute de suite annoncé à Matt cette fois. J'avais gardé la nouvelle pour moi toute la journée, mon petit secret. En rentrant du travail, je m'étais arrêtée sur le trajet et j'avais trouvé un T-shirt pour Luke : « GRAND FRÈRE » était-il imprimé dessus. Ce soir-là, je l'avais baigné, je lui avais enfilé son pyjama. Le bas en polaire, avec des dinosaures, mais à la place de son haut, je lui avais mis le T-shirt.

— Va montrer ton nouveau T-shirt à papa, lui avais-je chuchoté.

Et je l'avais regardé se précipiter dans le séjour, en bombant le torse.

Matt y avait jeté un œil. Et puis son visage s'était transformé. J'avais vu ses yeux se planter sur moi, lu en eux cette même joie pure que j'y avais découverte lorsque je lui avais montré mon premier test de grossesse, trois ans auparavant.

— Nous sommes enceintes ? m'avait-il demandé, l'air d'un enfant le matin de Noël.

— Nous sommes enceintes, avais-je confirmé, avec un grand sourire à mon tour.

Des semaines s'étaient écoulées. Mes vêtements me serraient, mon ventre gonflait. J'avais fini par remiser mes pantalons de taille normale, ressorti les autres, extensibles, de maternité. Nous étions allés effectuer une échographie, nous avions aperçu la petite caca-huète, découvert que c'était une fille. Que de soirées consacrées à éplucher des livres de prénoms pour bébé, à échanger des suggestions ! Luke aimait me

202

déposer des baisers sur le ventre, l'envelopper de ses bras, dire : « *Je t'aime, petite sœur.* » Le tout premier coup de pied que j'avais senti, c'était contre la main de mon fils.

La vie me comblait de bonheur.

— À la naissance du bébé, je vais prendre un peu de congés, avais-je annoncé à Matt un soir, alors que nous étions au lit. (C'était une idée que j'avais tournée et retournée dans ma tête depuis des mois, et j'avais enfin puisé en moi le cran de le lui annoncer.) Deux journées à la crèche, c'est presque la totalité de mon salaire…

Il était demeuré silencieux. Je m'étais tournée vers lui, réussissant à peine à discerner son visage dans la pénombre.

— Pendant combien de temps ?

J'avais haussé les épaules.

— Je ne sais pas trop.

Il y avait des rumeurs de coupes budgétaires imminentes, de celles qui rendraient l'embauche – et la réembauche – presque impossible.

Il était redevenu silencieux.

— C'est vraiment ce que tu veux, ma chérie ? Tu as travaillé si dur pour arriver là où tu es.

— Oui, je suis sûre de moi.

Je ne l'étais pas, pas totalement, mais cela me semblait la réponse juste.

— D'accord, avait-il fait avec fermeté. Si c'est ce que tu veux.

Nous avions donc établi un nouveau budget, qui ne reposait que sur le salaire de Matt. Je n'avais pas inscrit le bébé sur la liste d'attente, à la crèche. J'avais préparé ma demande de congé sans solde, réfléchi précisément à ce que j'allais dire.

Par la suite, ainsi que j'aurais pu le prévoir, je songe avec le recul, les choses n'étaient pas allées dans mon sens.

— Ils réduisent les effectifs à mon travail, m'avait-il déclaré un soir au dîner. Ils licencient du personnel.

Je voyais bien l'inquiétude crisper ses lèvres contractées.

J'avais senti mon cœur cesser de battre, juste un instant. Ma fourchette était restée en suspens dans le vide.

— Ton poste est menacé ?

Il avait repoussé sa purée avec sa fourchette. Sans me regarder.

— Non, je ne crois pas.

Après cela, tous les soirs, il avait distillé des informations supplémentaires. Tel collègue avait été licencié. Tel autre risquait de l'être. C'était ce que tout le monde répétait. Et chaque soir, je me sentais un peu plus désespérée. Nous n'en parlions pas, mais j'avais compris. Je ne pouvais pas quitter mon poste, pas encore. Mon emploi était assuré. Nous allions avoir deux enfants. Nous avions besoin d'au moins un salaire.

J'avais donc attendu. Et attendu. Le bébé et mon ventre continuaient de grossir. Nous l'avions inscrit à la crèche, juste au cas où. Je me dandinais jusqu'au bureau, je me dandinais toutes les heures jusqu'aux toilettes pour dames, et je me dandinais jusqu'au service des ressources humaines pour programmer mon congé de maternité. Afin de fixer la date de mon retour, trois mois après celle de mon accouchement.

C'est le jour où j'ai finalement réalisé que je ne quitterai pas mon poste. Que la vie, une fois encore, n'empruntait pas la voie que j'avais prévue. J'en avais parlé à Matt un soir, au dîner.

— Aujourd'hui, j'ai programmé ma date de retour, lui avais-je dit, de manière factuelle.

Au fond de moi, j'espérais qu'il protesterait. Mais je savais qu'il n'en ferait rien.

— C'est juste temporaire, m'avait-il promis. Une fois que cette vague de licenciements sera terminée…

— Je sais, avais-je répondu même si je n'en savais rien.

Je sentais bien que cela n'avait rien de temporaire. J'allais mettre un autre bébé à la crèche. Je ne pourrais pas passer du temps à la maison, en fin de compte. Ni avec le bébé ni avec Luke.

— Je suis désolé, mon cœur.

Et il en avait l'air, qui plus est.

J'avais haussé les épaules, et posé ma fourchette. J'avais perdu l'appétit.

— Ce n'est pas comme si j'avais le choix.

★

La porte s'ouvre, et Matt ressort. J'ai perdu la notion du temps. S'est-il écoulé une heure ? Deux ? La lune est haute dans le ciel, un éclat de lumière. Les cigales se sont tues, la brise est tombée. Il s'assoit à côté de moi. Je l'observe, j'attends qu'il parle. Il n'en fait rien, il fait juste tourner son alliance autour de son annulaire.

— C'est si grave que ça ? je demande finalement.

Il continue de faire tourner sa bague, tourner, tourner. Il semble vouloir dire quelque chose, mais n'y arrive pas.

— À quoi sert la clé ?

Ma voix est neutre.

Il laisse échapper un léger soupir.

— Cela leur procure un accès. Les laisse entrer dans tous les programmes du système.

— Des programmes classifiés.

— Oui.

C'est ce que je présumais. Ce que je ferais, si j'étais à leur place. Je hoche la tête. Je me sens engourdie, distante.

— Donc je leur fournirais des informations classifiées, je conclus posément.

Il hésite.

— Plus ou moins.

— Et ils pourraient en faire ce qu'ils veulent.

— À moins que vos informaticiens ne bloquent l'intrusion avant, et qu'ils ne réussissent à leur retirer l'accès.

J'essaie de réfléchir à la première chose que les Russes feraient s'ils accédaient à nos systèmes. Recueillir toutes les informations possibles sur nos propres réseaux d'agents, sur les informations qu'ils nous fournissent. Remonter leur piste jusqu'en Russie. Les emprisonner, ou pire.

Réinitialiser les serveurs, c'était une chose. Mais ça ? Des gens pourraient mourir.

Une petite brise se lève, me fait frissonner. Je croise mes bras sur ma poitrine, j'écoute le bruissement des feuilles. Comment pourrais-je provoquer une chose pareille ? Comment continuer de vivre, comment me regarder en face, si je commettais un acte pareil ?

— Vos techniciens, reprend Matt. Ils sont bons. Ils vont sans doute vite repérer la faille.

— Les vôtres aussi sont bons. Tu l'as toi-même souligné. (Je resserre l'étreinte de mes bras autour de mon torse. Chaleur, protection, je ne sais...) Et s'ils sont meilleurs ?

Il baisse la tête, observe ses mains, ne réagit pas. Je me rends compte que je viens d'appeler les Russes « les vôtres ». Les siens. Et qu'il ne m'a pas reprise.

Je fixe l'obscurité devant moi. Comment en suis-je arrivée là ? À envisager sérieusement de commettre un acte si épouvantable, si déloyal que je ne suis pas sûre de pouvoir vivre avec si je vais au bout ?

C'est parce que je suis faible. Parce que je n'ai pas résisté, dès le début, pas agi comme il fallait. Je me suis enfoncée, de plus en plus, et, à chaque palier, il m'est plus difficile de m'en extraire. Je n'ai fait que m'enliser encore plus profondément.

Un autre coup de vent, plus fort cette fois. J'entends une branche d'arbre se briser, un choc sourd quand elle s'abat au sol.

C'est aussi ce que j'ai fait toute ma vie, non ? Il y a eu tant de moments où j'aurais pu m'affirmer, agir selon ce que je croyais juste, au fond de moi. Ne pas acheter la maison. Insister pour prendre du temps libre après la naissance de Luke, et ensuite celle d'Ella. La vie aurait été si différente, si seulement j'avais osé.

Je sens une goutte de pluie sur ma peau, puis une autre, comme des piqûres d'aiguille. Cela ne s'arrêtera pas là. Si je fais ça, je ne ferais que m'impliquer encore plus gravement.

— Je ne peux pas, je chuchote.

Le rythme des gouttes s'accélère. Je les entends frapper la terrasse, je les sens imprégner mes vêtements. Je ne peux pas compromettre des vies humaines. Impossible. Je reprends la parole, plus fort cette fois, résolue, comme si je devais m'en convaincre moi-même.

— Je refuse.

12

— Tu refuses ? (Malgré l'obscurité, j'entrevois la surprise sur son visage. Devant mes yeux, elle se change en autre chose. De la frustration, je crois.) Tu ne peux pas juste… refuser.

— Et pourquoi pas ?

Je me lève et rentre à l'intérieur, autant pour lui échapper que pour me soustraire à la pluie. J'exprime plus de confiance que je n'en ressens en réalité. Le fait est que j'ignore si j'en suis capable. Ou comment procéder. Refuser d'obéir aux ordres de Youri, tout en évitant la prison ; rester avec mes enfants. Mais je ne veux pas l'entendre me dire que je ne le peux pas.

Il me suit, ferme la porte derrière nous, masquant le crépitement de la pluie.

— Alors ils vont t'arrêter.

Je n'ajoute rien, je me dirige vers l'escalier, je monte dans notre chambre. *Pas si je me défends*, je songe. Mais je ne le formule pas à voix haute. Je sais comment ce serait reçu. Avec moquerie. Comme si c'était impossible. Comme si je n'avais pas le choix.

Eh bien, peut-être en suis-je capable, capable de me défendre.

Je suis peut-être plus forte qu'il ne croit.

★

Nous étions en pleine dispute, le jour où Luke a failli mourir. Je suis incapable de me rappeler exactement de quoi il s'agissait – un motif futile, une histoire de fruits bio, une facture de courses trop élevée. Nous étions dans le garage. J'avais détaché Luke, je l'avais sorti de la voiture et je l'avais posé par terre, avant d'attraper le sac de commissions dans le coffre. Matt, lui, sortait la coque bébé, avec Ella bien attachée à l'intérieur, profondément endormie. Aucun de nous deux n'avait remarqué que Luke avait fait rouler son nouveau vélo hors du garage, jusqu'au début de l'allée. Qu'il avait grimpé sur la selle, orienté son guidon vers la rue.

Je l'avais entendu avant de le voir, le vélo se dirigeant vers la chaussée. Des roues sur le béton. J'avais fait volte-face. Il était fermement cramponné à son guidon, le vélo prenant de la vitesse. Et ce n'était pas tout – une voiture arrivait du bout de la rue, en direction de notre maison.

Je jure que le temps s'est arrêté, l'espace d'un instant. Puis j'ai tout vu au ralenti, le vélo lancé sur la voie de garage, la voiture qui s'avançait, les deux trajectoires se rejoignant, la collision inévitable. Luke. Mon Luke, mon cœur, ma vie. Jamais je n'arriverais à temps. Le vélo roulait trop vite. Je ne serais pas en mesure d'éviter le pire.

Alors j'ai crié. Un cri à glacer le sang, un hurlement si fort, si animal, qu'à ce jour encore je n'arrive pas à croire qu'il ait émané de moi. Et je m'étais mise à courir vers lui à une vitesse dont je ne me savais pas capable. Ce bruit avait fait sursauter Luke, assez pour qu'il effectue un mouvement brusque, en tournant la tête vers moi, le guidon suivant le mouvement, juste assez pour déséquilibrer l'engin et le renverser. Il était tombé par terre au bout de l'allée, brutalement, le vélo lui avait atterri dessus, et la voiture avait roulé devant lui une fraction de seconde plus tard.

Ensuite j'étais là pour le relever, pour couvrir de baisers sa figure, ses larmes, ses écorchures au genou. J'avais levé les yeux et Matt était là aussi, au-dessus de nous. Il s'était penché, avait serré Luke, qui sanglotait encore à cause de son genou égratigné, pas du tout conscient d'avoir frôlé la mort. Matt m'avait étreinte, moi aussi, parce que je me retenais encore à Luke, je refusais de le lâcher. J'avais aperçu la coque bébé posée sur le sol du garage, Ella toujours endormie.

— Oh mon Dieu, avait dit leur père, dans un souffle. C'est pas passé loin.

J'étais incapable de parler. Je me sentais à peine capable de bouger. Tout ce que je réussissais à faire, c'était de m'accrocher à Luke, comme si je n'allais plus jamais le laisser partir. Si cette voiture l'avait percuté, j'aurais voulu mourir, moi aussi. Je n'aurais pu continuer d'exister, si je l'avais perdu. Sincèrement, je n'aurais pas pu.

— J'ai tout vu, le vélo, la voiture, avait ajouté Matt d'une voix étouffée, tant nous étions blottis, agglutinés ensemble. J'ai vu ce qui allait arriver. J'ai vu que nous ne pouvions rien faire.

Je serrais Luke encore plus fort. Matt avait vu ce qui allait arriver. Il avait vu, et n'avait rien tenté. Et je ne peux rien lui reprocher. Avant de crier, je n'avais réfléchi à rien. C'était de l'instinct pur.

J'avais eu ce réflexe, qui avait sauvé la vie de mon enfant. Sans même m'en rendre compte.

★

Cette nuit, j'ai dormi, profondément, et je me réveille pleinement résolue. Forte de deux convictions. La première : j'ai pris la bonne décision. La seconde, tout aussi forte : je ne leur permettrai pas de m'enlever mes enfants. Je ne les laisserai pas m'envoyer en prison.

Je me brosse les dents lorsque Matt entre dans la salle de bains.

— Bonjour, dit-il.

Il croise mon regard dans le miroir. Il paraît reposé, plus qu'il ne devrait, avec tout ce stress.

Je me penche et recrache mon dentifrice dans le lavabo.

— Bonjour.

Il tend la main vers sa brosse à dents, presse sur le tube de dentifrice, un noyau de pâte. Et il se brosse les dents à son tour – avec vigueur. Je l'observe dans le miroir, et il m'observe. Il recrache, puis se tourne vers moi, brosse levée.

— Et maintenant ?

Je m'interromps, brièvement, puis je continue de me brosser les dents, en prenant mon temps. Et maintenant ? J'aimerais avoir une réponse. Le fait de n'en avoir aucune entame un peu ma résolution. Enfin, je me rince la bouche.

— Je ne sais pas.

Je tourne le robinet pour nettoyer ma brosse, les yeux baissés. Son regard me met mal à l'aise.

— Mon cœur, tu ne peux pas te contenter de les ignorer.

Je repose la brosse sur le meuble, passe devant lui pour quitter la salle de bains, puis j'entre dans mon dressing. J'attrape un chemisier sur le portant, et un pantalon. Il a raison. Youri sait tout ce que j'ai fait. Révéler des informations classifiées. Supprimer ce fichier. Insérer cette clé USB. Et il en détient la preuve. Une preuve suffisante pour me condamner. Je le sais, et il le sait.

La question est : que va-t-il en faire ?

— J'ai le temps, je déclare, là encore avec plus d'assurance que je n'en ressens.

Mais j'ai raison, non ? Youri ne va pas griller Matt tout de suite. Et risquer de me perdre. Il va d'abord essayer de me convaincre d'obéir à ses ordres. Cela signifie que j'ai du temps devant moi.

— Du temps pour quoi ?

Je baisse les yeux sur les boutons, les aligne, commence à boutonner.

— Pour élaborer un plan.

Et le convaincre de me laisser tranquille. Seulement, je n'ai pas la moindre idée de la manière de procéder.

Il approche, s'arrête sur le seuil du dressing. Ses cheveux rebiquent dans sa nuque, comme c'est le cas quand il vient de se réveiller, avant sa douche. Ce serait attendrissant, s'il n'y avait cette expression sur son visage. Exaspérée.

— Il n'y a pas de plan, Viv.

Il y a forcément un moyen. Youri détient des informations que je n'ai pas envie de voir éclater au grand jour. Et si je possédais des informations que lui-même ne voudrait pas voir éclater au grand jour ?

— Et si on trouvait un compromis ?

— Un compromis ?

— Par exemple, leur silence contre notre silence.

Il fait non de la tête, l'air incrédule.

— Que pourrais-tu bien avoir à échanger ?

À ma connaissance, il n'y a qu'une chose qui aurait assez de valeur à leurs yeux. Je lisse les pans de mon chemisier, puis je lève les yeux vers mon mari.

— Le nom du chef de réseau.

Une fois cette idée logée dans ma tête, je m'y accroche. Cela me semble la seule issue pour se dépêtrer de ce cauchemar. Et je passe donc mes journées au travail, jour après jour, enchaînée à mon bureau jusqu'à très tard le soir, à la recherche du chef de réseau.

J'élabore un autre algorithme à partir de l'ancien, sur la même idée que le précédent, mais légèrement améliorée. Cette version-ci déploie un plus vaste filet, afin, avec un peu de chance, de prendre dans la nasse tout individu susceptible de jouer un rôle crucial, de superviser des officiers traitants comme Youri, de recevoir des ordres directement du SVR.

Je lance la recherche, je recoupe les données avec tous ceux qui ont pu entrer en contact avec Youri, avec ses propres contacts, ou même avec les contacts de ses contacts. Et j'obtiens une longue liste de candidats potentiels, beaucoup trop longue. Il me faut un moyen de la trier, mais en attendant d'en trouver un, d'en inventer un, je me renseigne. Je crée des profils de tous ceux qui seraient susceptibles d'être le chef de réseau. Photos, données de curriculum, pistes opérationnelles.

J'ai surpris Peter qui m'observait, à quelques reprises, l'air perplexe. « Pourquoi maintenant ? » m'a-t-il demandé une fois. « J'ai juste besoin de trouver ce type », lui ai-je répondu.

J'ai à peine vu les enfants depuis plusieurs jours. Je rentre tard et ils sont déjà couchés. Et parfois Matt dort, lui aussi. Il déteste ça, que je m'impose de tels horaires. Il ne me l'a pas dit en face, mais je sais qu'il juge mes recherches vaines. Et que je devrais simplement obéir à Youri. Mais je ne peux pas. Je ne veux pas.

J'imprime enfin les résultats de mon travail acharné, des centaines de pages de contenu. Je les feuillette, j'examine l'un après l'autre ces visages aux traits durs. L'un de ces individus est le chef de réseau, j'en suis sûre. Et quand j'aurai découvert lequel, quand j'aurai convaincu Youri que je suis sur le point de mettre au jour l'ensemble du réseau, je pourrai acheter son silence.

L'ennui, c'est qu'il y a trop d'informations. Avec un sentiment de désespoir croissant, je continue de parcourir des pages et des pages de résultat. Il me faut un moyen de réduire encore cette masse, mais cela prendra du temps. Et de combien de temps je dispose, en réalité ? Quand Youri s'attend-il à ce que j'achève la besogne ? Quand recevrai-je la prochaine enveloppe ? Je me sens submergée. Frustrée. Effrayée. Et pourtant, mon seul espoir réside dans un compromis.

Je glisse les papiers dans une chemise épaisse et renflée. Je pose la main dessus, reste assise à mon bureau, en silence. Il me faut une solution. Finalement, je range la chemise dans l'un des tiroirs de mon bureau, le ferme à clé, et je rassemble mes affaires.

Ce soir-là, je rentre chez nous plus abattue que d'habitude. Je m'attends à une maison plongée dans le noir, silencieuse. Mais non, il y a de la lumière dans le séjour. Matt est là, éveillé, sur le canapé. La télévision est éteinte. Il a les mains fermement croisées devant lui, et sa jambe ne cesse de tressauter, l'une de ses manies quand il est nerveux. Je m'approche avec méfiance.

— Que se passe-t-il ? je lui demande.

— Youri veut conclure un marché.

Je m'arrête.

— Quoi ?

— Il veut conclure un marché.

Sa jambe tressaute encore plus vite, maintenant.

Je me force à avancer, jusqu'à prendre place sur le canapé.

— Tu lui as parlé ?

— Oui.

Je ne sais si je dois insister sur ce point ou enchaîner. J'en reste là pour le moment.

— Quel genre de marché ?

Il croise et décroise les mains, et sa jambe continue de s'agiter sur place.

— Matt ?

Il lâche un soupir, un frisson.

— C'est la dernière chose qu'ils te demandent de faire.

Je le dévisage.

— Fais-le, Viv, et ils détruiront ces captures d'écran. Tout le fichier. Il ne subsistera aucune preuve de ce que tu as fait.

— La dernière chose, je répète.

C'est une affirmation, pas une question.

— Oui.

Je garde le silence un long moment.

— Trahir mon pays.

— Revenir à une vie normale.

Je hausse les sourcils.

— Normale ?

Il se penche en avant, vers moi.

— Cela suffirait à me permettre de me retirer. Viv, après ça, nous pourrions être débarrassés d'eux.

Je respire lentement. Être débarrassés d'eux. C'est tout ce que je veux. J'ai envie qu'ils disparaissent. J'ai envie de retrouver une vie normale. Je parle, et ma voix est à peine plus qu'un murmure.

— Ils ont réellement accepté ?

— Oui. (Je perçois l'excitation sur son visage, le sentiment d'avoir trouvé une solution, d'avoir résolu ce problème, pour notre bien à tous.) Nous l'aurions bien mérité, après tout ça.

Nous l'aurions bien mérité. Je me sens parcourue d'un frémissement. *Mais à quel prix ?*

Et puis, comment être sûrs qu'ils honoreront leur part du marché ? Je sais comment ces gens-là opèrent. J'ai consacré des années à les étudier. Ils reviendraient avec d'autres demandes. Peut-être pas demain, peut-être pas cette année. Mais un jour, ils reviendraient. Ce ne serait pas terminé. Et là, ils auraient une véritable emprise.

Il m'observe, avec impatience, dans l'expectative. Sans doute s'attend-il à ce que j'accepte, à ce que je lui demande quoi faire ensuite.

— Non, je rétorque. La réponse est toujours non.

13

La berline noire est stationnée devant l'école, moteur au ralenti, en double file, dans une rue tranquille et bordée d'arbres. Le ronronnement feutré du moteur est à peine audible, couvert par le grondement des bus alentours, les cris de joie et les bavardages des enfants qui arrivent.

— C'est lui, fait Youri.

Il retire une main du volant, et, par la fenêtre côté passager, pointe du doigt une allée circulaire et une file d'autobus scolaires jaunes. Une palissade blanche et basse marque la limite de l'école.

Son passager, Anatoli, regarde par la fenêtre, dans la direction indiquée. Il porte une paire de jumelles à ses yeux.

— Le gamin en T-shirt bleu, ajoute Youri. Sac à dos rouge.

Anatoli règle ses jumelles jusqu'à ce que l'image soit bien nette. Il est sur le trottoir, juste après les portes du bus. T-shirt d'un bleu éclatant et jean, sac à dos si grand que c'en est presque comique, il rit à ce que vient de lui dire son ami – un trou reste visible, à la place d'une dent qui est tombée.

— Un Alexander miniature, constate Anatoli.

Le gosse parle maintenant, l'air très animé. Son ami l'écoute, riant à son tour.

— Il est ici tous les matins ? enchaîne le Russe.

Il scrute la palissade la plus proche des bus, à un jet de pierre de l'endroit où se tient le petit garçon.

— Tous les matins.

Anatoli abaisse les jumelles, les pose sur ses genoux. Puis, le visage impassible, sans ciller, il continue de surveiller sa cible.

14

Au bureau, le lendemain, le surlendemain, les paroles de Matt ne cessent de me trotter dans la tête. *Cela suffirait à me permettre de me retirer. Viv, après ça, nous pourrions être débarrassés d'eux.*

Chaque fois, je m'efforce de repousser ces mots-là, cette pensée. C'est ce que je veux, être débarrassée d'eux. Mais comment pourrais-je faire ce qu'ils exigent de moi ? Charger ce programme ? Être responsable de la divulgation aux Russes de nos secrets, grâce à quoi ils pourraient nuire à nos agents ? C'est hors de question.

Donc, je travaille d'arrache-pied. Je saisis des noms dans ma barre de recherche, l'un après l'autre. Je lis tout ce que je réussis à récolter sur ces types. Je cherche quelque chose, n'importe quoi, suggérant que l'un d'eux puisse être le chef de réseau. Ou ce qui me permettra de les éliminer de ma liste, d'élaguer mon fichier.

À la fin de la semaine, j'ai à peine progressé, tout juste barré quelques noms, sans avoir isolé aucun individu.

C'est sans espoir.

Ce soir-là, je me traîne jusque chez moi, une fois encore après que les enfants sont couchés. Matt m'a attendue. Il est dans le canapé, devant une émission de bricolage. À mon arrivée, il braque la télécommande vers l'écran, et l'image disparaît.

— Salut, dis-je en entrant dans la pièce, et j'hésite près de la télé.

— Salut.

— Les enfants, ça va ?

— Oui, oui.

Il a l'air un peu bizarre. Je n'arrive pas à mettre le doigt dessus, mais quelque chose ne va pas. Il n'est pas lui-même.

— Qu'est-ce qui se passe ?

— Ne t'inquiète pas pour ça.

J'ouvre la bouche, je vais répondre, discuter, mais je me reprends, je la referme.

— Bon.

J'ai assez de motifs de préoccupation, et je suis épuisée. *Bon.*

Nous nous regardons quelques instants, l'air gênés, puis il se lève, attrape le babyphone sur le plan de travail, se dirige vers l'escalier. Il s'arrête à la première marche, se retourne vers moi.

— Tu n'as pas reconsidéré la chose ?

— Insérer la clé ?

— Oui.

Je l'observe attentivement. Il n'est franchement pas dans son état normal. Quelque chose le tracasse.

— Je ne peux pas faire ça. Je sais, tu penses que je devrais, mais c'est comme ça, je ne peux pas.

Il me regarde longuement, le front plissé de rides.

— D'accord.

Et il me dit cela sur un ton si résigné, si définitif, que je ne peux m'empêcher de le suivre du regard et de rester fixée sur l'endroit où sa silhouette a disparu de ma vue.

La journée du lendemain, au bureau, est aussi vide que les précédentes et, le soir, je repars plus tôt, en début de soirée. J'entre, et la maison est silencieuse.

C'est presque l'heure du dîner. Luke et Ella devraient se disputer, Chase et Caleb pousser des cris, tambouriner. Matt devrait être dans la cuisine, aux fourneaux, occupé à jouer les arbitres, en se débrouillant plus ou moins pour jongler entre les diverses tâches.

Au lieu de quoi, le silence. Une sensation d'effroi m'envahit peu à peu. Quelque chose ne va pas.

— Hello ? j'appelle, dans le vide.

— Coucou, maman ! j'entends.

Je m'avance un peu plus, et je vois Luke à la table de la cuisine, ses devoirs devant lui. Je regarde autour de moi et je ne vois son père nulle part. Et les autres enfants non plus.

— Coucou, mon cœur. Où est papa ?

— Il n'est pas là.

Il ne lève pas les yeux de son dessin et continue à crayonner.

— Où est-il ?

La panique me saisit. Luke a sept ans. Il ne devrait pas être seul à la maison.

— Et où sont tes frères et ta sœur ?

— Je ne sais pas.

La panique se mue à présent en véritable terreur.

— Il est venu te chercher à l'arrêt de bus ?

— Non.

J'arrive à peine à respirer.

— C'est la première fois qu'il n'est pas là, pour t'accueillir à l'arrêt ?

— Ouais.

Mon cœur bat à tout rompre. Je fouille mon sac, j'en sors mon portable, je choisis le raccourci du numéro de Matt. Pendant que la ligne sonne, je jette un œil à ma montre. L'école ferme dans dix-neuf minutes. Les enfants sont-ils encore là-bas ? L'appel est aussitôt transféré vers la messagerie. Je raccroche.

— Bon, mon cœur, dis-je, m'efforçant de contenir le trouble dans ma voix, on va aller chercher ta sœur et tes frères à l'école.

Dans la voiture, j'essaie encore le portable de Matt. De nouveau la messagerie. Où est-il ? Sur la route, je dépasse les autres véhicules à vive allure, j'appuie sur la pédale d'un pied de plomb. Les enfants sont-ils encore à l'école ? *Pitié, mon Dieu, faites qu'ils soient à l'école.*

Je ne peux pas attendre d'arriver sur place pour le savoir. Je reprends mon téléphone, compose un autre numéro enregistré. Celui de l'école. La secrétaire décroche à la première sonnerie.

— C'est Vivian Miller. Je n'arrive pas à joindre mon mari, et je me demandais s'il était venu chercher nos enfants.

Une prière me hante, je me la répète en silence. *Pitié, mon Dieu, faites qu'ils soient là-bas.*

— Laissez-moi vérifier, fait-elle.

J'entends un bruissement de papiers, et je sais qu'elle regarde les tableaux d'affichage du hall, ceux que nous signons à l'entrée et à la sortie des enfants.

— Apparemment non, me confirme-t-elle.

Mes paupières papillotent, se ferment, le soulagement m'envahit, ainsi qu'une peur d'un autre ordre.

— Merci, je souffle. Je suis en route.

Les enfants sont à l'école. Dieu merci, les enfants sont à l'école, même si je me sentirai mille fois mieux quand je pourrai poser les yeux sur eux. Mais pourquoi ne sont-ils pas rentrés à la maison ? L'établissement est sur le point de fermer. Matt connaît le règlement. Et il n'avait aucun moyen de se douter que je serais ce soir de retour à temps pour les récupérer. Vu comme j'étais rentrée tard ces derniers temps, il aurait dû partir du principe que je ne serais pas là.

La terreur me frappe comme une décharge électrique. Luke, seul à l'arrêt de bus, seul à la maison. Et les petits, encore à l'école bien au-delà de l'heure habituelle où l'on vient les chercher.

Matt est parti.

Oh mon Dieu. Matt est parti.

— Maman !

La voix de Luke, sur la banquette arrière, me fait sursauter. Je jette un œil dans le rétroviseur. Il m'interpelle, avec de grands yeux.

— Le feu, il est vert !

Je croise son regard, un battement de cils, et reviens sur le carrefour, devant moi. Le feu est vert, il va passer à l'orange. Derrière moi, quelqu'un klaxonne. J'écrase l'accélérateur et je franchis le carrefour.

Je pense aux derniers mots que nous avons échangés hier soir, avec Matt. Moi, lui signifiant que je refuse toujours de satisfaire leurs exigences. La façon qu'il a eue de me dire : « Bon », et l'expression de son visage. S'est-il finalement rendu compte qu'il ne réussirait pas à me faire changer d'avis, et qu'il ne servait plus à rien de rester auprès de moi ? Mais cela signifiait qu'il laissait les enfants livrés à eux-mêmes, qu'il se moquait de ce qu'il adviendrait d'eux. Cela ne ressemble pas à Matt.

Nous nous arrêtons devant l'école, en montant brutalement sur le trottoir. Je me gare, à cheval sur deux emplacements, j'ai freiné trop fort, expédiant mon sac du siège passager jusqu'au sol. Je presse Luke de descendre, puis me rue vers la porte d'entrée. J'entraperçois la pendule murale ; deux minutes de retard, deuxième accroc, cinq dollars par minute et par enfant – mais je m'en moque. Dès que je mets un pied à l'intérieur, je les vois tous les trois, près du bureau de l'accueil, où ils attendent avec la directrice.

Le soulagement me gagne. Je ne comprends pas pourquoi cela me soulage tant de les voir. Craignais-je que les Russes ne leur fassent du mal ? Je n'ai tout de même pas cru que Matt les enlèverait, si ? Je n'en sais rien. Je n'arrive pas à démêler le fatras de pensées qui m'encombrent le cerveau, et cela m'est égal.

J'enveloppe les enfants dans mes bras, je les serre tout contre moi, tous les quatre, sans me soucier une seconde que, pour la directrice, je dois avoir l'air d'une folle. Une étreinte familiale, dans le hall d'accueil, qui doit probablement nous coûter encore une minute, quinze dollars supplémentaires. Tout ce qui compte, à cet instant, c'est qu'ils sont ici, avec moi.

Et jamais, jamais je ne les lâcherai.

★

Établir un testament nous avait réclamé bien plus de temps que nécessaire. En réalité, nous aurions dû régler la question avant la naissance de Luke. Mais ce n'était qu'après avoir eu notre deuxième enfant que nous avions effectué le trajet jusqu'à un cabinet juridique, à un étage élevé dans un immeuble de K Street, dans le centre de Washington, pour nous retrouver en face d'un avocat.

Le testament proprement dit avait été simple, et ne nous avait quasiment pas pris de temps. Au cas où quelque chose devrait nous arriver à tous les deux, nous avions nommé mes parents exécuteurs testamentaires. Tuteurs des enfants. Ce n'était pas une situation idéale, mais aucun de nous n'avait de frère ou de sœur. Nous n'avions pas d'amis auxquels nous fier suffisamment.

J'avais soulevé le problème sur le trajet du retour, que si jamais le pire arrivait, mes parents auraient la garde des enfants.

— Je ne sais pas comment ils y arriveraient, avec les crises que pique Luke, avais-je remarqué avec un sourire en me tournant vers notre fils, endormi sur la banquette arrière. Prions pour qu'un de nous deux soit toujours dans les parages.

Matt n'avait pas quitté la route des yeux, ne m'avait pas accordé un regard. Je l'avais observé, et mon sourire s'était effacé.

— Est-ce que ça va ? avais-je demandé.

Les muscles de sa mâchoire s'étaient contractés. Ses mains s'étaient resserrées sur le volant.

— Matt ?

Il avait lancé un bref coup d'œil dans ma direction.

— Oui, oui, ça va.

— Qu'est-ce qui te tracasse ? avais-je insisté.

Il se comportait étrangement. Était-ce le testament ? Le fait que mes parents aient été désignés comme tuteurs ?

Il avait hésité.

— Je réfléchissais juste, tu sais, à ce qui se passerait s'il m'arrivait quelque chose, à moi ?

— Hein ?

— Enfin, juste à moi. Si je ne suis plus là ?

J'avais laissé échapper un petit rire, un rire nerveux.

— Je suis sérieux.

La vérité, c'était que je n'avais jamais réellement réfléchi à la disparition possible de Matt. Celle des enfants, en revanche… Dès le tout début, quand ils étaient nouveau-nés, je me penchais sur leur berceau pour m'assurer qu'ils respiraient encore. Quand ils avaient commencé à avaler des aliments solides, et qu'ils s'étouffaient avec une bouchée. La peur, toujours présente, si irrationnelle soit-elle, de les lâcher, qu'ils m'échappent. Leurs existences m'avaient toujours semblé si ténues, si fragiles. Cependant, pas un instant je n'avais songé à perdre Matt. C'était mon ancrage, une présence constante dans ma vie, la personne qui serait toujours là.

J'y pensais, alors. Je m'imaginais recevant un appel, un policier en véhicule de patrouille m'annonçant qu'il était mort dans un accident de la route. Ou face à un chirurgien, apprenant qu'il avait eu une crise cardiaque, qu'ils avaient fait tout leur possible. Le trou béant que cela laisserait dans ma vie. Et je lui avais répondu, sincèrement.

— Mon Dieu, je ne sais pas. Je ne pense pas que je serais capable de tenir le coup.

Et ensuite, le fait de l'avoir dit, de l'avoir pensé, m'avait secouée, m'avait donné l'impression de ne plus me connaître. Qu'était-il arrivé à la jeune fille qui avait voyagé dans quatre continents toute seule, qui avait exercé deux métiers tout en fréquentant la fac afin d'avoir de quoi se payer un logement étudiant sans être contrainte de le partager ? Comment, en l'espace de quelques brèves années, avais-je pu me lier aussi inextricablement à quelqu'un, au point de ne plus réussir à m'imaginer seule ?

— Tu serais bien obligée, avait-il tranquillement répliqué. Pour les enfants.

— Oui, je sais. Je veux juste dire…

Je l'avais observé. Toujours crispé. J'avais perdu le fil de ma pensée, m'étais tue.

— S'il m'arrive quoi que ce soit, Viv, fais tout ce qu'il faut pour prendre soin des enfants.

J'avais vu l'inquiétude lui creuser encore le visage. Me croyait-il incapable de prendre soin de nos enfants sans lui ? Faisait-il réellement si peu de cas de ma personne ?

— Bien sûr que je veillerais sur eux, avais-je rétorqué, sur la défensive.

— Tu feras tout ce qu'il faudra. Tu devras m'oublier.

Je ne savais pas du tout que penser, pourquoi il me racontait tout cela, pourquoi il pensait à tout cela. Aucune idée de comment réagir. Je voulais juste que la conversation se termine.

À son tour, il avait quitté la route des yeux et m'avait regardée un moment, presque trop long.

— Promets-moi, Viv. Promets-moi de tout faire pour les enfants.

J'avais agrippé la poignée de la portière, l'avais serrée très fort. Pourquoi fallait-il que je le lui promette ? Bien sûr que je ferai tout pour eux. À cet instant, je m'étais sentie au-dessous de tout, pas à la hauteur. Quand j'avais repris la parole, ma voix était à peine un murmure.

— Je te le promets.

★

Je ramène les quatre enfants à la maison, réchauffe un dîner au micro-ondes, et installe toute la troupe à table. Ils n'ont pas arrêté de me questionner au sujet de Matt. « Où est papa ? », « Quand papa va rentrer à la maison ? » Je ne sais absolument pas comment répondre à ces questions, si ce n'est en toute honnêteté. « Je ne sais pas. Bientôt, j'espère. »

Luke touche à peine à son dîner. Ella reste silencieuse. Et ça ne me surprend pas. Il est leur pilier à eux aussi. Celui sur lequel ils comptent pour être toujours là.

Ma présence peut se révéler imprévisible. La sienne, jamais.

Je leur donne leur bain et les mets en pyjama, tous les quatre. Pendant tout ce temps, j'attends le retour de Matt. Ou que mon téléphone sonne. Je le consulte sans arrêt, me figurant peut-être avoir reçu un message sans l'avoir entendu, alors que j'ai déjà vérifié le volume une demi-douzaine de fois. J'actualise ma boîte mails, alors qu'il ne m'en a plus écrit un seul depuis sans doute des années.

Il faut bien qu'il prenne contact d'une manière ou d'une autre, non ? Il ne peut pas disparaître comme ça.

230

Finalement, je couche les enfants, puis descends au rez-de-chaussée. Je fais la vaisselle, j'essuie les assiettes. Autour de moi, la maison est silencieuse, et je me sens terriblement seule. Je ramasse les jouets, les range dans leurs caisses. J'ai l'impression d'être suspendue dans le temps, comme si j'attendais que Matt franchisse la porte à tout instant, m'embrasse, et s'excuse de rentrer si tard. Et pourtant j'ai conscience qu'il pourrait ne jamais rentrer, qu'il pourrait être parti pour toujours – tout en étant incapable d'y croire vraiment.

Je repense à ce trajet en voiture si particulier, des années auparavant. À cette conversation. *Et s'il m'arrive quelque chose, à moi ? Et si je ne suis plus là ?* Était-ce un avertissement ? Sa manière de me prévenir qu'un jour il disparaîtrait ?

Je secoue la tête. Cela n'a aucun sens. Pas ainsi. Il n'abandonnerait pas les enfants de cette manière.

Mon instinct me souffle qu'il lui est arrivé quelque chose. Qu'il est en danger. Mais que suis-je censée faire ? Je ne peux pas aller voir ma hiérarchie. J'ignore comment le retrouver, et je ne peux en parler à personne. Je n'ai même pas la certitude qu'il a des ennuis.

La peur et le désespoir m'assaillent.

Je repense à ma réaction de panique sur le trajet de la crèche. Panique au sujet des enfants. Si j'avais pensé sérieusement que Matt avait des ennuis, que quelque chose lui était arrivé, n'aurais-je pas dû éprouver cette même panique le concernant ? Ne devrais-je pas la ressentir à l'instant même ?

Tout au fond de moi, je crois peut-être qu'il est parti de son plein gré. Je suis peut-être même heureuse qu'il ne soit plus là.

Une pensée me frappe. Une évidence – je ne sais pourquoi je n'y ai pas songé plus tôt. Je monte dans notre chambre. Je me dirige vers le dressing, tire la boîte à chaussures, celle qui contient la paire vernie. Je me laisse tomber sur le tapis, la boîte sur les genoux. Cela me fait presque peur de l'ouvrir. Peur de ce que je risque de découvrir.

Je soulève le couvercle, je vois les chaussures. Elles sont vides.

Le pistolet a disparu.

Non, ce n'est pas possible. Je continue de fixer cet emplacement vide, comme si l'arme pouvait réapparaître. *Il est parti*. Ces mots résonnent dans ma tête. J'appuie du bout des doigts sur mes tempes, comme s'ils avaient le pouvoir de réduire cette pensée au silence. Il n'est pas parti. Il ne serait pas parti. Il doit y avoir une autre explication.

Finalement, je plonge la main dans ma poche arrière, j'en sors mon téléphone, je fais défiler mes numéros enregistrés.

— Maman ? dis-je dès que j'entends sa voix.

— Ma chérie, qu'est-ce qui ne va pas ?

Comment sait-elle que quelque chose ne va pas, après seulement deux syllabes ? Cela me sidère. Je me racle la gorge.

— Est-ce que papa et toi pourriez venir à la maison quelque temps ? J'aurais besoin d'un coup de main avec les enfants.

— Naturellement. Tout va bien ?

Mes yeux s'emplissent de larmes. J'ai du mal à former mes mots.

— Ma chérie ? Où est Matt ?

Je fais un gros effort pour me ressaisir, tout en tâchant de retrouver ma voix.

— Parti.

— Pour combien de temps ?

Un cri étouffé s'échappe de mes lèvres.

— Je ne sais pas.

— Oh, ma chérie ! s'écrie ma mère d'une voix peinée.

Et je ne parviens plus à me contenir. Je pleure en silence dans la maison noire et solitaire, ma vue brouillée de larmes.

15

La nuit s'écoule sans aucune nouvelle de mon mari et, le matin, j'ai cessé de me consumer à l'attendre en vain. Je ne sais toujours pas s'il est vraiment parti ou s'il lui est arrivé quelque chose. Et j'ignore pourquoi je ne suis pas plus désespérée, pourquoi j'ai la sensation que rien de tout ceci n'est réel.

Les quatre enfants sont autour de la table de la cuisine, un bol de céréales devant les deux plus grands, des petits anneaux de céréales Oreo et des mûres écrasées sur les plateaux des chaises hautes des jumeaux. Je m'affaire sur le plan de travail, je prépare le déjeuner de Luke – encore une de ces choses dont Matt se charge, d'habitude – et je m'attarde devant ma deuxième tasse de café. Encore une nuit sans sommeil. On frappe à la porte, quelques petits coups rapides. Ella en a le souffle coupé.

— Papa ? piaille-t-elle.

— Papa ne frapperait pas, lui réplique Luke, et le sourire d'Ella s'efface de ses lèvres.

J'ouvre la porte et ma mère entre en trombe, dans un nuage de parfum, un sac bourré de courses à chaque main, remplis de je ne sais trop quoi. Des cadeaux pour les enfants, sans doute. Mon père est juste derrière, hésitant, plus mal à l'aise que d'ordinaire.

Je n'ai pas annoncé aux enfants qu'ils venaient. Je n'étais pas sûre de l'heure à laquelle ils arriveraient. Mais ils sont là, et les petits sont aux anges, surtout Ella.

— Papi et mamie sont ici ? s'écrie-t-elle d'une voix perçante dès qu'elle les voit.

Ma mère va droit à la table de la cuisine, dépose les sacs au sol, prend Ella dans ses bras, puis Luke, avant de planter un baiser sur les joues des jumeaux. Je vois des marques de rouge là où ses lèvres se sont collées.

— Maman, pourquoi ils sont ici ? s'étonne Ella en se tournant vers moi.

— Ils vont aider pendant que papa n'est pas là, j'explique.

Tout en étalant de la confiture sur du pain, je croise très brièvement le regard de ma mère, et m'en détourne aussitôt. Mon père se tient près de la cafetière, comme s'il ne savait pas quoi faire de ses dix doigts.

— Ils vont rester combien de temps ? insiste Ella. Combien de temps papa va être parti ?

La pièce devient silencieuse. Mes parents sont subitement immobiles. Je sens leurs yeux sur moi. Les yeux de tout le monde sur moi, en attente d'une réponse. Et tout ce que je réussis à faire, c'est contempler le sandwich qui est devant moi car je suis strictement incapable de me rappeler si Luke préfère qu'il soit découpé en triangles ou en rectangles. Ma mère prend les choses en main.

— Des cadeaux ! J'ai des cadeaux !

Elle plonge les mains dans les sacs, et les enfants réclament à grands cris les surprises qu'ils contiennent. La pression retombe. Mon père m'observe encore, mal à l'aise, il m'adresse un demi-sourire, puis regarde ailleurs.

Une fois que les petits ont eu leurs cadeaux – animaux en peluche, feutres et livres de coloriage, et de grands et gros tubes de peinture au doigt – et terminé leur petit déjeuner, je prépare le sac à dos d'Ella, je l'aide à trouver un accessoire pour son travail d'expression orale – aujourd'hui, il faut apporter et définir un objet commençant par la lettre *B*, et nous nous décidons pour sa baguette de princesse, celle qui est décorée d'étincelles. Je serre Luke et les jumeaux dans mes bras, avec des baisers, et me verse une autre tasse de café dans le mug que j'emporte dans la voiture.

Ensuite, je rappelle à mes parents l'heure d'arrivée du bus de Luke, à quel coin de rue il s'arrête.

— Vous êtes sûrs que ça ira pour surveiller les jumeaux ? je leur demande.

Ils ont proposé de garder aussi Ella, mais deux gamins me semblaient bien plus gérables que trois sur toute une journée. Je leur ai répondu de ne pas s'inquiéter, qu'Ella pourrait aller à l'école, comme d'habitude.

— Bien sûr, affirme maman.

J'hésite, clés de voiture en main.

— Merci. D'être venus.

Je refoule mes larmes et baisse les yeux, terrorisée à l'idée que, si je continue de regarder ma mère, rien ne fasse barrage au torrent lacrymal qui menace de

237

s'écouler. Les mots qui suivent ne sont qu'un chuchotement.

— Je ne serais pas capable d'y arriver toute seule.

— Ne dis pas de bêtises. (Elle me tend la main, une petite pression sur la mienne.) Bien sûr que tu en es capable.

★

Ella n'avait même pas un an quand j'ai su que j'étais tombée enceinte pour la troisième fois. En réalité, c'était un accident. Nous n'avions pas parlé de quand – ni même de si – nous aurions un troisième enfant, et nous n'avions en tout cas pas essayé. J'avais néanmoins rangé mes vêtements de maternité dans un cabas en plastique, exactement comme j'avais emballé tous ceux des nouveau-nés. Je ne m'étais séparée de rien, et Matt ne me l'avait pas suggéré. Ils avaient simplement été descendus au sous-sol, avec la baignoire pour bébé, la balançoire pour tout-petits et le reste. J'imagine donc que nous envisagions lui et moi d'avoir d'autres enfants, par la suite. Seulement, pas si tôt. Certainement pas aussi tôt.

Ce jour-là, j'avais quitté le bureau de bonne heure et je m'étais arrêtée acheter un T-shirt pour Ella sur le trajet de la maison. C'était compliqué d'en trouver un aussi petit, mais j'y suis arrivée. Un petit T-shirt rose avec écrit en violet : « GRANDE SŒUR ». J'avais enfilé à Luke son T-shirt « GRAND FRÈRE », qui lui allait encore. Quand Matt avait appelé pour me signaler qu'il était en route, mon cœur s'était mis à palpiter. Je savais qu'il serait ravi. Un peu effrayé, un peu bouleversé comme moi, mais ravi.

Dès que j'avais entendu la clé dans la serrure, j'avais rassemblé les enfants, en m'assurant qu'ils soient tous les deux bien face à lui – Ella dans mes bras, Luke à mes côtés. Il était entré, les avait salués avec enthousiasme, comme toujours, s'était penché pour m'embrasser. Ensuite, j'ai vu ses yeux enregistrer ce qui était imprimé sur les T-shirts, d'abord celui de Luke, puis celui d'Ella. Son visage s'est figé, tout son corps s'est figé. J'ai attendu le sourire, la joie qui avait illuminé son expression les deux premières fois. Mais rien n'est venu.

— Tu es enceinte ?

C'est tout ce qu'il a dit. Sur un ton presque accusateur.

« Tu es » enceinte. Ces mots m'ont transpercée. Lors des deux grossesses précédentes, il m'avait répété si souvent « Nous sommes enceintes » que cela avait fini par m'agacer. Je lui avais même lâché deux ou trois reparties cinglantes, lui rappelant que c'était moi qui avais des nausées matinales, des brûlures d'estomac et des douleurs dans le dos. Mais sur l'instant, j'aurais souhaité plus que tout l'entendre à nouveau prononcer ces mots-là. Que nous vivions cela ensemble, pleinement.

— Oui, ai-je fait en m'efforçant de ne pas y attacher davantage d'importance.

Il est sous le choc. Il est soucieux. Accorde-lui une minute, laisse-le se ressaisir, laisse-le manifester sa joie.

— Tu es enceinte, a-t-il répété, et toujours sans sourire.

Ensuite, il a ponctué d'un « Waouh », sans émotion aucune.

Le saignement avait débuté cette nuit-là. Je me souviens d'avoir vu du sang sur ma culotte, et de ma terreur. Brun d'abord, rouge quand les crampes ont commencé. Un coup de fil au médecin, parce que c'était la procédure, non ? La voix attristée qui m'avait répondu : « Vous ne pouvez rien y faire. » Ensuite, les statistiques. Un sur quatre. Comme si cela pouvait rendre la chose plus facile. Je me souviens de m'être roulée en boule sur le carrelage froid de la salle de bains. De n'avoir rien pris pour soulager la douleur, parce que je voulais la sentir. Je lui devais au moins cela, à elle.

À elle. C'était une fille. Je pouvais le sentir. Je pouvais voir sa petite frimousse, une existence qui ne verrait jamais le jour.

Je ne pouvais me résoudre à réveiller Matt et à le lui annoncer. Pas après la façon dont il avait réagi à la nouvelle. Je me représentais son visage, ses mots – il n'éprouverait pas le même degré de chagrin absolu que je ressentais. J'en étais sûre. J'avais besoin d'être toute seule. De perdre mon bébé, de pleurer mon bébé. L'expérience la plus pénible, la plus déchirante de toute ma vie, et je voulais la vivre seule.

Je suis désolée, lui ai-je chuchoté, à elle, alors que les crampes s'intensifiaient, que la douleur devenait presque insoutenable, que les larmes me dégoulinaient sur la figure. Je ne savais même pas pourquoi. La réaction de Matt, j'imagine. Au cours de sa très brève existence, n'aurait-elle pas dû ne rien connaître d'autre que de l'amour ? Du ravissement ? De la joie ? *Je suis tellement désolée.*

Puis la douleur, alors que je croyais qu'elle ne pouvait pas être pire, s'était accentuée. J'étais pliée en

240

deux, immobilisée, trempée de sueur, serrant les dents pour m'empêcher de crier. Je savais que j'allais mourir, c'était aussi grave que ça. Il y avait du sang partout, tellement de sang. Personne ne m'avait avertie que ce serait comme un accouchement, que ce serait aussi insoutenable. J'étais sur le point de crier, enfin, et juste à cet instant, Matt apparut. Il s'agenouilla près de moi, m'enveloppant dans ses bras. C'était presque comme si, en un sens, il pouvait ressentir ma douleur.

— Ça va aller, ça va aller, m'avait-il murmuré, mais ce n'était pas les bons mots, parce que ça n'allait pas, parce que rien n'allait.

Il m'avait bercée, un lent mouvement de balancier, là, sur le carrelage. Toute l'émotion que j'avais enfermée en moi s'est déversée et de profonds sanglots m'avaient secoué le corps, je ne pouvais les contrôler, parce que je n'avais pas envie qu'il soit là, parce que j'avais perdu mon bébé, parce que la vie était injuste.

— Pourquoi ne m'as-tu pas réveillé ? m'avait-il demandé.

J'avais la tête enfouie contre sa poitrine. Je pouvais entendre son pouls, la vibration de ses mots quand il parlait, presque plus forte que les mots à proprement parler.

Je m'étais écartée, j'avais levé les yeux, je lui avais murmuré la vérité.

— Parce que tu ne voulais pas d'elle.

Il avait eu un mouvement de recul, les yeux écarquillés. J'avais lu la douleur en eux, et la culpabilité avait déferlé comme une lame de fond. C'était son bébé, à lui aussi. Bien sûr qu'il la voulait. Qu'aurais-je pu affirmer de pire ?

— Qu'est-ce qui te pousse à dire ça ? m'avait-il soufflé, et sa voix était à peine un bruissement.

J'avais baissé les yeux au sol, sur l'enduit entre les dalles, et un silence pesant avait plané autour de nous.

— J'avais peur, avait-il admis. Je n'ai pas réagi comme il fallait.

J'avais cherché son regard, mais la blessure que je lisais dans ses prunelles était trop grande pour que je puisse la supporter, et je m'étais de nouveau blottie contre sa poitrine, son T-shirt maintenant mouillé par mes larmes. J'avais senti son hésitation, puis ses bras s'étaient refermés sur moi et, pour la première fois cette nuit-là, j'avais senti qu'il avait raison et que tout irait bien en fin de compte.

— Je suis désolé, m'avait-il murmuré.

Et à cet instant, j'avais su que j'avais eu tort. Je n'aurais jamais dû présumer le pire. Je n'aurais jamais dû prendre tout sur moi.

— Je t'aime, Viv.

— Moi aussi je t'aime.

★

En fin d'après-midi, maman m'appelle pour m'informer qu'elle est allée chercher Ella à l'école, que mon père a raccompagné Luke de l'arrêt de bus à la maison, que Luke s'est débrouillé pour égarer son sac, mais que tout le monde est à la maison, sain et sauf. Je pousse un soupir de soulagement. « Son sac, je m'en moque, je réponds, exaspérée, la troisième fois qu'elle me le mentionne. On pourra lui en trouver un autre. » Ce qui m'importe, c'est que les enfants soient en lieu sûr. Je ne me suis même pas rendu compte combien j'attendais son appel, afin d'avoir la certitude que les différents ramassages scolaires s'étaient bien déroulés.

J'ai passé la journée à travailler avec fébrilité. À saisir des noms dans la barre de recherche, à éplucher des rapports, à tenter désespérément de démasquer le chef de réseau, à progresser un peu, à reprendre la main. En pure perte. Encore une journée de recherches infructueuses.

Encore une journée gâchée.

Je quitte le bâtiment au bout de huit heures exactement. Lorsque j'atteins ma rue, le crépuscule tombe déjà. Je me gare dans l'allée, je laisse le moteur tourner un instant, en contemplant la maison. À l'intérieur, les lumières sont allumées, les rideaux assez fins pour laisser entrevoir les silhouettes de mes parents, de mes enfants.

Ensuite, mon œil s'arrête sur quelque chose. Une forme humaine, sous la véranda. Assise dans l'un des fauteuils, installée dans la pénombre.

Youri.

Même sans distinguer ses traits, je sais que c'est lui. Presque comme un sixième sens.

Mon cœur tressaute. Que fait-il ici ? Devant ma maison, à quelques pas seulement de mes enfants. Que veut-il ? Sans réfléchir, je retire la clé de contact, j'attrape mon sac, sans cesser un instant de le fixer. Je sors de la voiture et me dirige vers la véranda.

Il reste assis, tout à fait immobile, m'observant. Il paraît plus grand en chair et en os. Plus vicieux. Il est en jean et chemise noire, les deux boutons du haut défaits, une chaîne en or autour du cou, avec un pendentif. De grosses bottes noires à lacets, du style rangers. Je m'arrête face à lui, priant pour que la porte

reste fermée, et que mes enfants demeurent à l'intérieur, protégés, en sécurité.

Je l'interpelle :

— Que faites-vous ici ?

— Venez vous assoir, Vivian.

Il s'exprime avec un accent, mais pas aussi prononcé que ce à quoi j'aurais pu m'attendre. Il désigne
le siège près de lui. Ma chaise.

— Que voulez-vous ?

— Parler.

Il se tait, m'étudie, attend que je m'assoie, mais je
décline. Alors il esquisse un haussement d'épaules et
se lève. Il plonge la main dans sa poche arrière, en
sort un étui de cigarettes rigide. Il porte une masse
compacte à la taille. Je discerne le contour sous sa chemise.

Le holster de son arme, sans doute. Là, mon cœur
s'accélère.

Il tapote le paquet contre le dos de sa main, une
fois, deux fois. Il me toise de la tête aux pieds.

— Je vais être rapide, parce que je sais que vos
gosses vous attendent.

À la mention de mes enfants, je suis parcourue d'un
frisson, et mes yeux se déportent à nouveau vers sa
hanche.

Il ouvre l'étui, en sort une cigarette, le referme. Il
n'y a rien de rapide dans ses gestes, au contraire.

— Je vais avoir besoin que vous vous occupiez de
cette clé USB sans tarder.

L'idée m'effleure qu'il n'a pas à allumer sa cigarette
ici. Que je n'ai pas envie d'une odeur persistante de
cigarette sous ma véranda, à proximité des enfants.

Comme si c'était de ça dont je devrais me soucier, à ce moment précis.

Il place la cigarette entre ses lèvres, sort un briquet de sa poche de devant. Le pan de sa chemise se relève juste assez pour que j'entrevoie la masse de plastique noir à hauteur de sa hanche. Un holster – cette fois, plus de doute possible.

— Vous faites ce que je vous dis, et nous aurons ce que nous voulons, vous et moi.

La cigarette s'agite au rythme de ses lèvres.

— Vous et moi ?

Il actionne la molette du briquet, et une flamme en jaillit. Il la maintient près du bout de sa cigarette, jusqu'à ce que se dessine un rougeoiement orange. Après quoi, il me scrute, hausse les épaules.

— Bien sûr. Moi, mon programme est chargé dans votre système, et vous, vous reprenez votre vie. Plus rien ne vous empêchera d'être avec vos enfants.

Vos enfants. Pas mon mari et mes enfants.

— Et Matt ?

Ces mots sortent de ma bouche avant que j'aie pu les censurer.

— Matt ? (Son visage trahit brièvement la confusion. Et puis il rit, retire sa cigarette de ses lèvres.) Ah, Alexander. (Il a une mimique incrédule, et sourit.) Vous êtes vraiment naïve, hein ? Mais enfin, bon, c'est là-dessus qu'il comptait, notre Alexander, hein ?

Une sensation de nausée monte en moi. Il tire une bouffée de sa cigarette, recrache un nuage de fumée.

— Ce n'est pas lui qui vous a entraînée dans tout ça ? qui vous a trahie ?

— Il ne me trahirait pas.

245

— Il vous a déjà trahie. (Encore un rire.) Il nous répète tout ce que vous lui racontez. Depuis des années.

Je secoue la tête. *Impossible*.

— Vos collègues de travail ? C'était quoi, leurs noms ? Marta ? Trey ?

Je sens mes poumons se comprimer. Matt a nié. Il a juré. Et j'aurais juré qu'il disait la vérité.

Le sourire disparaît du visage de Youri, s'efface, laisse place à une expression glaçante. Ses yeux se réduisent à deux fentes.

— Assez de conneries. On va causer, entre professionnels du renseignement. Vous n'avez pas envie que toute cette histoire s'arrête ?

Il attend une réponse.

— Si.

— Vous savez que vous n'avez pas le choix alors.

— J'ai le choix.

Ses lèvres se retroussent en un demi-sourire.

— La prison ? C'est réellement ce que vous choisiriez ?

Mon cœur bat à toute vitesse.

— Si vous refusez de coopérer, quelle raison aurais-je de ne pas communiquer les résultats de vos petites recherches informatiques à vos chefs ?

— Matt, je chuchote, mais en prononçant son nom, je sais que ce n'est pas une raison.

Il rit, tire encore une longue bouffée de sa cigarette.

— Votre mari est parti depuis longtemps, Vivian, m'annonce-t-il, et ces mots s'échappent dans un filet de fumée.

— Je n'y crois pas, je murmure, alors même que je ne sais plus que croire.

Il me dévisage, avec une expression que je ne peux déchiffrer. Puis il tapote sur sa cigarette, de la cendre en tombe.

— Enfin, bon, il voulait qu'on s'occupe de vous.

Je soutiens son regard. Je retiens mon souffle. J'attends qu'il continue.

— Nous vous paierons. Assez pour que vous puissiez subvenir aux besoins de vos enfants pendant très longtemps.

Je le dévisage, le vois tirer une autre bouffée, souffler lentement la fumée par le nez, le regard orienté vers la rue. Puis il laisse tomber son mégot sur le plancher de la véranda, l'écrase sous le talon de sa botte. Me lâche un regard appuyé.

— Vos enfants, c'est tout ce qu'il vous reste. N'oubliez jamais ça.

★

Après la fausse couche, il ne faisait aucun doute que je voulais un autre enfant. Celui que j'avais perdu était une souffrance constante. La petite fille dont le visage me revenait encore dans mes rêves. Chaque fois que je croisais une femme enceinte, je comparais son ventre à ce qu'aurait dû être la rondeur du mien à ce stade, et j'en avais le cœur serré. Je voulais être cette femme en pantalon à taille élastique, cette femme aux chevilles gonflées. J'avais envie de transformer la chambre d'amis en chambre de bébé, de plier des vêtements de nouveau-né incroyablement minuscules.

Et surtout, je voulais un bébé. Je savais que je ne l'aurais jamais, elle, celle que j'avais perdue, mais j'en voulais un autre. Un petit à câliner, à aimer, à protéger. Je souhaitais m'accorder une autre chance.

Nous pouvions nous permettre de payer la crèche de deux enfants, mais pas de trois. Matt a été prompt à le faire remarquer, et je ne pouvais me sortir de l'esprit sa réaction à ma dernière grossesse. Si bien que même si rien ne me faisait plus envie que d'être enceinte, nous avons attendu que Luke entre en maternelle pour réessayer.

Et cette fois, quand la petite ligne avait viré au bleu, j'avais été terrifiée. De perdre ce bébé aussi. Que Matt ait la même réaction que la fois précédente. J'avais donc gardé la nouvelle pour moi, d'abord une journée, puis deux. J'avais attendu que le saignement se déclenche. Et comme il n'en avait rien été, j'avais décidé qu'il fallait le lui dire.

Je n'avais pas prévu d'annonce originale. Le T-shirt « GRANDE SŒUR » demeurait un douloureux souvenir. Les enfants endormis, alors que nous étions seuls, pelotonnés dans le canapé devant la télé avant de nous coucher, je lui avais mis le test de grossesse sous le nez et j'avais attendu sa réaction.

Il avait regardé la ligne bleue, puis moi.

— Nous sommes enceintes, avait-il chuchoté, et un grand sourire lui avait lentement éclairé le visage.

Ensuite, il m'avait enveloppée de son étreinte, si fort que j'avais presque craint pour le petit être à l'intérieur de moi.

Quelques semaines plus tard, nous avions notre premier rendez-vous chez le gynécologue-obstétricien. J'avais compté les jours, mourant d'envie d'être rassurée sur le fait que tout allait bien, terrorisée chaque fois que j'allais dans la salle de bains de découvrir du sang. Assise dans le fauteuil, à côté de l'échographe, je me suis sentie gagnée par la peur. Qu'il n'y ait aucun battement de cœur. Que quelque chose n'aille pas.

Le docteur Brown avait entamé l'échographie. Matt m'avait pris la main, et j'avais serré la sienne si fort, en scrutant l'écran, prise de panique. J'avais attendu que le brouillard devienne net, le temps qu'elle ajuste la sonde, à la recherche de la bonne position, du bon angle de vue. Impatiente de voir du mouvement, la palpitation d'un cœur. Et ensuite, je l'ai vue, une petite tache blanche, le cœur battant à tout va.

Et, à côté, un deuxième.

J'avais fixé l'écran, comprenant la situation. Ensuite, j'avais arraché mes yeux de l'écran, je m'étais tournée vers Matt. Il l'avait vu, lui aussi. Il avait pâli, et m'avait lancé un sourire, mais un sourire tendu.

Il se pouvait qu'il ait peur, qu'il soit nerveux, mais moi, j'étais plus que ravie. Des jumeaux. Pas juste un bébé, mais deux. Presque comme si une seconde chance m'était accordée avec le bébé que j'avais perdu un an plus tôt.

En voiture, sur le trajet du retour, nous étions restés silencieux, chacun seul avec ses pensées, jusqu'à ce que finalement Matt prenne la parole :

— Comment allons-nous nous en sortir ?

Je ne savais pas au juste s'il faisait allusion au fait d'élever quatre enfants, de s'occuper de deux bébés se réveillant sans arrêt la nuit, aux finances, ou autre chose. Mais j'avais répondu à la question que, selon moi, il avait à l'esprit. Celle que j'avais moi-même à l'esprit.

— Je vais rester à la maison.

Matt agrippait le volant si fort que je distinguais ses doigts blanchir.

— Au moins pendant un certain temps…

— Mais ça ne te manquera pas ?

J'avais regardé à travers le pare-brise.

— C'est possible. (Je me suis tue avant d'en dire davantage. Je savais que cela me manquerait. Que j'aurais aimé pouvoir constater si la nouvelle méthodologie que j'avais développée nous conduirait réellement à des individus impliqués dans ce programme d'agents dormants.) Les enfants me manqueraient encore plus.

— Mais après…

— Après, je pourrai retourner travailler.

En tout cas, j'espérais que ce serait le cas. Quand les enfants seraient tous scolarisés, quand le temps cesserait de me filer entre les doigts sans que je puisse le rattraper. Quand je serais réellement capable de me concentrer sur mon travail, de lui accorder l'attention qu'il méritait, sans avoir l'impression de mener une existence bâclée.

— Tu en es sûre ?

Il m'avait lancé un coup d'œil.

Je m'étais tue. La vérité, c'était que je n'avais aucune garantie d'être reprise. Ces rumeurs déjà anciennes de coupes budgétaires avaient fini par se vérifier, et l'embauche était gelée. Si je quittais mon poste, cela risquait d'être pour de bon.

— Le problème de l'assurance maladie va se poser, avait-il ajouté. Nous avons eu de la chance avec la tienne. (Il avait secoué la tête.) Ma couverture santé est épouvantable. Les primes crèvent tous les plafonds.

Je m'étais tournée vers la fenêtre. Il disait vrai. Son métier présentait de réels avantages, mais une bonne assurance santé n'en avait jamais fait partie.

— Nous sommes en bonne santé, lui avais-je rappelé.

Pour l'heure, je ne voulais pas entendre parler d'obstacles.

— C'est juste qu'avec des jumeaux, il y a parfois des complications…

Une voiture nous avait dépassés en fonçant sur la voie de gauche, beaucoup trop vite. Je n'avais pas répondu.

— Et s'habituer à vivre avec un seul salaire, ce sera un sacré réajustement.

Je sentais la nausée au fond de mon estomac, un poids sur la poitrine, au point d'être saisie d'un éclair de panique pour les bébés. Je ne pouvais m'exposer à un tel stress. J'avais besoin de me calmer. J'avais respiré profondément, une première fois, une deuxième.

— Les bébés ne resteront pas éternellement des bébés, tu sais, avait-il repris.

— Je sais, avais-je acquiescé, d'une voix sourde.

Et si cela ne se limitait pas à une pause dans ma carrière ? Et si je ne réussissais jamais à remettre le pied à l'étrier ? Mon métier faisait partie de mon identité. Étais-je prête à y renoncer ?

Je voulais les deux. Du temps avec mes enfants, et une carrière épanouissante. Mais cela ne semblait pas de l'ordre du possible.

Quelques instants plus tard, sa main avait rejoint la mienne.

— C'est juste que je ne sais pas comment m'y prendre pour que cela fonctionne, avait-il insisté calmement. J'ai juste envie qu'on s'en sorte.

★

Je suis Youri du regard, il s'éloigne, marche vers une voiture garée un peu plus loin, en face, une berline noire cinq-portes. Des plaques du district de Columbia – rouge, blanc et bleu. Je lis l'immatriculation et je me la répète à mi-voix, plusieurs fois. Je le regarde déboîter, s'éloigner dans ma rue, jusqu'à ce que les feux arrière disparaissent. Je fouille dans mon sac, sort un stylo et un bout de papier, note le numéro.

Et puis je m'effondre. Je tombe au sol et je m'entoure les genoux de mes bras. Je tremble de manière incontrôlable.

La seule raison pour laquelle je suis dans tout ce bourbier, c'est que je veux protéger Matt, le garder avec moi, pour les enfants, préserver une existence aussi normale que possible, pour nous tous. Et maintenant il est parti.

Il m'a menti au sujet de Marta et Trey. Il a parlé d'eux à Youri. Bien sûr qu'il en a parlé. Comment ai-je pu me montrer aussi crédule ? Et pourquoi ne m'a-t-il pas simplement dit la vérité ? Je n'arrive pas à me sortir son visage de l'esprit, la tête qu'il avait lorsqu'il m'a juré n'en avoir jamais parlé. Aucun signe de tromperie. N'ai-je véritablement aucun moyen de démêler ce qui est mensonge de ce qui n'en est pas ?

Et les enfants. Oh, mon Dieu, les enfants. *Vos enfants, c'est tout ce qu'il vous reste*. Youri a raison. Que leur arriverait-il si j'allais en prison ?

J'entends la porte s'ouvrir derrière moi, ce grincement des gonds qu'il faudrait réparer.

— Vivian ? (La voix de ma mère. Et ensuite, des bruits de pas, qui se rapprochent, l'odeur de son parfum quand elle s'agenouille près de moi.) Oh, ma chérie, murmure-t-elle.

Elle me prend dans ses bras, un geste qu'elle n'a plus eu depuis l'époque où j'étais toute petite. J'enfouis ma tête dans sa douceur, comme si j'étais redevenue une petite fille.

— Vivian, chérie, que se passe-t-il ? Est-ce Matt ? Tu as eu des nouvelles de lui ?

J'ai l'impression de me noyer. Je secoue la tête, encore blottie dans ses bras. Elle me caresse les cheveux. Je sens l'amour qui irradie d'elle. La sensation palpable qu'elle voudrait avoir le pouvoir de remédier à tout cela, d'effacer ma douleur. Qu'elle ferait n'importe quoi pour moi.

Je m'écarte, lentement, et la regarde. Dans l'obscurité, avec la lumière de la porte d'entrée qui lui tombe sur le visage, ses traits déformés par l'inquiétude, elle paraît plus vieille qu'elle ne l'est. Combien d'années en pleine santé leur reste-t-il, à elle et papa ? Pas assez pour prendre soin de mes quatre enfants. Pour les élever.

Et voir leur fille envoyée en prison, je n'ose même pas imaginer l'effet que cela leur ferait.

— Tu en auras, ma chérie. Je suis sûre que tu en auras.

Pourtant, son visage est rongé par l'incertitude. Je connais cet air-là. Le doute. La prise de conscience que Matt n'est peut-être pas celui qu'elle croyait, parce que l'homme qu'elle croyait connaître ne disparaîtrait pas comme ça. Et je n'ai pas envie de voir ça. Je ne veux pas de ce doute, ou des mensonges qui sont censés m'aider à me sentir mieux.

Elle s'assoit finalement. Nous restons silencieuses. Je sens sa main dans mon dos, qui me caresse doucement, en cercles, comme je le fais avec mes propres enfants. J'entends les cigales. Une portière de voiture qui s'ouvre, se referme.

— Que s'est-il passé ? me demande-t-elle d'une voix posée, formulant enfin la question qui, depuis mon premier appel, je le sais, est au centre de ses préoccupations. Pourquoi Matt est-il parti, ma chérie ?

Je contemple la nuit, la maison des Keller, les volets bleus, les stores baissés, de la lumière qui filtre derrière quelques fenêtres.

— Si tu n'as pas envie d'en parler, ce n'est pas grave, ajoute-t-elle.

J'ai envie d'en parler. J'ai un besoin irrépressible de tout lui révéler, de partager mes secrets. Mais faire porter ce fardeau à ma mère, ce ne serait pas juste. Non, je ne peux pas lui infliger ça. C'est à moi seule de le supporter.

Pourtant, je dois bien lui répondre quelque chose.

— Il y a des événements dans son passé, dis-je prudemment, des événements dont il ne m'avait jamais parlé.

Du coin de l'œil, je la vois acquiescer, comme si elle s'y attendait, ou du moins comme si cela ne la surprenait pas. Je me les représente, papa et elle, le soir de mon appel, tâchant de trouver des explications à ce qui s'était passé. Je réprime une forte envie de rire. *Oh, maman, ce n'est pas du tout ce que tu crois.*

— Avant votre rencontre ? me demande-t-elle.

Je hoche la tête.

Il lui faut un moment pour réagir, comme si elle rassemblait ses pensées.

— Nous avons tous commis des erreurs.

— L'erreur était de ne pas m'avoir dit la vérité, je lui réponds calmement.

Parce que c'est vrai. Ce n'est pas un simple moment de faiblesse qui nous a conduits à ce stade, mais dix années de mensonges.

Je la vois de nouveau acquiescer. Elle me masse toujours le dos. L'une des fenêtres, dans la maison des Keller, s'obscurcit.

— Parfois, commence-t-elle, hésitante, nous croyons que masquer la vérité protégera ceux que nous aimons le plus.

Je reste bloquée sur cette fenêtre assombrie, ce petit rectangle désormais tout noir. C'est ce que j'ai fait, non ? Tenter de protéger ma famille. Je me revois devant l'ordinateur, au bureau, le curseur oscillant au-dessus du bouton « Supprimer ».

— Je ne connais pas les détails, évidemment, poursuit-elle. Mais le Matt que je connais est quelqu'un de bien.

J'approuve, les larmes me picotent les yeux, j'essaie de faire de mon mieux pour les contenir. Le Matt que je connais moi aussi est quelqu'un de bien. Qui ne se contenterait pas de disparaître sans rien dire.

Mais, et si le Matt que nous connaissions toutes les deux n'avait jamais existé, en réalité ?

Une fois les enfants au lit, et maman et papa glissés dans la chambre d'amis improvisée – le petit recoin du salon avec son canapé-lit –, je reste seule dans la pièce télé, entourée d'un épais silence.

Youri est venu chez moi. Ce n'est pas fini. Ils ne me laisseront pas tranquille, pas comme avec Marta, puis Trey.

J'ai commis un acte illégal. Et ils détiennent la preuve qui serait susceptible de m'envoyer en prison.

Je suis prise au piège.

La menace de Youri résonne dans mon crâne. *Vos enfants, c'est tout ce qu'il vous reste.* C'est vrai. Matt est parti. Je ne peux pas continuer d'attendre son retour, de croire qu'il va débarquer pour tous nous sauver. Je dois m'en charger moi-même.

Je dois me battre.

Et je ne dois pas aller en prison.

Tant que Youri détient la preuve de ce que j'ai fait, je ne pourrai jamais être libre. *Tant que Youri détient la preuve.* Cette pensée me cueille brusquement. Et s'il ne la détenait plus ?

La CIA n'a rien sur moi. Seulement les Russes. Seulement Youri.

Il doit conserver une copie de ce qu'il m'a laissé dans la boîte aux lettres. Ces tirages papier qui prouvent que j'ai vu la photo de Matt. C'est de cela qu'il se sert pour me faire chanter. Et si je trouve son exemplaire, si je le détruis ? Il n'aurait plus aucun moyen de pression. Bien sûr, il pourrait toujours tout raconter aux autorités, mais ce serait ma parole contre la sienne.

C'est ça. La voilà, la solution, le moyen d'éviter la prison, de rester avec mes enfants. Il me suffit de détruire cette preuve.

Et cela signifie que je dois retrouver sa piste.

Je sens une poussée d'adrénaline. Je me lève, me dirige vers le couloir. Fouille dans ma sacoche de bureau, récupère le bout de papier avec le numéro de plaque d'immatriculation de Youri.

Ensuite, je me rends au placard de la chambre des jumeaux, j'en sors une caisse en plastique de l'étagère du haut. Des vêtements devenus trop petits pour eux. Je fouille pour dénicher le téléphone jetable que j'avais acheté. Je retourne dans le séjour, trouve le numéro d'Omar, retire la batterie de mon propre portable, et passe l'appel depuis l'appareil prépayé.

— C'est Vivian, dis-je dès qu'il décroche. J'ai besoin que tu me rendes un service.

— Je t'écoute.

— Il faudrait que tu vérifies une plaque d'immatriculation pour moi.

— D'accord. (Pour la première fois, il hésite.) Tu peux me préciser pourquoi ?

— Il y avait une voiture dans ma rue, aujourd'hui. (La vérité, jusque-là.) Garée. Ça m'a semblé suspect. Ce n'est probablement rien, mais je préférerais en être certaine.

Ce mensonge me vient plus facilement que je ne m'y serais attendue.

— Oui, bien sûr. Une seconde.

J'entends des papiers qu'on déplace, et je l'imagine ouvrant son ordinateur portable, ouvrant une base de données du FBI, qui centralise les informations de n'importe quel fichier administratif, toutes les données informatiques qui peuvent exister. La plaque me fournira un nom et une adresse. Le pseudonyme que Youri utilise aux États-Unis, si j'ai de la chance. Et sinon son adresse valide, du moins une piste. Quelque chose à exploiter.

— Dis-moi, me signale Omar.

Je lui lis le numéro de plaque et j'entends le pianotage des touches de son clavier. Il y a un long silence, suivi d'une autre série de touches. Puis il me relit le numéro, me demande si je suis sûre de moi. Je vérifie à nouveau mon bout de papier, et le lui confirme.

— Hmm, répond-il. C'est curieux.

Je retiens ma respiration, j'attends la suite.

Mon cœur cogne si fort que je peux l'entendre.

— Quoi ?

— Au registre des immatriculations, cette plaque n'existe pas.

Le lendemain matin, je sors un mug du placard quand j'entrevois l'autre, l'espèce de gobelet en métal luisant, posé sur l'étagère.

Cette plaque était ma seule piste vers Youri. Je n'ai aucune idée de comment le trouver maintenant, de comment détruire la preuve susceptible de m'envoyer derrière les barreaux.

Lentement, je tends la main vers ce gobelet. Je le place sur le comptoir.

Je pourrais obéir. Je pourrais emporter la clé USB au bureau, l'insérer dans l'ordinateur. Exactement comme la dernière fois. Et ensuite, tout serait terminé. Matt me l'a promis. Youri me l'a certifié.

Nous vous paierons. Assez pour que vous puissiez subvenir aux besoins de vos enfants, pendant très longtemps. La promesse de Youri me revient à l'esprit. C'est en grande partie la raison qui m'avait empêchée de dénoncer Matt : la crainte de ne pas pouvoir subvenir aux besoins des enfants, à moi seule, s'il n'était plus là. Et maintenant que ce que je redoutais est finalement arrivé, voilà que Youri vient me proposer une manière d'effacer tous mes soucis financiers.

Ensuite, ce sont les paroles de Matt, prononcées il y a si longtemps, ce jour-là, dans la voiture. *S'il m'arrive quoi que ce soit, Viv, fais tout ce qu'il faut pour prendre soin des enfants.*

Tout ce qu'il faut.

— Vivian ?

Je me retourne, c'est ma mère. Je ne l'ai même pas entendue entrer dans la cuisine. Elle m'observe, l'air préoccupée.

— Est-ce que ça va ?

Mes yeux se posent à nouveau sur le gobelet, j'y entrevois mon reflet, cette image déformée. Ce n'est pas moi, n'est-ce pas ? Je suis différente. Je suis plus forte que ça.

Je me tourne vers ma mère.

— Ça va.

Je suis assise à mon bureau, un mug de café devant moi, un peu de marc flottant à la surface. Je fixe l'écran, ouvert sur un rapport de renseignement, choisi au hasard, de sorte que si quelqu'un y jetait un œil, je donnerais l'impression de le lire, alors qu'en réalité il n'en est rien. J'essaie désespérément d'amener mon esprit à se concentrer.

Il faut que je trouve cette preuve. Il faut que je la détruise. Mais je n'ai aucune idée de comment procéder.

Omar a consulté d'autres bases de données, il est revenu les mains vides à propos de cette plaque d'immatriculation. « Vivian, qu'est-ce qui se passe ? » m'a-t-il demandé. « J'ai dû mal noter le numéro », voilà quelle a été ma réponse. Mais je savais bien que non, et le fait qu'il n'y ait aucune trace de cette plaque me tourmente.

Je songe vaguement à m'enfuir, en emmenant les enfants avec moi, mais ce n'est pas un choix viable. Les Russes sont trop puissants. Ils nous retrouveraient.

Je dois rester ici et me battre.

Tard ce soir-là, quand les enfants et mes parents dorment déjà, je me retrouve seule dans le séjour, la télé abrutissante me tient compagnie, moyen d'éviter le silence pesant qui s'abat sur la maison quand tout le monde dort. Une émission de rencontres, des dizaines de femmes en concurrence pour un seul homme, toutes follement amoureuses, alors qu'aucune d'elles ne peut savoir qui il est, pas vraiment.

Mon téléphone se met à vibrer, à danser imperceptiblement sur le coussin du canapé à côté de moi. *Matt*, me dis-je, car c'est l'unique raison pour laquelle je le laisse allumé. Mais au lieu d'afficher un numéro, l'écran affiche « inconnu ». *Non, pas Matt.* L'appareil continue de vibrer, un bourdonnement insistant. Je coupe le son de la télé, je prends le combiné, je réponds, en le plaquant prudemment contre mon oreille, comme si c'était un objet dangereux.

— Allô ?

— Vivian. (La voix caractéristique, l'accent russe. Mon ventre se noue, se tord.) Encore une journée d'écoulée, et vous n'avez toujours pas accompli votre tâche.

Le ton est cordial, comme une simple conversation. Mais c'est d'autant plus perturbant que les mots sont menaçants, accusateurs.

— Aucune occasion ne s'est présentée, aujour-d'hui.

C'est un mensonge. À cet instant, tenter de gagner du temps semble être ma seule option.

— Ah… (Une simple syllabe chargée de sens, me laissant comprendre qu'il ne me croit pas une seule seconde.) Bien. Je vais vous transférer à quelqu'un qui… (Il marque un temps, comme s'il cherchait les mots justes) pourrait vous convaincre de la trouver, cette occasion.

Il y a un déclic, puis un autre. Une sorte de bruissement. J'attends, tendue à l'extrême, puis je l'entends. La voix de Matt.

— Viv, c'est moi.

Mes doigts agrippent le combiné.

— Matt ? Où es-tu ?

Un silence.

— À Moscou.

Moscou. Moscou, cela signifie qu'il est vraiment parti. Qu'il a laissé les enfants seuls l'autre jour, sans supervision. Jusqu'à cet instant, je ne m'étais pas rendu compte que je n'y avais jamais vraiment cru. Que je me raccrochais encore à l'espoir qu'il reviendrait.

— Écoute, il faut que tu fasses ce qu'il te dit.

Je reste hébétée. Sans voix. *Moscou*. C'est ahurissant.

— Pense aux enfants.

Pense aux enfants. Comment ose-t-il me dire ça !

— Et toi, tu as pensé à eux ? je lance, durcissant le ton.

Je me représente Luke, seul à la table de la cuisine, le jour de la disparition de son père. Et les trois petits, attendant dans le hall d'entrée de l'école.

Il ne répond pas. Je crois pouvoir l'entendre respirer, ou c'est la respiration de Youri, je ne suis pas sûre. Et, dans le silence, je nous revois sur la piste de danse, le jour de notre mariage, ces mots qu'il m'avait soufflés à l'oreille. Je secoue la tête, effarée.

— Ils te paieront. Assez pour que tu puisses démissionner.

— Quoi ?!

— Tu passeras plus de temps avec les petits. Exactement ce que tu voulais.

Ce n'est pas ainsi que je voyais la chose. Loin de là.

— Je nous voulais, nous. Toi et moi. Notre famille.

Il y a encore un silence.

— Moi aussi, c'était ce que je voulais.

Le ton est grave. Je m'imagine l'expression de son visage, son front plissé par la peine.

Mes yeux s'emplissent de larmes, ma vision se brouille.

— Je t'en prie, Vivian, dit-il, et, face à l'insistance, au désespoir dans sa voix, je suis saisie par la peur. Fais-le pour les enfants.

16

Je tiens encore le téléphone longtemps après la coupure de la ligne. Finalement, je le pose sur le coussin du canapé, à côté de moi. Les derniers mots que Matt a prononcés résonnent dans ma tête, la manière qu'il a eue de les prononcer, la peur dans sa voix. Quelque chose m'échappe dans ce qu'il a dit.

Je devrais juste obéir à leur demande. Les promesses s'accumulent : c'est la dernière chose que j'aurai à faire pour eux. Je serai bien payée. Je pourrai subvenir aux besoins des enfants. Je pourrai être présente, pour eux. Il me suffit d'insérer cette clé dans ce port USB, exactement comme la première fois.

Mais non, j'en suis incapable. Je ne peux endosser la responsabilité d'exposer nos agents, mon pays, à pareil danger. Et je ne peux me fier à leur sincérité.

Je suis censée en conclure que je n'ai pas le choix : je suis seule, et pas assez forte pour agir de ma propre initiative.

Mais ils ont tort. J'ai le choix.

Et, quand mes enfants sont en jeu, je peux être beaucoup plus forte qu'ils ne le croient.

★

J'étais enceinte de vingt semaines exactement quand j'ai reçu l'appel. Sur mon portable, au volant, en rentrant du bureau. Un numéro local, le cabinet de l'obstétricien, sans doute. J'avais effectué une nouvelle échographie, le matin même – l'échographie morphologique, celle que j'attendais depuis des semaines.

Un long bandeau de photos était posé sur le siège passager. Des visages qui devenaient enfin reconnaissables, des bras et des jambes, et des doigts, des orteils minuscules. La sonde à ultrasons avait pu en saisir un qui souriait, et l'autre qui suçait son pouce. J'étais impatiente de les montrer à Matt.

Et l'enveloppe. Ordinaire, blanche, les mots « Sexe fœtus » griffonnés dessus. Cachetée, parce que je n'étais pas sûre de résister, de réussir à m'empêcher de jeter un œil. Nous l'ouvririons ensemble, à mon retour à la maison, Matt, les enfants et moi.

— Allô ? avais-je fait.

— Madame Miller ?

J'avais entendu une voix que je n'avais pas reconnue. Pas celle de la réceptionniste qui téléphonait pour les questions de simple routine comme celle-ci, pour me confirmer que tout se présentait bien. Mes mains s'étaient agrippées au volant. J'avais vaguement la sensation que je ferais mieux de m'arrêter sur la bande d'arrêt d'urgence. Et que je n'avais aucune envie d'entendre ce qui allait suivre. J'avais presque fini par croire que tout se déroulerait au mieux, moi aussi.

— Oui ? avais-je réussi à répondre.

— C'est le docteur Johnson, du service de cardiologie pédiatrique.

Cardiologie pédiatrique. J'avais senti un poids m'envelopper, une lourdeur insoutenable. Ils avaient procédé à un échocardiogramme fœtal, après l'échographie. « Ne vous inquiétez pas, m'avait rassurée l'infirmière en me conduisant de l'autre côté du couloir. Quelquefois, avec les jumeaux, ils veulent juste effectuer un examen plus détaillé. » Et je l'avais crue. Je pensais ne pas avoir à m'inquiéter. Je croyais que les échographistes adoptaient simplement une attitude distante, qu'ils n'avaient rien de particulier à me dire, que les bébés étaient en pleine santé.

— L'un des deux fœtus n'a montré aucune anomalie.

Le docteur Johnson s'exprimait avec gravité.

L'un des fœtus. Une pensée sourde martelait les profondeurs de mon cerveau. *Cela signifie que l'autre, si.*

— D'accord.

Ma voix était hachée.

— Madame Miller, il n'y a aucune manière facile de vous annoncer cela. L'autre souffre d'une sévère malformation cardiaque congénitale.

Je ne me souviens pas de m'être arrêtée, mais ce que je sais, c'est que l'instant d'après, j'étais stationnée sur la bande d'arrêt d'urgence, feux de détresse clignotants, des voitures me frôlant à toute vitesse sur ma gauche. J'avais l'impression que mon monde s'écroulait.

La doctoresse poursuivait, et je captais des bribes, qui atteignaient vaguement mon cerveau. « … valve pulmonaire… cyanose, difficultés respiratoires… intervention chirurgicale immédiate… cela dit, il y a des choix possibles… si vous décidez… deux fœtus de sexe masculin… réduction embryonnaire… »

Deux fœtus de sexe masculin. C'est ce qui s'était logé dans mon esprit. La petite famille ne se réunirait pas autour de l'enveloppe blanche, il n'y aurait pas de glapissements d'excitation de Luke et Ella. Mais il n'y en aurait pas eu, de toute manière. Quelle importance, le sexe du bébé, quand vous receviez une nouvelle pareille ?

— Madame Miller ? Vous êtes toujours là ?

— Mm-hmm.

Mes pensées se bousculaient. Aurait-il la même vie que les autres enfants ? Courrait-il, pratiquerait-il un sport ? Et surtout, survivrait-il ?

— Je sais que c'est une nouvelle difficile à entendre. Surtout au téléphone. J'aimerais convenir d'un rendez-vous dès que possible. Vous pouvez venir ici, nous aurons la possibilité d'évoquer les différentes options…

Les options. Mes yeux s'étaient posés sur les photos à côté de moi, le sourire sur le visage d'un des deux bébés, le pouce dans la bouche de l'autre. J'avais fermé les yeux et je les avais revus gigotant à l'écran de l'échographe. J'avais entendu le bruit d'un battement de cœur, *toum-toum-toum-toum*, et l'autre, *toum-toum-toum*. Ensuite, j'avais posé une main sur mon ventre et j'avais senti bouger les deux bébés qui se bousculaient pour se faire de la place.

Il n'y avait pas d'options. C'était mon bébé.

— Madame Miller ?

— Je le garde.

Il y avait eu un silence, bref, mais assez long pour que je puisse y percevoir une nuance de jugement.

— Eh bien, dans ce cas, il serait bon de nous voir à tête reposée et de discuter ce qu'il faut attendre de…

Je la détestais. Je haïssais cette femme. Je savais, avec une absolue certitude, que je veillerais à ce qu'aucun des rendez-vous que j'aurais à partir de maintenant n'ait lieu avec elle. C'était mon fils. Je le protégerais, je lui donnerais de la force. Je ferais tout ce qu'il faudrait pour qu'il ait les mêmes chances que les autres enfants.

Sa voix s'insinuait dans mes pensées. *Une série d'interventions chirurgicales dans le futur… risque potentiel de retards de développement…*

C'était comme si je venais de recevoir un nouveau coup de massue. Opérations. Traitement. Tout cela demanderait de l'argent. Un salaire assuré, qui augmenterait régulièrement. Cela exigerait une bonne couverture santé, du genre de celle que me procurait mon poste. Pas l'une de celles que nous aurions dû payer de notre poche, qui nous auraient ruinés, sans nous offrir le même niveau de soins.

Le projet de rester à la maison avec mes bébés venait de s'évaporer, aussi simplement que cela.

Mais je ferai le nécessaire. Pour mon fils.

★

Un plan commence à prendre forme dans mon esprit.

Cela pourrait marcher, ou au contraire m'exploser à la figure. Enfin, pour l'heure, je n'ai pas d'autre choix. J'ai besoin de débusquer Youri. Et j'ai enfin une nouvelle piste.

Je retire la batterie de mon portable, puis je vais chercher le téléphone jetable. Je compose le numéro, j'entends Omar répondre.

— Il faut que je te parle, lui dis-je. En privé.

Il a une seconde de réflexion.

— D'accord.

— Au bassin réfléchissant du Lincoln Memorial ? Demain matin, neuf heures.

— Ça marche.

Je marque encore un silence.

— Rien que toi et moi, d'accord ?

Mes yeux errent un instant, vers une photo sur le manteau de la cheminée, Matt et moi, à notre mariage. J'entends la respiration d'Omar.

— D'accord, répond-il.

Le lendemain, j'arrive avant lui et m'assois sur un banc près du centre du bassin. Le parc est silencieux, les arbres, immobiles. L'air est frais, mais porteur d'une promesse de chaleur. Des touristes, petites taches de couleur au loin, vont et viennent près du mémorial, en revanche cette partie du parc est déserte, excepté quelques rares joggeurs.

Il y a trois canards dans le bassin, formant une petite ligne droite, ridant la surface de l'eau dans leur sillage. Comme ce serait agréable si j'étais ici avec les enfants, ils lanceraient de petits morceaux de pain, et regarderaient avec enthousiasme ces canards nager droit dessus pour les gober d'un coup.

Je n'aperçois Omar que lorsqu'il est tout près. Il s'assoit à l'autre bout du banc, ne se tourne pas tout de suite vers moi et, l'espace d'un instant, j'ai l'impression d'être dans un film d'espionnage. Enfin, il me lance un regard.

— Salut.

— Salut.

Je perçois de la suspicion dans son attitude, mais pas celle que j'y lisais quelques mois auparavant, quand nous avons pénétré pour la première fois dans l'ordinateur de Youri. Dans le bassin, l'un des canards s'est détaché du groupe, il est parti dans la direction opposée.

— Que se passe-t-il, Vivian ? Pourquoi se rencontrer ici ?

Je fais pivoter ma bague de fiançailles autour de mon annulaire. Un tour, deux tours, trois tours. Je n'ai aucune envie de me lancer.

— J'ai besoin de ton aide.

Il garde le silence. Je l'ai effrayé. Cela ne marchera jamais.

— J'ai besoin que tu traces un appel. Que tu me dises tout ce que tu peux sur le numéro concerné.

Il hésite une fraction de seconde.

— D'accord.

Je me racle la gorge. C'est un risque. Je ne sais pas si j'ai pris la bonne décision de lui en parler. En revanche, je sais que c'est ma seule idée, le seul moyen qui me permettrait de remonter la piste de Youri. Et il n'y a qu'Omar qui puisse m'aider.

— C'était un appel vers mon téléphone, hier soir. Numéro inconnu. Transféré de Russie.

Il ouvre la bouche, ses lèvres dessinent un *O* de stupeur, se referment.

— Je peux en parler à mon patron…

— Non. Tu n'en parles à personne.

Sa mine s'assombrit. Il hausse un sourcil. Je lis une question sur son visage, sans qu'il dise un mot.

Je sens des picotements moites sur mon front.

— Tu te souviens d'avoir mentionné une taupe au CCR ? Eh bien, il y en a aussi une dans notre département. L'Agence enquête.

Je lutte pour conserver une expression de complète franchise. Omar sait déceler les mensonges. Je ne peux lui en laisser entrevoir le moindre signe.

Il regarde ailleurs, change de position sur son banc, visiblement troublé.

— Tu es le seul à qui je me fie. Il faut que tout ça reste entre nous.

Dans le bassin, les canards ont recomposé leur ligne droite, loin de nous maintenant, et se déplacent à toute vitesse.

— Ce que tu me demandes de faire… tracer un appel vers ton portable, sans déclaration officielle… c'est illégal.

— J'ai besoin d'aide. Je ne sais pas à qui m'adresser.

Il secoue la tête.

— Il faut m'en dire plus.

— Je sais.

Je me rends compte que je fais de nouveau tourner ma bague de fiançailles autour de mon doigt. J'ai tort d'agir comme je suis sur le point de faire. J'entends à nouveau Matt, ces mots prononcés dans un lointain passé. *Tout ce qu'il faudra. Tu devras m'oublier.*

— C'est la cellule dormante. Je pense que je suis tout près de m'y introduire.

— Quoi ?!

— Quelqu'un est impliqué. (J'hésite.) Quelqu'un d'important pour moi.

— Qui ?

Ses yeux scrutent les miens.

J'ai un mouvement de tête.

— Je dois d'abord en être certaine. Je ne suis pas prête à en parler. Pas encore.

Pas avant d'avoir supprimé tout ce qu'ils peuvent utiliser pour me faire chanter.

Une joggeuse s'approche dans l'allée, en short rose vif et écouteurs dans les oreilles. Nous la regardons passer, ses semelles martèlent la terre devant nous, puis le bruit s'estompe, s'éloigne. Finalement, je me tourne vers lui.

— Je te dirai tout, je te le promets. Laisse-moi juste un peu de temps.

Il se passe la main dans les cheveux et, quand il lève le bras, j'entrevois son holster sous le pan de sa chemise.

— Je ne peux pas te laisser gérer ça toute seule, rétorque-t-il.

Je relève les yeux vers son visage, avec mon regard le plus sincère, en essayant de lui transmettre tout mon désespoir.

— Je t'en prie.

— Je ne le répéterai à personne. Rien que toi et moi, Viv. Nous pouvons…

— Non. (Un temps de silence.) Écoute, nous sommes amis. C'est pour ça que je me suis adressée à toi. Tu m'as promis que si jamais j'avais besoin d'aide…

De nouveau, il se passe la main dans les cheveux. Il m'observe longuement, profondément et, en même temps, avec inquiétude. Je prie pour qu'il accepte. Il le faut.

Il paraît hésitant. Trop hésitant, comme s'il allait refuser. Il me faut autre chose. Une chose à laquelle il tiendrait assez pour contourner les règles. Je repense à notre conversation dans l'ascenseur, des mois auparavant. *Il y a une taupe au CCR. Si tu as des ennuis, tu sais où me trouver.*

— Tu avais raison au sujet de la taupe. Au CCR.

Il faut que je lui promette quelque chose. J'ai besoin de gagner du temps.

— Si tu localises cet appel pour moi, j'en saurai davantage.

— Le numéro est relié à la taupe ? Et à la cellule dormante ?

Je hoche la tête. Ses yeux fouillent les miens, et je peux y déceler de l'excitation, de l'avidité. Je viens d'agiter une carotte devant lui, et il la veut. Il la veut suffisamment pour offrir n'importe quoi, tout de suite.

— Accorde-moi un peu de temps, je lui répète.

Il finit par lâcher un soupir.

— Je vais voir ce que je peux faire.

Je sais qu'il tiendra parole, qu'il fera ce que je lui demande sans en informer sa hiérarchie. Dans mon esprit, cela ne fait aucun doute. J'ai enclenché un mécanisme, j'ai lancé un compte à rebours qui m'ouvrira une minuscule fenêtre pour atteindre Youri avant que le Bureau ne lui tombe dessus.

De retour au bureau, rivée sur le téléphone, j'attends qu'il sonne. Je finis par m'en rendre compte, et je m'oblige à rouvrir le dossier des chefs de réseau potentiels, celui qui mincit chaque jour un peu plus, mais lentement, trop lentement. Chaque fois que j'entends une sonnerie de téléphone, je sursaute, mais ce n'est jamais le mien. J'essaie d'imaginer ce que fait Omar. Plus le temps passe et plus j'ai peur qu'il change d'avis et qu'il en parle à ses supérieurs. Je prie de ne recevoir aucun appel de leur part, de quelqu'un qui me forcerait à parler, à dire la vérité.

Encore une sonnerie, et cette fois, c'est le mien. Je décroche avant la fin de la première sonnerie.

— Allô ?

C'est Omar.

— J'ai ce qu'il te faut. Chez O'Neill, dans une heure ?

— J'y serai.

J'entre chez O'Neill, pile soixante minutes plus tard. De petites clochettes retentissent quand j'ouvre la porte, mais personne ne lève les yeux. La barmaid est adossée au comptoir, elle tape des deux pouces un message sur son téléphone, à toute vitesse. Un homme solitaire, assis au milieu du bar, se penche sur une boisson couleur ambre. Un couple est attablé près de la vitrine, en grande conversation.

Je m'avance dans la salle, laisse mes yeux s'adapter à l'ambiance tamisée. Je balaye la pièce du regard, avec ses enseignes de bière au néon, ses vieilles plaques d'immatriculation et autres vestiges des décennies précédentes, puis je repère Omar dans le fond, seul à une table pour deux, qui m'observe.

Je m'approche et m'assois. Il a un verre devant lui. Un liquide transparent, des bulles. Un Schweppes, peut-être, ou un soda. Il n'est pas du genre à boire. Et certainement pas lorsqu'il est en service.

Il m'étudie d'un regard neutre, difficile à déchiffrer. Je crois pourtant y déceler, encore, de la méfiance. Mes mains se crispent un peu sur mes genoux. Il ne m'aurait pas tendu de piège, n'est-ce pas ? A-t-il parlé de notre conversation à qui que ce soit au Bureau ?

— Qu'est-ce que tu as découvert ? je lui demande.

Il me dévisage un long moment, en silence. Puis il plonge la main dans son sac, posé à ses pieds, en sort une seule feuille de papier pliée en deux, la couche sur la table, entre lui et moi. Je lis un numéro de téléphone, écrit au stylo, un indicatif local.

— Un jetable, un combiné caché, commence-t-il – cela ne me surprend pas, même si je suis un peu déçue. Aucun autre historique d'appels.

J'acquiesce. *Je vous en supplie, faites qu'il y ait autre chose. Autre chose dont je puisse me servir.*

— Acheté ici, en ville, il y a une semaine. Chez Cellphones Plus, quartier Northwest. Pas de caméras de surveillance, des relevés partiels, au mieux. Nous n'avons jamais eu beaucoup de chance en traçant les portables prépayés qui viennent de chez eux.

Je me sens désemparée, vidée de tout espoir. Comment suis-je censée traquer Youri avec si peu d'éléments ?

Omar continue de me considérer avec ce visage indéchiffrable. Puis il fait glisser la feuille dans ma direction. Je l'ouvre. Il s'agit d'un plan de Washington, avec un ensemble de rues cerclé de rouge. Je lève les yeux vers lui.

— C'est la localisation de l'appel, basée sur l'antenne-relais vers lequel ce GSM a émis un signal.

Je reviens au plan et l'examine plus attentivement. Washington, quartier Northwest. Sur un rayon d'une douzaine de rues. Youri est tout près.

— Je te remercie.

Il lâche un soupir.

— Cela va te servir à quoi ? Tu es sûre que tu ne veux pas de mon aide ?

— Tu m'as promis de m'accorder du temps. S'il te plaît, juste un peu de temps.

Il a un hochement de tête, imperceptible, résigné, sans me lâcher des yeux un seul instant.

— Sois prudente, Vivian.

— Promis. (Je replie la feuille en quatre, la glisse dans ma sacoche à mes pieds, et je me lève.) Merci encore. Vraiment.

Il reste assis, continue de m'observer. Je passe la bandoulière de mon sac à l'épaule, me retourne, et je suis sur le point de partir quand sa voix m'arrête.

— Encore une chose, ajoute-t-il. Au sujet de cet appel. Il n'y a eu aucun transfert depuis la Russie.

17

Je suis au volant, en direction de la maison, toujours sous le choc – j'emprunte le bon itinéraire, je m'arrête aux feux rouges, je mets mon clignotant avant de tourner, mais je fais tout cela machinalement, la tête complètement ailleurs.

Pas de transfert d'appel. Cela signifie que Matt n'est pas à Moscou. Il est dans le quartier de Washington Northwest, dans la zone cerclée de rouge sur la carte. Avec Youri. Mais pourquoi ?

Et pourquoi m'a-t-il menti ? Quelque chose ne colle pas. Ma peur se tient en embuscade, prête à m'assaillir à la moindre faiblesse.

À mon arrivée à la maison, ma mère est dans la cuisine, aux fourneaux, à la place de Matt. Elle a enfilé un tablier, celui que je garde depuis des années plié dans un tiroir, auquel je ne touche jamais. Les odeurs qui emplissent la cuisine me ramènent à mon enfance. Un pain de viande, du même genre que celui qu'elle me préparait quand j'étais petite. Et de la purée maison, avec une tonne de beurre. Pas celle que j'achète précuite à réchauffer au micro-ondes. Il y a là quelque chose de familier, de profondément réconfortant.

Je lui dis bonsoir, j'embrasse les enfants. Je tente de me comporter comme d'habitude. *Comment ça s'est passé, à l'école ? Comment étaient les jumeaux, aujourd'hui ?* Je suis là, mais sans y être. Mon esprit tout entier est concentré sur ce petit cercle rouge.

Au dîner, papa est assis dans la chaise de mon mari. Cela fait bizarre de le voir là, comme s'il n'était pas à sa place. Maman s'est glissée en face d'Ella. Trop de monde à table, mais on s'arrange.

Des visions de Matt flottent dans mon esprit. Ligoté quelque part, un canon de pistolet pointé sur son crâne tandis qu'il me parlait au téléphone, quand il a prétendu être à Moscou. C'est la seule explication logique, la seule raison susceptible de le pousser à mentir de la sorte. Je contemple mon assiette de pain de viande – à trop cogiter, j'en ai perdu l'appétit. Alors pourquoi ne suis-je pas paniquée ? Ne devrais-je pas paniquer ?

Maman pose des questions aux enfants sur leur journée, elle essaie d'animer la conversation, de combler le silence avec des mots, d'imposer une forme de normalité. Papa découpe le pain de viande en petits morceaux pour les jumeaux, et ils se les fourrent dans la bouche à pleines poignées, aussi vite qu'il peut couper.

Ella répond aux questions de maman, elle bavarde à tue-tête. Mais Luke se tait, le nez dans son assiette, il pousse sa nourriture avec sa fourchette. Il ne se manifeste pas, ne mange pas. J'aimerais pouvoir effacer cette souffrance. J'aimerais pouvoir lui ramener son père. Lui redonner le sourire.

278

Ella se lance dans une histoire à propos d'une partie de chat dans la cour de récréation. Je me consacre à elle, je ponctue avec les commentaires appropriés, aux bons moments, les petites phrases qui lui feront croire que j'écoute attentivement, qui la pousseront à continuer de raconter, mais mes yeux ne cessent de revenir vers Luke. Je vois soudain ma mère qui me guette, le visage inquiet. Inquiète pour Luke, pour moi, je n'en sais rien. Je croise son regard, le soutiens quelques secondes pour la rassurer. Et je sais qu'elle voudrait me soulager de ma souffrance autant que je voudrais soulager Luke de la sienne.

Plus tard ce soir-là, trois des quatre enfants sont déjà couchés et je m'occupe de border mon grand garçon. Je suis assise au bord de son lit et je remarque son vieil ours en peluche, blotti contre lui. Il est en loques, de la bourre en sort par une déchirure, à la couture qui rattache l'oreille à la tête. Il l'a longtemps emporté partout avec lui dans la maison, à l'école pour sa sieste, et il dormait avec toutes les nuits. Je ne l'avais plus revu depuis des années.

— Dis-moi à quoi tu penses, mon cœur, lui dis-je en m'efforçant de trouver le ton juste – doux, bienveillant.

Il s'agrippe encore plus fort à son ours. Il a les yeux ouverts dans l'obscurité, de grands yeux marron et si intelligents, tellement semblables à ceux de Matt.

— Je sais que c'est dur, avec papa qui est parti.

J'ai l'impression de patauger. Comment suis-je censée faire en sorte de dissiper son mal-être alors que je ne sais même pas comment l'aborder ? Je ne peux pas lui affirmer que son père va rentrer. Ni même qu'il va l'appeler prochainement. Et je ne peux certainement pas lui dévoiler la vérité.

— Cela n'a aucun rapport avec toi, tes frères ou ta sœur, je continue, et je regrette aussitôt mes propos.

Pourquoi ai-je dit ça ? Mais n'est-ce pas ce que l'on conseille, quand un parent s'en va : assurer aux enfants que ce n'est pas leur faute ?

Il ferme les yeux, serre très fort les paupières, et une larme s'en échappe. Son menton tremblote. Il se retient de pleurer, avec toute l'énergie de ses sept ans. Je lui caresse la joue, mon pauvre bonhomme.

— C'est ça ? Tu es inquiet parce que tu crois que c'est à cause de toi que papa est parti ? Parce que tu n'y es absolument pour…

Il secoue fermement la tête. Il renifle.

— Qu'est-ce que c'est, alors, mon cœur ? Tu te sens triste ?

Il entrouvre à peine la bouche, et son menton tremble un peu plus.

— J'ai envie qu'il revienne, chuchote-t-il.

D'autres larmes coulent sur ses joues.

— Je sais, mon chéri. Je sais.

Il me brise le cœur.

— Il avait dit qu'il me protégerait.

Sa voix est si basse que je ne suis pas sûre d'avoir correctement entendu.

— Te protéger ?

— De cet homme.

Ces mots-là me font trembler. La peur déferle, me refroidit jusqu'aux os.

— Quel homme ?

— Celui qui est venu à mon école.

— Un homme est venu à ton école ?

Le sang cogne dans mes veines.

Il hoche la tête.

— Qu'est-ce qu'il t'a dit ?

Un rapide battement de cils, et ses yeux prennent un air absent, comme s'il se remémorait quelque chose. Quelque chose de désagréable. Puis il fait non de la tête.

— Qu'est-ce que t'a dit cet homme, mon cœur ?

— Il connaissait mon nom. Il m'a parlé comme ça : « Tu diras à ta maman que je la salue. » (Il renifle encore.) C'était bizarre. Et il avait une voix bizarre.

Un accent russe, sans aucun doute.

— Pourquoi tu ne m'en as pas parlé, mon chéri ?

Il a l'air soucieux, apeuré, comme s'il avait mal agi.

— Je l'ai raconté à papa.

Je jure que mon cœur s'arrête, rien qu'une seconde.

— Quand est-ce arrivé ? Quand l'as-tu raconté à papa ?

Il réfléchit un moment.

— Le jour avant qu'il parte.

★

Après la naissance des jumeaux, il nous avait fallu cinq mois, à Matt et moi, pour réussir à mettre un pied hors de la maison, rien que tous les deux. Mes parents étaient montés de Charlottesville pour le week-end. Nous avions finalement réussi à établir un rythme nocturne. Les jumeaux dormaient dans leurs berceaux une bonne partie de la nuit, et se réveillaient autour de minuit. Les parents pouvaient donc assurer une permanence pour la soirée.

Matt m'avait promis de tout organiser, et j'étais ravie de lui laisser l'initiative, attendant impatiemment une surprise. Je croyais qu'il avait réservé une table dans ce nouvel italien, celui que j'avais très envie d'essayer, mais dont l'ambiance était bien trop feutrée pour qu'on y emmène les enfants.

Il avait refusé de m'annoncer où nous allions. Je trouvais cela charmant, amusant, de me maintenir dans l'expectative. C'est-à-dire, jusqu'à ce qu'on arrive et que je réalise où nous allions : s'il me l'avait révélé, j'aurais refusé net, il le savait sûrement.

— Un stand de tir ? avais-je lâché en contemplant l'enseigne à l'entrée. (Une espèce de grande et vilaine bâtisse en forme d'entrepôt, agrémentée d'un parking en terre battue bondé de pick-up. Nous y étions entrés au volant de la Corolla en cahotant lentement vers un emplacement vacant, sans que j'obtienne de réponse.) C'est ça, ta surprise ?

Je détestais les armes à feu. Il savait que je les avais en horreur. Elles avaient toujours fait partie de ma vie. Mon père avait été officier de police, il avait un pistolet en permanence sur lui – et moi j'avais vécu chaque jour de mon enfance dans la crainte qu'une balle ne l'atteigne. Après sa retraite, il le portait encore. Entre nous, c'était un sujet à éviter. Je ne voulais pas d'armes à feu sous mon toit, jamais. Mon père ne voulait pas s'en séparer. Nous avons transigé. Il pourrait prendre son arme avec lui quand il nous rendait visite, si – et seulement si – elle n'était pas chargée, et enfermée dans une mallette de transport fermée à clé.

— Il faut que tu t'entraînes, m'avait répondu Matt.

— Non, je refuse.

J'avais été plutôt douée en tir au cours de mes premières années à l'Agence, quand je ne voulais rien négliger, me tenir prête pour n'importe quel type de mission. Par la suite, j'avais perdu ma certification. Je me satisfaisais parfaitement de rester cantonnée dans un bureau, près de chez moi. Je n'avais plus touché à un pistolet depuis des années.

Il avait placé le levier de vitesse au point mort, avant de se tourner vers moi.

— Si, tu vas t'entraîner.

J'avais senti la colère monter peu à peu. Il n'y avait rien qui me rebutait plus à cet instant que d'aller tirer au pistolet. Ce n'était pas ainsi que je désirais passer ma soirée. Et il aurait dû le savoir.

— Je refuse de faire ça. Je ne veux pas.

— C'est important pour moi.

Il m'avait imploré du regard.

J'entendais des coups de feu se répercuter à l'intérieur du bâtiment, et ces détonations me donnaient la chair de poule.

— Pourquoi ?

— À cause de ton boulot.

— Mon boulot ? (J'étais complètement perdue.) Je suis analyste. Je suis derrière un bureau, pas sur le terrain.

— Il faut que tu sois prête.

Cette fois, il m'exaspérait.

— Pour quoi faire ?

— Les Russes !

Son emportement m'avait réduite au silence. Je ne savais absolument pas quoi répondre.

— Écoute, tu travailles sur la Russie. (Son ton s'était radouci.) Et s'ils s'en prennent à toi, un jour ?

J'avais lu l'inquiétude sur son visage. Je n'avais encore jamais réalisé que mon métier l'inquiétait, qu'il craignait pour ma sécurité.

— Ce n'est pas comme ça que ça se passe. Ils ne…

— Ou les enfants, avait-il insisté en m'interrompant. Et s'ils s'en prennent aux enfants ?

J'avais envie d'argumenter. De lui répondre que ce n'était pas le sujet, jamais les Russes n'iraient s'en prendre à moi, une analyste, pas de cette manière en tout cas. Et qu'ils ne s'en prendraient certainement pas aux enfants. S'imaginait-il réellement que j'exercerais un métier qui mettrait nos enfants en danger ? Mais quelque chose dans son expression m'en avait empêchée, m'avait laissée à court d'arguments.

— S'il te plaît, Viv ? avait-il insisté, et il m'avait de nouveau adressé ce regard suppliant.

Il se souciait vraiment de ma sécurité, de celle de nos enfants.

Pour lui, c'était important.

— D'accord, avais-je cédé. D'accord. Je vais m'entraîner.

★

S'il y a une chose que je sais de Matt, et dont je suis sûre, c'est qu'il aime nos enfants.

Tout au fond de mon cœur, je crois qu'il m'aime, moi aussi. Même si j'ai parfois des doutes. Après tout, j'ai été sa cible depuis notre première rencontre. Mais les enfants ? Dans mon esprit, cela ne fait aucun doute : il les aime. Sa façon de les regarder, d'interagir avec eux, tout cela est vrai, sincère. C'est pourquoi il m'a été si difficile de croire qu'il aurait filé en douce, en laissant Luke rentrer seul et à pied à la maison depuis l'arrêt de bus, et les trois autres attendre en vain à la garderie.

Et c'est pourquoi il m'est encore impossible d'y croire, même maintenant. Parce que s'il avait su qu'un individu avait impliqué Luke dans cette histoire, en aucun cas il ne se serait enfui.

Il s'en serait pris au type qui avait approché notre fils.

Tard ce soir-là, alors que la maison est silencieuse, je descends l'escalier à pas feutrés et je jette un œil dans le petit coin du salon, vers le canapé-lit où mes parents endormis sont couchés. Mon père ronfle légèrement. Je vois la poitrine de ma mère se soulever et s'abaisser. Je m'approche en silence du côté de mon père. Il a un trousseau de clés posé sur la table basse, au bout du canapé. Je m'en saisis.

Il continue de ronfler, sans broncher. Je surveille ma mère une seconde, mais sa respiration est régulière. Je me dirige vers leurs bagages, rangés contre le mur, et j'ouvre la plus grande des valises. J'écarte quelques vêtements, je fouille à tâtons, et puis je la trouve. La mallette de l'arme, enfouie tout au fond.

Je la sors prudemment. Je repère la plus petite clé de l'anneau, je l'insère dans la serrure et je tourne, un déclic, elle se déverrouille. Je jette un œil à mes parents. Toujours endormis. J'ouvre la mallette et en extrais le pistolet, qui semble si léger et si lourd à la fois entre mes mains. Je prends les chargeurs, la boîte de balles. Je dispose le tout sur le tapis, puis referme la mallette à clé. Je la replace au fond de la valise, et j'arrange les vêtements au-dessus. Notre accord interdit à papa d'y toucher tant qu'il est sous notre toit. Il ne se rendra même pas compte qu'il n'est plus là.

Je remets le trousseau de clés sur la table basse, en veillant à ne pas les entrechoquer. Je glisse les chargeurs et la boîte de balles dans les poches de mon peignoir, puis je me faufile hors de la pièce aussi discrètement que j'y suis entrée, en agrippant l'arme d'une main ferme.

18

Je reste éveillée, allongée sur mon lit, le pistolet sur ma table de nuit, tout près de moi. Je le fixe dans le noir. Les enfants sont impliqués, maintenant. La menace n'était peut-être pas explicite, mais l'allusion est claire : ils se serviront d'eux comme moyen de pression. Et ça change tout.

Je ne peux m'empêcher de repenser à cette soirée au stand de tir. Matt tenait à ce que je m'exerce. Qui plus est, il avait expressément mentionné les Russes. C'était comme s'il savait que ce jour risquait d'arriver, comme s'il savait que je devais me tenir prête.

Je bascule sur le côté, dos à l'arme, vers la place où Matt devrait être couché. Le lit me semble particulièrement vide cette nuit, particulièrement froid.

Je finis par me lever. Mon cerveau refuse de se mettre en veille, il ne me laissera pas trouver le sommeil. Je marche dans la maison silencieuse. Je vais voir les enfants, vérifie les serrures des portes et des fenêtres, pour la troisième fois ce soir. Je me dirige à tâtons vers le hall d'entrée, récupère la feuille pliée dans ma sacoche. Je l'emporte dans le séjour, la pièce de jeu des enfants, où s'est déroulée une si grande partie de nos existences. Je m'affale dans le canapé et déplie la feuille, puis examine le plan, ce cercle rouge.

Youri est dans ce cercle. L'homme qui a approché mon fils, qui l'a terrorisé. Et Matt aussi. Il lui est arrivé quelque chose. Il a des ennuis.

J'étudie les rues, leur tracé. Je repère celle de mon ancien appartement, celle où nous nous sommes rencontrés. Qui aurait jamais pensé, il y a dix ans, qu'un jour nous en serions là, exposés au chantage des Russes, sur le point de tout perdre ?

J'entre dans la cuisine, je pose le plan sur le comptoir. J'allume la cafetière et écoute le bouillonnement de l'eau qui chauffe, le sifflement du café qui percole. J'ouvre le placard, pour prendre un mug, et j'entrevois le gobelet. J'hésite, à peine, et je referme la porte.

Le café servi, mug en main, je retourne m'installer au comptoir, et me replonge dans ce plan du quartier. J'ai arpenté ces rues, il y a longtemps. Matt et moi les avons sillonnées. Il est là, quelque part. Je n'ai simplement aucune idée de comment le retrouver.

Je ne sais pas quoi faire.

Je vide le reste de mon café et mets le mug dans l'évier. Ensuite, j'attrape le babyphone sur le comptoir, je l'emporte avec moi à l'étage et le pose à côté de la vasque du lavabo. J'entre dans la douche et ferme les yeux, je laisse l'eau chaude couler sur mon corps, la vapeur s'élever autour de moi, jusqu'à ce que l'atmosphère soit si épaisse, si étouffante que je puisse à peine voir, à peine respirer.

— Personne n'est autorisé à venir chercher mes enfants, excepté les personnes désignées en cas d'urgence, j'explique à la directrice de la maternelle, tôt le lendemain matin.

Je tiens fermement la petite main d'Ella dans la mienne, assez pour qu'elle se soit plainte que je la serrais trop, quand nous nous hâtions sur le parking. Et je tiens celle de Luke de l'autre main. « Je peux attendre dans la voiture », a-t-il grommelé, mais je ne voulais pas en entendre parler. Pas ce matin.

— Il s'agit donc de mes parents, et de ma voisine Jane.

Voyant les poches que j'ai sous les yeux, la directrice jette un œil à ma main gauche, à mon alliance.

— Si c'est un problème de garde des enfants, il va nous falloir une ordonnance d'un juge…

— Mon mari, moi et nos contacts en cas d'urgence, ai-je insisté en serrant les mains de mes deux enfants encore plus fort dans les miennes. Si quelqu'un se présente, vous vérifiez les identités. Et vous me contactez immédiatement. (Je note le numéro du téléphone jetable sur un bout de papier, que je lui tends, avec mon regard le plus glacial.) Personne d'autre.

Je repars en voiture avec Luke, que je conduis à son école. Il est bouduer, il préférerait prendre le bus scolaire. Je scrute le long de la grille, la rue bordée d'arbres, puis je le fais entrer en vitesse dans le bâtiment, en le tenant par l'épaule. Quand nous sommes devant la porte de sa salle de classe, je me baisse afin de le regarder droit dans les yeux.

— Si tu revois ce monsieur, tu m'appelles tout de suite.

Je lui glisse un bout de papier dans la main, avec le numéro du téléphone jetable. J'entrevois une lueur d'inquiétude et, à cet instant, il a plusieurs années de moins, il redevient mon bébé, et je suis incapable de le protéger. Quand le vois ouvrir la porte de sa salle de classe, un sentiment d'impuissance me gagne.

Dès qu'elle s'est refermée derrière lui, je me dirige vers le bureau du directeur. Je lui signale que Luke a été approché par un inconnu aux abords de l'établissement, et j'exprime toute la colère et l'indignation que je réussis à puiser en moi. Il a l'habitude, avec d'autres parents, j'en suis persuadée. Il ouvre de grands yeux, je le vois blêmir progressivement, et il s'empresse de me promettre plus de sécurité autour de l'école, en particulier pour Luke.

Je me fonds dans le flux du trafic matinal, j'entame mon trajet journalier de banlieusarde, cette progression abrutissante vers la capitale, à une allure d'escargot. Et je déteste cette situation, car je devrais être avec les enfants. Mais je ne peux pas les garder éternellement à la maison, blottis autour de leur mère, et je ne peux pas non plus être à l'école, à la crèche et au bureau en même temps.

Ma voiture avance au pas, se rapproche inexorablement du panneau signalant une sortie. C'est celle que je prenais pour me rendre à mon ancien appartement, celle qui mène à la partie nord-ouest de Washington. Je fixe cette bretelle d'autoroute, la voie qui est libre. Arrivée à sa hauteur, je donne un brusque coup de volant, poussée par l'instinct, et j'accélère. *Youri s'y trouve. Matt aussi*, je me répète.

Cette sortie débouche sur des rues qui me sont familières. Je les parcours l'une après l'autre, sans cesser de me représenter ce cercle cerné de rouge, et je navigue jusqu'à pénétrer dans la zone indiquée par

Omar. J'étudie les rues une à une, à la recherche de la voiture de Matt, et de celle de Youri. Mes yeux repèrent chaque berline noire, vérifient les plaques. Aucune ne correspond.

Je me gare finalement en double file dans une rue tranquille et je termine à pied. Mon sac en bandoulière, le pistolet fourré tout au fond d'une trousse à maquillage fermée par un zip. La matinée est déjà chaude. Agréable. Le genre de matinée où nous serions sortis flâner, Matt et moi, quand nous habitions dans cette partie de la ville, et nous aurions marché pour aller prendre un café ou un brunch, dans ce petit restau du coin que nous aimions bien.

Un flot de souvenirs me revient, de ces premiers jours de parfait bonheur, sans complication aucune. Je passe devant mon ancien immeuble, je m'arrête dans cette même portion de rue où je m'étais cognée à lui, il y a ce qui me paraît une éternité. J'ai la vision de moi portant le carton, notre collision. Je revois presque les taches de café sur le béton, le sourire éclatant de Matt. Changerais-je ce passé-là, si je le pouvais ? Je me sens le cœur oppressé. Je me secoue et continue de marcher.

J'atteins l'angle de la rue où je me trouvais la deuxième fois que je l'ai vu. La librairie a fermé depuis longtemps, un magasin de vêtements a pris sa place. Pourtant, je contemple l'endroit, je l'imagine comme si c'était encore une librairie, et lui devant, un livre en main. Et je revis les sensations qui m'ont alors envahie, l'excitation et le soulagement. À présent, je ne ressens que de la tristesse, rien d'autre.

Et le petit bar, celui où nous nous étions assis à la table du fond, où nous avions bavardé jusqu'à ce que nos tasses de café refroidissent. Le restaurant italien, devenu un kebab, où nous avions pris notre premier repas ensemble. C'est comme si j'errais dans ma vie d'avant, une sensation étrange, parce que ce sont autant de moments qui m'ont définie, qui m'ont conduite là où je suis aujourd'hui, et pourtant, aucun de ces moments-là n'était authentique.

Ensuite, j'aperçois la banque, un peu plus loin, à l'angle de la rue, avec son dôme. Face à ce toit, étincelant au soleil, je ressens une bouffée d'amertume. Je ne m'étais jamais attardée sur cet endroit, j'ignorais complètement que Matt y venait régulièrement, lui, qu'il y rencontrait l'individu que je m'évertuais jour après jour de débusquer, pendant que les enfants se trouvaient à l'école ou à la crèche.

Je m'en approche, retrouve le petit jardin sur le côté, une placette gazonnée, des arbres, des parterres de fleurs impeccablement entretenus et deux bancs, en bois sombre et en fer forgé. J'observe celui de droite, qui fait face à la porte. Je m'efforce de me représenter Matt, assis là. Et Youri, assis au même endroit.

Je m'assois sur ce banc, regarde autour de moi, vois ce que Matt a vu, Youri également. Le jardinet est désert, silencieux. Soudain, je prends conscience de la partie inférieure du banc, de l'endroit où Youri a dû laisser la clé USB à Matt la première fois. Je glisse la main dessous, tâte, mais n'y trouve rien.

Je me déplace en vitesse vers l'autre extrémité du banc, je tâte à nouveau. Toujours rien. Mes doigts s'entrecroisent fermement sur mes genoux. Mes paupières battent de dépit, je me sens engourdie. Je ne me figurais tout de même pas trouver quelque chose, si ?

Matt et Youri sont ensemble, ils n'ont aucune raison de cacher quoi que soit sous ce banc.

C'est juste que je ne sais pas quoi faire d'autre. Je n'ai absolument aucune idée de comment retrouver Youri, de comment retrouver Matt, de comment tout arranger.

J'arrive sur le parking de l'école à cinq heures, à l'heure de ramassage la plus chargée. Le parking est plein, des voitures l'occupent jusqu'à la troisième rangée, celle qui est d'habitude vacante. Je vois un monospace quitter son emplacement de la ligne du milieu, et j'attends qu'il recule, lentement, timidement, avant de démarrer. Je me gare à sa place.

Je sors tout juste de la voiture quand je l'aperçois. À l'autre bout du parking, dans l'emplacement le plus éloigné. Sa voiture est garée en marche arrière, et il est appuyé contre le capot, les bras croisés, son regard planté sur moi. Youri.

Je suis clouée sur place. La terreur s'insinue dans mes veines. Lui, ici. Et qu'est-ce que je suis censée faire, l'ignorer ? Ressortir avec Ella et lui permettre de venir me parler en sa présence ?

Je m'oblige à avancer, à me diriger vers lui. Nous nous dévisageons. Il est en jean, il porte encore une chemise, les deux derniers boutons défaits, pas de maillot de corps. Son collier en or, chatoyant dans la lumière. Le visage est dur. Plus de trace de sa fausse cordialité.

— Laissez mes enfants en dehors de ça, lui dis-je, avec plus d'assurance que je n'en ai vraiment.

— Je ne serais pas ici si vous aviez simplement fait ce que je vous avais demandé. Tout serait terminé.

Je lui lance un regard furieux.

— Laissez-les en dehors de tout ça.

— C'est la dernière fois que je viens vous voir, Vivian. Le dernier avertissement.

Il soutient mon regard, ses yeux me transpercent.

J'entends des pas qui se rapprochent, je me retourne. C'est une mère que je ne reconnais pas, un petit garçon calé sur la hanche, et un autre en âge préscolaire qui marche à ses côtés, et ils se tiennent fermement par la main. Elle parle au plus grand, sans nous accorder la moindre attention. Ils se dirigent vers le 4×4 garé quelques emplacements après la berline de Youri. Nous gardons tous deux le silence tandis qu'elle installe ses gamins, les attache, puis se met elle-même au volant.

Dès qu'elle a refermé sa portière, Youri reprend la parole.

— Manifestement, la menace de la prison ne suffit pas. (Il a un sourire légèrement hautain, sa main vient effleurer sa hanche, se pose sur le holster, à travers sa chemise.) Mais par chance, je dispose de quatre autres leviers.

Mon corps se glace. *Quatre.* Mes enfants. Il vient de menacer mes enfants.

Le moteur du 4×4 démarre. Ce bruit me fait sursauter. Je me rapproche de Youri.

— Je vous interdis de toucher à mes enfants.

Le rictus s'accentue.

— Sinon quoi ? Vous savez, c'est moi qui mène la danse. (Il pointe le pouce contre sa poitrine, et ce geste suffit à faire tressauter le pendentif en or contre sa peau.) Moi.

La police. Il faut que j'avertisse ma hiérarchie. Omar. *Oublie ce chantage, oublie ton envie de t'épargner la prison.* Je me moque complètement de ce qui m'arrivera. À cet instant, je serais heureuse de passer le reste de ma vie en cellule, si cela pouvait assurer que mes enfants soient hors de danger.

— Je sais à quoi vous pensez, fait-il – et je tressaille, de nouveau attentive. Et la réponse est non.

Je le dévisage.

— Si vous allez voir vos chefs, menace-t-il, alors vous ne reverrez jamais Luke.

Je suis soudain paralysée. Il tourne les talons, monte dans sa voiture, alors que je viens de rouler dans tout Washington pour tenter de la repérer. Je le regarde démarrer. Il y a des gens tout autour, des parents qui se dirigent vers l'intérieur du bâtiment, qui reviennent en trimballant leurs enfants, les plus petits dans leurs bras ou dans des nacelles de voiture, les plus grands sautillant à côté d'eux en les tenant par la main, chargés de leur sac à dos. Moi, je reste plantée là, je fixe la voiture, qui quitte le parking, et disparaît de mon champ de vision.

Enfin, je respire, laissant échapper un long soupir étranglé, mes jambes se dérobent sous moi, subitement trop faibles pour me soutenir. Je tends la main vers la voiture la plus proche pour m'y appuyer. Luke. Mon Luke. Mon Dieu.

Je vais obéir. Je vais faire ce qu'il exige. Je m'imagine avec la clé USB, l'insérant dans l'ordinateur et ouvrant un accès aux Russes, être responsable de ces vies mises en danger, celles d'individus anonymes et sans visage dont les informations me parviennent sous forme de rapports grâce auxquels je progresse dans mon travail. Au moins, Luke ne serait pas leur victime. Je revois son sourire, son rire, son innocence. Au moins, ce ne serait pas mon bébé.

Pas dans l'immédiat, en tout cas.

Je me sens une fois encore comme si mes poumons s'étaient vidés de tout leur air.

Parce que cela finirait par être le tour de mon bébé. L'un de mes bébés. Ce ne serait jamais terminé. Il lui suffirait de menacer mes enfants, il le sait, et je ferais tout ce qu'il voudrait. Avant qu'il ne les menace à nouveau, ce ne serait qu'une question de temps.

Je force mes pieds à bouger. J'ignore comment j'y parviens, parce qu'ils pourraient aussi bien être de plomb. J'ai les entrailles nouées. J'aperçois la porte d'entrée de l'école, et pourtant mes pas ne me conduisent pas dans cette direction. Ils me conduisent vers ma voiture.

Je me mets au volant, boucle ma ceinture, les mains tremblantes. Ensuite, je quitte ma place, un peu trop vite. Je tourne dans la direction où Youri a tourné, une main sur le volant, l'autre plongeant dans mon sac, et j'en ressors mon portable jetable. Je le manipule fébrilement, je tape le numéro que je connais par cœur, je le tiens contre mon oreille.

— Maman ? dis-je dès qu'elle répond. (J'entends Luke derrière elle, qui parle avec mon père, et, sachant qu'il est en sécurité, à la maison, une sensation de soulagement me submerge.) Tu pourrais aller chercher Ella à l'école ?

★

Nous avions choisi la dernière ligne de tir du stand. J'avais regardé Matt charger l'un des pistolets de location avec des gestes fluides. Des coups de feu se répercutaient autour de moi, très fort, même à travers le casque de protection que je portais.

— Quand était-ce, la dernière fois que tu as fait ça ? l'avais-je questionné, d'une voix si forte que je hurlais presque, car tous les sons me parvenaient étouffés.

Ce n'était pas la première fois qu'il tirait à l'arme de poing. C'était l'une de ces choses que je savais à son sujet, même si j'étais incapable de me rappeler quand je l'avais appris, ou les détails.

— Il y a une éternité, m'avait-il répondu. (Il m'avait lancé un sourire.) Mais c'est comme le vélo.

J'avais chargé l'autre pistolet, pendant qu'il préparait la cible en papier, une silhouette humaine. Avec ses zones bien délimitées que nous étions censés viser. La poitrine, la tête. Il l'avait accrochée au porte-cible actionné par une poulie, et l'avait fait coulisser vers le fond de la ligne de tir.

— Prête ? m'avait-il demandé.

J'avais hoché la tête, m'étais mise en position. J'avais ajusté ma ligne de visée comme je l'avais appris, un œil fermé. J'avais calé mon arme, mon index était venu se placer au contact de la détente. Je l'avais lentement relevé, et j'avais entendu la voix de mon ancien instructeur résonner à mes oreilles. *Laisse-le te surprendre*.

Pop. Le recul de l'arme avait été brutal, ma main, tout mon bras l'avait accompagné. C'était comme le vélo, en effet. Tout m'était revenu, plus vite et plus nettement que je ne l'aurais imaginé.

Matt avait éclaté de rire.

— Qu'est-ce qu'il y a de si drôle ?

J'étais sur la défensive. Cela faisait des années que je n'avais plus tiré. Il pouvait au moins me laisser une chance de m'échauffer.

Il avait désigné la cible.

— Regarde.

J'avais suivi son regard. En plein dans la poitrine, un petit trou circulaire.

— C'est moi qui ai fait ça ?

Il était tout sourire.

— Recommence. Cette fois, tu vas me la loger pile dans le trou que tu as déjà fait.

J'avais respiré à fond, levé l'arme, visé. Le doigt sur la détente, un léger retrait. *Pop*. Cette fois, j'avais regardé, vu un autre trou se former tout près du premier.

— Tu es sûre que tu ne t'es pas entraînée depuis ? m'avait demandé Matt, hilare.

C'était à mon tour de rire.

— Que cela te serve de leçon. Ne t'avise pas de m'emmerder.

Son sourire s'était effacé, et il m'avait dévisagée un long moment.

— Tu serais capable d'en faire autant, si jamais tu étais menacée ?

J'avais observé la cible, essayant de m'imaginer tirant sur un être humain en chair et en os.

— Non, avais-je répondu en toute honnêteté. Je ne pense pas que je pourrais.

— Si ta vie était menacée, tu ne crois pas que tu serais capable de tirer ?

J'avais secoué la tête. Je ne pouvais me projeter dans une situation où j'aurais été armée d'un pistolet. Si j'étais menacée, je ne voudrais surtout pas avoir de pistolet à portée de main. Il y aurait de fortes chances pour que cela se retourne contre moi.

Matt avait planté ses yeux dans les miens. Ils me sondaient avec une telle intensité qu'ils me mettaient mal à l'aise. J'avais détourné la tête, vers la cible, j'avais de nouveau ajusté ma ligne de mire. Le doigt sur la détente. J'étais sur le point de presser dessus quand j'avais entendu sa voix.

— Et si quelqu'un menaçait les enfants ?

Sous mes yeux, la cible s'était transformée en une personne, bien réelle cette fois, qui constituait un danger pour mes enfants, qui leur voulait du mal. J'avais de nouveau pressé sur la détente, entendu le claquement. Le trou que je visais, le premier que j'avais fait, au centre de la poitrine, s'était à peine élargi. Je l'avais touché, dans le mille. Je m'étais tournée vers Matt, avec un visage aussi grave que le sien.

— Alors je le tuerais.

★

En quelques rues, je l'ai rattrapé. J'ai entrevu l'arrière de son véhicule, la cinq-portes noire, à quelques voitures de distance devant moi. Ses feux stop qui rougeoient quand il s'arrête à un carrefour. Je me tasse un peu dans mon siège, presque un réflexe, et je ne quitte pas des yeux ces deux points rouges.

Heureusement que j'ai pris la Corolla. Le genre de voitures qui passe inaperçu. Malgré tout, Youri pourrait guetter ma présence, vérifier dans son rétroviseur qu'on ne l'a pas pris en filature. De sa part, il se pourrait même que ce soit une vieille habitude d'espion.

Mais moi aussi j'ai été formée. Pendant l'un de ces cours dont je n'avais jamais pensé qu'il me servirait un jour, tout comme le tir au pistolet. Je creuse l'écart, maintiens quelques voitures entre nous, reste hors de son champ de vision. Je surveille les voies de part et d'autre, je m'attends à ce qu'il déboîte à tout moment, prenne un virage, n'importe quoi.

Enfin, la berline s'arrête dans la file de droite. Je reste sur la mienne, lève le pied, j'observe. Maintenant se joue le tout pour le tout. Est-il en train de contrôler s'il est filé ? Ou m'en pense-t-il incapable ? Croit-il que je suis encore sur le parking, pétrifiée par la terreur, ou que je me traîne jusque chez moi, terrorisée, impuissante ?

Un court instant plus tard, il bifurque, et je me rends compte que j'ai retenu mon souffle tout ce temps. Une voiture s'engage derrière lui, puis une autre. Je pourrais en faire autant, moi aussi. Il y a tellement de véhicules dans cette file, cela ne l'alerterait pas. Je me rapproche du virage, et puis j'aperçois le panneau. Le *M* bleu bien reconnaissable, et une flèche orientée vers la droite. Le métro est par là.

En m'approchant, je surveille ma droite. Cette voie mène directement dans un parking. La berline est déjà aux barrières d'entrée, s'immobilise pour le retrait du ticket. Je n'ai qu'une fraction de seconde pour me décider. Je ne peux pas le suivre dans un garage. Trop confiné. Et impossible de le suivre seule à pied. Il me repérerait aussitôt, c'est certain.

J'enfonce la pédale de l'accélérateur, je franchis l'embranchement. En passant à sa hauteur, je jette un œil, je vois la barrière s'ouvrir, sa voiture entrer. Je respire plus vite, freine pour ralentir. Maintenant qu'il n'est plus devant moi, je me sens désemparée.

Mais je n'ai pas le droit d'être désemparée. Je n'ai pas le doit d'être impuissante. Je dois me battre.

Je fouille mon sac, cherche le papier d'Omar. Je le déplie, mes yeux examinent attentivement le petit plan, afin de vérifier qu'une station de métro se situe bel et bien dans la zone cernée de rouge.

Ensuite, j'appuie sur la pédale.

C'est risqué. Je le sais. Tout ce stratagème n'était peut-être qu'un itinéraire conçu à seule fin de détecter une surveillance – s'arrêter dans ce garage et en ressortir, avant de continuer sa route. Et même, s'il est vraiment monté dans une rame de métro, il aurait pu se rendre n'importe où dans Washington. N'importe où.

Néanmoins, je me fie à mon intuition et poursuis ma route. Je finis par trouver une place, d'où la bouche de métro est bien visible, et j'attends, j'observe. Dans le silence de l'habitacle, je pense à mes enfants. Tout ce que j'ai toujours voulu, c'était d'être une bonne mère pour eux. Et maintenant, tout est compromis par ma faute.

— Mon Dieu, je t'en prie, je chuchote. Protège-les.

Je n'ai plus prié depuis des années, et, à cet instant, prier me semble illusoire. Mais s'il y a une chance que cela puisse leur venir en aide, cela en vaut la peine. En effet, chaque seconde qui s'écoule, chaque seconde où je ne vois pas Youri ressortir de cette bouche de métro augmente la probabilité que mon plan échoue. Et si mon plan échoue, je ne sais plus quoi faire.

Je lève les yeux au ciel, comme si cela pouvait rendre ma prière plus efficace.

— Je me fiche de ce qu'il peut m'arriver. Je t'en prie, fais en sorte qu'il ne leur arrive rien.

Et j'ai une conscience aiguë de la présence du pistolet de mon père juste à côté de moi, enfoui dans le fond de ma sacoche.

Il a ressurgi de sous la terre. J'ai failli ne pas le voir. Il porte une casquette de base-ball, à présent, aux couleurs de l'équipe des Nationals, rouge passé. Un blouson, aussi – un coupe-vent noir. Il se dirige vers moi, sur mon trottoir, cela suffit pour que ma respiration se coupe, que mon corps tout entier se raidisse, mais le Russe marche tête baissée, sa casquette est la seule chose que je distingue. J'observe son visage masqué par des lunettes de soleil, clouée à ma place, l'implorant en silence de ne pas relever la tête. Quand il passe, je ne respire plus, puis j'expire bruyamment, et je l'entrevois dans mon rétroviseur, la tête toujours baissée, le corps voûté.

Je ne le quitte pas des yeux tandis qu'il s'éloigne, et je suis saisie de panique. Il faut que je le suive. Je dois voir où il se rend. Mais si je démarre maintenant, je vais le perdre de vue. Je vais devoir effectuer un demi-tour, le suivre au bout de cette rue et, à ce moment-là, il risque d'avoir déjà disparu, ou de m'apercevoir, et j'aurais tenté tout cela pour rien.

Je tourne la clé dans le démarreur, les doigts tremblants, sans détacher les yeux du rétroviseur, du dos de Youri. Je le quitte une petite seconde, le temps de vérifier si je peux déboîter, et je m'apprête à sortir de ma place. Une seconde plus tard, alors que je suis sur le point d'engager ma manœuvre, je m'arrête. Il a tourné. Il monte un escalier. Il est à la porte d'une maison mitoyenne. Il y entre.

Une bouffée de soulagement me submerge. Je mémorise la porte, couleur bleue, surmontée d'une arcade. Une boîte aux lettres blanche. À trois numéros de la bouche d'incendie.

J'attrape le téléphone jetable, à l'intérieur de mon sac, je tape le dernier numéro composé. Et mes yeux reviennent à la porte bleue.

— Allô, fait ma mère.

— Hello. C'est moi. Comment ça se passe, avec les enfants ?

— Oh, ils vont bien, ma chérie. Ils sont à la maison, contents comme tout.

— Merci d'être allée chercher Ella.

— C'est normal.

Après un silence gêné, j'entends des assiettes s'entrechoquer en bruit de fond. Ella qui bavarde, la voix haut perchée.

— Ce soir, je vais rentrer tard.

— Pas de problème. Prends ton temps. Nous pouvons les coucher, ton père et moi.

J'acquiesce, un bref battement de cils, je m'efforce de contenir encore un peu plus longtemps la vague d'émotion qui monte en moi. Je jette un œil au sac sur le siège à côté de moi, celui qui contient le pistolet.

— Dis-leur que je les aime, d'accord ?

Ensuite, j'abaisse le rétroviseur, m'enfonce plus bas dans mon siège, les yeux fixés sur la porte bleue, et j'attends.

19

Quelques minutes avant dix heures du matin, la porte bleue s'ouvre enfin. J'ai déjà parlé à mes parents, je me suis excusée d'être restée dehors toute la nuit, me suis assurée que les enfants allaient bien. Je me redresse derrière mon volant et j'observe Youri qui sort. Il a enfilé un bonnet noir cette fois, un pantalon de jogging et un T-shirt de couleur sombre. Il se retourne, ferme la porte à clé, puis descend les marches, de nouveau tête baissée. Il tient un trousseau en main, appuie sur un bouton de commande à distance, et une voiture garée le long du trottoir d'en face clignote et bipe. Une autre berline, blanche celle-ci. Il se glisse au volant et démarre.

Mes pensées vont immédiatement aux enfants. Mais après notre conversation, il m'a accordé du temps, le temps que je fasse ce qu'il exige. Ils sont hors de danger, pour l'instant.

Je sors l'arme de mon sac, la rentre dans la ceinture de mon pantalon. L'objet est froid et dur contre ma peau. Ensuite, j'attrape ma carte de crédit, la pince à cheveux posée à côté – encore un reliquat des chignons de danse d'Ella –, plie la carte en deux, ainsi que Marta me l'a appris. Je tiens les deux objets dans mon poing serré, m'extrais de la voiture, puis je marche d'un pas rapide vers la maison, tête baissée moi aussi, comme Youri.

À la porte bleue, je m'immobilise, et j'écoute. Je n'entends rien venant de l'intérieur. Je frappe à la porte, une fois, deux fois. Je retiens mon souffle, tends l'oreille. Aucun bruit. Une vision flotte à nouveau dans ma tête. Matt, ligoté à une chaise, un bâillon de ruban adhésif sur la bouche.

Je prends la pince à cheveux, l'insère dans la serrure, la fais tourner jusqu'à ce qu'elle entre en contact avec le mécanisme. Avec l'autre main, j'insère la carte de crédit dans l'espace entre la porte et le chambranle, j'applique une pression. Mes mains tremblent si fort que j'en lâche presque la carte. J'ai peur de regarder autour de moi, je prie juste pour que personne ne m'observe, pour que mon corps masque mes gestes aux passants.

La serrure se déverrouille. Grisée, je tourne le bouton de porte et j'entrouvre, sur mes gardes, m'attendant à ce que retentisse une alarme, à ce qu'il se produise quelque chose, mais non, rien. J'ouvre un peu plus et découvre l'intérieur : un salon, presque pas de mobilier, juste un canapé et une grande télévision. Au fond, une cuisine. Un escalier tapissé d'une moquette, qui conduit à l'étage, et un autre, qui descend au sous-sol.

J'entre et referme la porte derrière moi. Pas de Matt en vue. Mais il est peut-être quelque part, à l'étage ou au sous-sol. Et s'il n'est pas là, vais-je au moins récupérer la preuve dont j'ai besoin ?

Subitement, je suis remplie de doutes. Et si je ne trouve ni Matt ni cette preuve ? Pire, et si Youri revient ? S'il tombe sur moi dans sa maison, que fera-t-il ?

Mais il faut que j'essaie. Je m'oblige à avancer, à faire un pas, puis un autre.

Et c'est alors que j'entends quelque chose.

En haut. Des bruits de pas.

Merde.

Je me fige. Je tire le pistolet de ma ceinture, le braque devant moi, en direction de l'escalier. Ce n'est pas possible, non, pas possible.

Et pourtant si. Des pas, quelqu'un qui descend l'escalier. Je suis absolument pétrifiée de peur. Je vois des pieds apparaître – des pieds nus, des pieds d'homme. Je lorgne ma ligne de mire. Des jambes musclées deviennent visibles. Un short d'athlétisme, trop grand, trop ample. Un maillot de corps blanc. Je maintiens mon arme pointée sur l'homme, j'attends que son torse apparaisse, que je puisse ajuster ma visée.

J'entends sa voix.

— C'était rapide.

La voix de Matt.

Je m'en rends compte à l'instant où il entre pleinement dans mon champ de vision. Matt. Je détache l'œil du viseur, lève la tête au-dessus de mon arme. Impossible. Pourtant, c'est bien lui. C'est Matt.

Il me voit, s'immobilise, pâlit, on croirait qu'il a vu un fantôme. Ses cheveux sont mouillés, comme lorsqu'il sort de la douche. Il a l'air… d'être ici chez lui. Je le maintiens en joue. En proie à la confusion la plus totale.

— Merde, Viv, qu'est-ce que tu fiches ici ? s'écrie-t-il, puis il se dépêche de descendre les dernières marches et se précipite vers moi, l'air soulagé.

J'aimerais qu'il s'arrête, qu'il ralentisse, pour me laisser le temps de prendre la mesure de la situation, parce que ce n'est pas logique. J'avais des visions de lui ligoté, je ne sais où. Captif. Et certainement pas libre de ses mouvements, sans surveillance, se douchant dans la maison de Youri.

Il est presque devant moi, maintenant, ignorant totalement le pistolet pointé sur lui, et il me sourit, comme s'il était au comble du bonheur de me voir. Et moi, j'abaisse le canon de mon arme, parce que c'est mon mari que j'ai en face de moi, sur qui je braque une arme, mais ce geste s'avère presque difficile, comme si mes bras protestaient, mon cerveau, ou je ne sais quoi d'autre. Matt m'étreint, mais mon corps demeure rétif.

— Comment m'as-tu retrouvé ? demande-t-il, incrédule.

Je n'ai toujours pas bougé les bras, ne lui ai pas rendu son salut. Je ne comprends pas. Je ne comprends rien de ce qui se passe. Il s'écarte, me tient par les épaules, m'observe intensément, ses yeux scrutent les miens.

— Viv, je suis tellement désolé. Il est allé à l'école de Luke. Il lui a parlé. Je ne pouvais pas rester là à rien faire. Je devais agir…

Interdite, je l'étudie, son visage si spontané, si franc. La confusion que je ressens commence à peine à se dissiper. C'est ce que je pensais, n'est-ce pas ? Qu'il était parti pour protéger Luke, ordonner à Youri de ne pas s'approcher des enfants. Alors pourquoi mon cerveau me hurle-t-il qu'il ment ?

Parce qu'il est seul dans la maison de Youri. Il n'était pas prisonnier. Cette image de lui ligoté qui me hantait était loin de la vérité. Je le toise de la tête aux pieds, ses cheveux mouillés, ses vêtements. J'ai un haut-le-cœur. *Pourquoi es-tu encore ici ? Pourquoi ne t'es-tu pas enfui ?*

— Il m'a dit que si je partais, il tuerait Luke.

Ces mots déclenchent en moi un frisson.

— J'aurais peut-être dû essayer de l'affronter… Mais je n'étais pas sûr d'être plus fort que lui… (En disant cela, il paraît avoir honte.) Je ne t'ai pas quittée, Viv. Je te le jure.

Il semble sur le point de pleurer.

— Je sais, dis-je, surtout pour m'en convaincre moi-même.

— Jamais je ne ferais ça.

— Je sais. Je sais.

Est-ce que je le sais, vraiment ?

Ses yeux sondent les miens, et puis son visage est traversé d'une lueur, un éclair de panique.

— Youri va bientôt revenir. Il est juste sorti en vitesse acheter du café. Il faut que tu partes, Viv.

— Quoi ?

Sa voix se fait pressante.

— Il faut que tu partes. Il faut que tu sortes d'ici.

Un tumulte d'émotions embrouillées déferle en moi. Panique, confusion, désespoir.

— Il me faut ce fichier. Celui qu'ils utilisent pour me faire chanter.

Il me regarde un long moment, un regard que je suis incapable de déchiffrer.

— C'est dangereux. Les enfants...

— Où est ce fichier ?

Je le dévisage, sans ciller. *Tu as eu le temps de fouiller.*

Ses yeux me transpercent. Et puis ils se radoucissent.

— En haut.

Il l'a bien cherché. Il l'a trouvé. Je sens monter une bouffée de soulagement.

— Tu peux...

Je m'interromps au milieu de ma phrase, pivote vers la porte. Une clé est entrée dans la serrure, et tourne, avec un raclement métallique. Je braque mon arme, vise la porte encore fermée, le côté du panneau qui va s'ouvrir d'une seconde à l'autre. Il est de retour. Youri est de retour.

Je guette le bord de la porte, dans ma ligne de mire. Puis je le vois, le Russe a la tête baissée, un plateau jetable en main, avec deux gobelets de café. Il ne m'a pas encore vue. Il fait un pas, va refermer.

Et là, il me voit.

— Tu ne bouges pas, je le somme.

Il s'immobilise.

— Ferme cette porte.

Je veille à pointer mon canon en plein centre de sa poitrine. S'il esquisse le moindre geste pour filer, je l'abats. Je jure devant Dieu que je l'abats. C'est le type qui a osé menacer mon fils.

Lentement, avec précaution, il m'obéit.

— Les mains. En l'air.

Le calme de ma propre voix me surprend. De m'entendre aussi impérieuse, aussi assurée, alors que je n'éprouve rien de tout ça. Ce que j'éprouve, c'est une terreur absolue.

Il obtempère, lentement. Il tend les mains devant lui, le plateau dans une, et il ouvre l'autre, pour me montrer sa paume.

— Tu tentes quoi que ce soit et je tire.

Je suis sérieuse. Une sensation de vertige me gagne, j'ai l'impression de me dissocier, comme si je me voyais de l'extérieur.

Impassible, Youri m'observe puis ses yeux glissent vers Matt. Inexpressifs toujours.

Il faut que j'aie l'air de savoir ce que je fais. Je dois rester maîtresse de la situation. J'essaie d'obliger mon cerveau à fonctionner, à trouver une issue.

— Attache-le, dis-je à Matt.

Le regard de Youri revient sur moi. Il plisse légèrement les paupières, mais n'esquisse pas un geste.

Je ne suis pas Matt des yeux, mais je l'entends sortir de la pièce. Youri et moi nous dévisageons. Un semblant de sourire narquois se dessine sur son visage, ce qui accroît mon malaise. Son but, probablement.

Matt revient quelques instants plus tard. Je jette un regard dans sa direction, il rapporte une chaise en bois, à dossier droit, et un rouleau d'adhésif. Les yeux de Youri se déplacent vers Matt, avec une expression que je suis incapable de déchiffrer. J'aimerais qu'il parle. J'aimerais qu'il dise quelque chose. Cela vaudrait mieux que ce silence. Mes mains agrippent la crosse de l'arme.

Matt pose la chaise et Youri s'assoit après avoir déposé le plateau par terre, sans qu'on ait à le lui ordonner, avec précaution. Le Russe place les bras derrière le dossier de la chaise. Sans résister, sans riposter.

Matt lui entoure les poignets de ruban adhésif. Les chevilles. Le corps – d'abord la poitrine à la chaise, puis les cuisses. Youri ne me quitte pas des yeux. Ils dégagent un aplomb incongru en pareille situation : il est impuissant, ligoté, un pistolet braqué sur lui.

Quand Matt a terminé, il pose le rouleau d'adhésif et se tourne vers moi, le visage neutre. Ni peur ni colère, rien. J'abaisse mon arme, mais je la garde en main, le long du corps.

— Tu peux récupérer le fichier ? je lui demande, et il acquiesce, se dirige vers l'escalier.

Je le regarde monter, et j'ai l'étrange impression que je n'aurais pas dû le laisser disparaître de ma vue.

Youri le regarde s'éclipser, lui aussi, avant de se retourner vers moi. Un autre sourire narquois flotte sur ses lèvres.

— Vous pensez que ça suffira à tout effacer ?

Cette question me comprime la poitrine.

— Oui.

Il secoue la tête. Le doute s'insinue en moi. Mais si les preuves ont disparu, je n'irai pas en prison. Il ne sera plus en mesure de me faire chanter. Quant au reste, je pourrai toujours y réfléchir plus tard.

J'entends le pas de Matt dans l'escalier et lève briè-vement les yeux. Mes doigts se resserrent autour de l'arme, que je tiens le long de ma cuisse, muscles tendus, prête à agir. Dans un état second, je vois Matt redescendre l'escalier quelques instants plus tard, apparemment à l'aise. Il est complètement habillé à présent, et mes yeux sont aussitôt attirés par ses mains. Il ne tient rien d'autre qu'une mince liasse de papiers. Je sens mes jambes se dérober sous moi.

Qu'est-ce qui me prend ? C'est Matt. Ma poigne se relâche autour de la crosse et il s'approche, me tend les papiers sans un mot. Je les lui prends et parcours la première page, une capture d'écran que je reconnais. C'est exactement la même série de tirages que Youri a laissés dans notre boîte aux lettres. Mais cela ne me suffit pas.

— Où est le reste ? dis-je en m'adressant à mon mari.

— Le reste ?

— Le fichier numérique.

Il reste interdit.

— C'est tout ce que j'ai trouvé.

L'angoisse m'étreint la poitrine. Je glisse les papiers derrière ma ceinture, dans mon dos. Je me tourne vers Youri.

— Je sais que vous gardez un original. Où est-il ?

J'essaie de conserver un ton sec, mais j'entends la panique s'insinuer dans ma voix.

Il continue de me narguer de son sourire satisfait.

— Bien sûr qu'il y a une autre copie.

Je la trouverai. Je ne reculerai devant aucune menace, ce que j'aurai à lui faire subir m'est égal. Je m'avance d'un pas, il incline la tête, pour mieux me sonder.

— Mais pas ici. Ce n'est pas moi qui l'ai.

Je me glace.

— Ah, Vivian… Vous vous êtes crue plus intelligente que moi. (À présent, il se fend d'un sourire supérieur.) Quelqu'un nous a procuré ces historiques de recherches. Vous vous souvenez ? Quelqu'un qui a accès à Athena, à toutes vos informations sensibles. Quelqu'un de l'intérieur.

313

J'ai le cœur au bord des lèvres.

— Cet ami-là, il en a une copie. Et s'il m'arrive quelque chose, ces documents iront tout droit au FBI.

J'ai la sensation que toute la pièce bascule.

— Qui ? je demande, et ma voix me semble étrangère, comme si elle appartenait à une autre que moi. Qui possède cette copie ?

Youri me sourit, et son sourire satisfait déclenche en moi une vague de fureur. Détruire cette pièce à conviction, c'était mon dernier espoir. J'avais réellement fini par croire que mon plan pourrait fonctionner.

— C'est peut-être du bluff, intervient Matt, et je ne réagis pas.

Ce n'est pas du bluff. Je le vois bien à l'expression du Russe. Ce n'est pas du bluff.

— Qui ? je répète, et je me rapproche encore, relevant mon arme.

Son visage ne laisse transparaître aucune inquiétude.

Je sens une main qui me touche, ce contact me met tous les nerfs en feu. Je pivote, canon pointé, et c'est Matt, derrière moi. Sa main, sur mon avant-bras. Il me lâche, lève les deux mains.

— Ce n'est que moi, Viv, fait-il calmement.

Je maintiens l'arme braquée sur lui. Il baisse les yeux sur le canon, avant de revenir vers mon visage.

— C'est bon, Viv. Je voudrais juste que tu réfléchisses. Ne sois pas si impulsive.

Mon cerveau me fait l'effet d'être en panne, incapable de traiter les données qui lui parviennent. *Ne sois pas si impulsive.*

— Il a menacé Luke, je rétorque. (Je me tourne vers le Russe, le canon pointé dans sa direction maintenant.) Je vais le tuer.

L'autre ne bronche pas.

— Ça te servira à quoi ? me lance Matt.

Il n'a pas tort. Si j'abats Youri, je ne saurai jamais qui possède la copie. Il subsiste peut-être un mince espoir, une chance de découvrir l'ultime pièce à conviction.

Matt me lance un regard compréhensif, puis il pose la main sur mon arme, me force doucement à l'abaisser.

— Viv, on le tient, insiste-t-il d'une voix calme. Il ne peut pas faire de mal aux enfants.

Je scrute son visage, et je sais qu'il a raison. Youri Yakov est à notre merci. Celui qui menace mes enfants n'est plus libre de ses mouvements, enfin. Si, à cet instant, j'appelle les forces de l'ordre, il finira en prison à vie. C'est un espion russe, qui a dirigé une cellule d'agents sous couverture. Il n'aura plus aucun moyen de s'approcher de mes enfants.

Subitement, l'arme pèse lourd dans ma main.

— Alors maintenant, qu'est-ce qu'on fait ?

On appelle la police ? Mais alors Matt et moi passerions nous aussi le reste de notre existence derrière les barreaux…

Ses traits laissent entrevoir de l'incertitude.

— Peut-être que si tu faisais simplement ce qu'ils te demandent, insérer cette clé USB…, suggère-t-il avec une lueur d'espoir.

Encore ? Pourquoi est-ce si important pour lui ? Est-il de leur côté malgré tout ?

— Cela ne protégera pas les enfants.

— Youri a promis…

— Ils exigeront toujours plus. Ils les menaceront de nouveau.

— Tu n'en sais rien. Au moins cela nous ferait gagner un peu de temps…

J'ai la gorge nouée. Toutes ces conversations que nous avons eues sur le sujet. Il semble presque désespéré. Pourquoi tient-il à ce point que j'obtempère, si ce n'est parce qu'il est réellement dans leur camp ?

— Et ensuite, quoi ? Matt, c'est un homme qui a pris nos enfants pour cible. Il a dit qu'il tuerait Luke, il t'a prévenu. Tu veux vraiment laisser un individu pareil s'en tirer ?

Il oscille d'une jambe sur l'autre, l'air mal à l'aise. Et je ne peux me détacher de cette vision de lui. Dans ma tête, je le revois descendant ces marches, détendu, sur le point de bavarder avec Yakov comme avec un ami.

Je le revois me promettre de n'avoir jamais rien dit aux Russes au sujet de Marta et Trey. Me mentir. Et j'ai gobé son mensonge.

Pour la première fois, j'ai l'impression de voir son vrai visage.

Il semble deviner mes pensées car son expression change.

— Tu ne me fais pas confiance, lâche-t-il.

— Même si tu ne pouvais pas partir à cause de Luke, tu aurais quand même pu tenter quelque chose. N'importe quoi.

Il manipule son alliance.

— J'ai essayé de t'appeler, un jour… La ligne était occupée… (Les mots ont du mal à sortir.) Youri s'en est aperçu. Il est revenu avec le sac à dos de Luke. Il m'a averti, si j'essayais encore quoi que ce soit, la prochaine fois…

Le sac à dos de Luke. C'est pour ça qu'il était introuvable. Ils se sont approchés de mon fils d'aussi près. À son école, dans sa salle de classe. Ils ont fouillé son casier, l'endroit où il range son déjeuner. Et leur message ne saurait être plus clair : ils sont capables de l'atteindre, n'importe où, n'importe quand. Je guette Youri, qui nous observe en souriant.

J'oblige mon cerveau à se concentrer. Ce n'est pas juste le fait que Matt soit ici. C'est tout. Le mensonge au sujet de Marta et Trey. Et le fait d'insister à propos de la clé USB.

— Rien de ce que je peux raconter n'y changera quoi que ce soit, hein ? me demande-t-il.

— Je n'en sais rien. (Je soutiens son regard, je tiens bon.) Je pense que tu as surtout envie que je fasse ce qu'il a exigé. Et j'essaie de comprendre pourquoi.

— Pourquoi ? (Il semble incrédule.) Parce que je connais ces gens. Je sais qu'il n'y a pas d'autre issue. (Il me tend la main, puis la laisse retomber.) Et parce que je ne veux pas qu'il arrive quelque chose aux enfants. Si j'étais dans leur camp, Viv, si j'y tenais tant, pourquoi ne t'aurais-je pas menti dès le départ ?

— Comment ça ? fais-je, mais c'est davantage un moyen de me dérober qu'autre chose, car sa question est d'une parfaite clarté.

— Je t'ai donné la première clé USB. Tu l'as insérée dans l'ordinateur à ton bureau. Pourquoi en passer par tout ça, si c'était ce que je voulais depuis le début ? J'aurais pu te cacher la vérité sur la deuxième clé.

317

Je suis incapable de lui répondre. Il a raison. Ce n'est pas logique.

— Pourquoi ne pas te raconter que la seconde clé ne contenait rien de dangereux, que c'était juste un moyen de mieux dissimuler les preuves contre toi et de s'assurer qu'on ne remonterait jamais jusqu'à moi ?

S'il m'avait dit ça, je l'aurais fait. J'aurais inséré la clé.

— Je suis dans ton camp, Viv, insiste-t-il doucement. Seulement, je ne sais pas si toi, tu es dans le mien.

J'ai l'esprit totalement embrouillé. Je ne sais plus quoi penser, plus quoi faire.

Mon téléphone se met à sonner, au fond de ma poche. Je fouille maladroitement pour l'attraper. L'école de Luke.

Il devrait y être, à l'heure qu'il est, non ? Et s'il n'est pas encore arrivé ? Que s'est-il passé ? J'aurais dû appeler mes parents, vérifier, m'assurer qu'ils l'avaient bien déposé au bus, ou peut-être même conduit là-bas en voiture. Pour veiller sur lui. J'appuie sur le bouton vert.

— Allô ?

— Coucou, maman.

C'est Luke. Je relâche mon souffle, mais aussitôt un nouveau torrent de panique me submerge. Pourquoi appelle-t-il de l'école ?

— Luke, mon chéri, qu'est-ce qui ne va pas ?

— Tu m'as dit de te rappeler si je le revoyais.

— Qui ? dis-je, une réponse machinale, mais à l'instant où ce mot sort de ma bouche, je sais.

— L'homme. L'homme qui m'a parlé à l'école.

Non. Ce n'est pas possible.

— Quand l'as-tu vu, Luke ?

— Là, maintenant. Il est devant. Près de la barrière.

Cela ne se peut pas. Je jette un coup d'œil à Yakov, qui ne perd rien de la scène.

— Luke… tu es sûr que c'est lui ?

— Oui. Il m'a encore parlé.

C'est à peine si j'arrive à prononcer les mots suivants.

— Qu'est-ce qu'il a dit ?

Il baisse le ton, et j'entends un tremblement dans sa voix.

— Il a dit qu'il ne te reste plus beaucoup de temps. Qu'est-ce que ça veut dire, maman ?

Un effroi sans bornes s'empare de moi. Je cherche le regard de Matt, certaine qu'il a entendu la conversation. Son visage s'enflamme d'une colère presque animale et, à cet instant, il redevient mon mari, l'homme qui aurait tout tenté pour nous protéger.

— Vas-y, je lui intime, en couvrant le micro de ma main. (Il lance un coup d'œil à Yakov, puis vers moi, paraît hésitant.) Moi, ça ira. Va t'occuper de Luke.

Jamais il ne laisserait personne faire du mal aux enfants, peu importe le reste. Nous échangeons un regard, puis il me prend le téléphone des mains.

— Luke, tu restes où tu es, le rassure-t-il. Ne bouge pas, mon bonhomme. J'arrive tout de suite. Papa vient te chercher.

20

La porte se referme derrière Matt, puis le silence se fait. Je tremble, la peur, la colère et le désespoir me remuent les entrailles. Même avec Youri Yakov en prison, ce ne sera pas fini. L'inconnu qui est à l'école de Luke vient clairement de nous le signifier. Quelqu'un d'autre est déjà informé. Quelqu'un d'autre fait peser une menace.

Avertir les autorités ne protégera pas mes enfants.

Qu'est-ce qui les protégera ?

Le Russe m'observe, toujours avec son air amusé. Je me penche à sa hauteur, plante mes yeux dans les siens.

— Qui surveille mon fils ? j'exige sur un ton qui me paraît effrayant.

Comment ai-je pu me tromper aussi grossièrement ? S'il y a une chose que j'ai apprise dans mon métier, c'est de ne jamais se fonder sur des présomptions. Et pourtant, n'est-ce pas précisément ce que j'ai fait ? Mon fils m'a parlé d'un homme, un individu avec un accent, et j'ai présumé qu'il s'agissait de Yakov.

Un accent. C'est ce qu'a dit Luke, non ? Je m'efforce de repenser à cette conversation, de me remémorer les mots exacts de Luke. *Il avait une voix bizarre.* Je n'ai même pas la certitude que c'était bien un accent russe.

Est-ce la personne dont Youri parlait, la taupe au sein de l'Agence ? Aucune personne que je connaisse ayant accès à Athena n'a d'accent. Quelqu'un de plus haut placé dans la hiérarchie, quelqu'un du département informatique ?

Ou pourrait-il s'agir d'un autre agent russe ?

— Qui surveille mon fils ?

Il ne répond rien, se contente de me narguer de ses yeux moqueurs. Et l'instinct reprend le dessus. J'abats brutalement la crosse de l'arme sur sa tempe, un choc aussi violent pour lui que pour moi. Je n'ai jamais frappé personne de ma vie.

— Je vais te tuer, je crache, et je le pense vraiment.

Si cela pouvait protéger mes enfants, je le tuerais dans la seconde.

Il continue de me défier en ricanant, la paupière plissée, un hématome se formant déjà sur son front. Sous la force du coup, sa tête est partie en arrière, et le col béant de sa chemise s'est mis de travers. Le pendentif de la chaîne en or a jailli de sous son haut, il scintille à la lumière. C'est une espèce de croix, un bijou clinquant.

— Pourquoi pas ? Vous n'avez rien à perdre.

Je bous de rage.

— Qui ?

Je presse le canon contre sa tempe. Qui que ce soit, le temps que Matt arrive sur place, ce type sera sans doute déjà parti. Comment donc réussirons-nous à le démasquer ?

— Ça pourrait être pas mal de gens. J'ai un paquet d'amis sur qui je peux compter.

Il joue avec moi. Je me détourne pour lui cacher ma détresse.

Un paquet d'amis. Une idée s'agite dans ma tête. Le complice de Youri à l'intérieur du service connaît l'identité de Matt. Et si la cellule est si compartimentée, ce complice ne devrait-il pas dissimuler son identité à tout le monde ?

Et qu'en est-il de tous les agents qui étaient présents à mon mariage ? Tous rassemblés au même endroit, au même moment. Peut-être…

Dmitri la chèvre. Subitement, son nom m'emplit l'esprit. Dmitri la chèvre, le défecteur qui prétendait qu'il existait des dizaines d'agents dormants aux États-Unis. L'homme que nous prenions pour un agent double, que les Russes nous auraient envoyé, porteur de fausses informations. Mais il avait raison, n'est-ce pas ? Puisque tous ces agents étaient venus à mon mariage.

Il disait la vérité.

Et s'il disait la vérité sur ça, il disait aussi la vérité sur le reste, non ?

Je me torture la cervelle, tâche de me remémorer les autres affirmations qui ne cadraient pas avec ce que nous savions, et que nous avons donc ignorées, en les reléguant parmi les fausses pistes.

Voilà. J'ai trouvé. Il prétendait que les officiers traitants conservaient les noms des agents dormants sur eux, en permanence.

Je tente de rassembler les pièces d'un puzzle dont j'ignorais même l'existence. Les officiers traitants disposent de ces noms à portée de main, en permanence.

C'est ça. À son visage, je vois que Youri se rend compte que j'ai compris. J'y perçois l'accablement, le même que j'ai ressenti toutes ces semaines. Il est ligoté à sa chaise, il ne peut plus cacher ce secret, il ne peut plus le protéger. Le sourire narquois s'est effacé.

Je m'approche, jusqu'à me trouver juste au-dessus de lui. Il n'a pas d'autre choix que de lever les yeux vers moi, vulnérable, enfin. Je vois la peur naître dans ses yeux. Je me saisis de son pendentif, examine les contours de la croix en or, la taille du bijou. Lorsque je le retourne, je découvre quatre vis minuscules.

Je l'arrache d'un coup sec, énergique. Le cou de Youri bascule vers l'avant, repart en arrière quand la chaîne casse et retombe en lacet dans ma main.

— C'est ça, hein ? je déclare, et, avant d'avoir pu ajouter un mot, j'entends un cliquetis dans mon dos, celui d'un pistolet qu'on arme.

21

Je m'immobilise. Quelqu'un est entré, sans que je m'en aperçoive. Bien sûr, j'avais oublié de verrouiller la porte derrière Matt...

Youri penche la tête, face à la porte, pour regarder celui qui vient d'entrer. Son expression change, il a identifié l'inconnu. Un sourire se dessine lentement sur ses lèvres. Ce sourire me glace. Je vais mourir. Je vais mourir ici, à cet endroit, à cette minute.

Je reste pétrifiée sur place, j'attends le coup de feu. Je n'ai pas le courage de me retourner, de faire face à celui qui va me tuer.

Le sourire de Youri s'élargit encore. Il découvre des dents jaunes, qui se chevauchent sur un côté. Il ouvre la bouche, il parle.

— Salut, Peter. C'est sympa de te voir.

Peter.
J'entends ce nom, mais il n'a aucune consistance. Car ce n'est pas possible. Je me retourne enfin. Pantalon au pli impeccable, mocassins, lunettes – et un

revolver pointé sur moi. D'instinct, je laisse tomber mon pistolet, lève les mains, recule.

Omar m'avait pourtant prévenu qu'il y avait une taupe au CCR, quelqu'un de mon service. Et Yakov m'a affirmé qu'ils disposaient d'un informateur ayant accès à Athena. J'aurais dû faire le lien.

Mais enfin, Peter ? *Peter ?*

— Vivian, je pense que vous vous connaissez ? ironise le Russe, et il éclate de rire, d'un rire de fou, de maniaque.

Il apprécie manifestement ma déconfiture.

Peter abaisse son arme, mais son bras forme un angle curieux, comme s'il ne savait pas tout à fait quoi en faire.

— Ce que vous venez de récupérer, Vivian, continue Youri, je vous avais dit que cela ne vous sortirait pas d'affaire. Parce que notre ami Peter possède l'autre copie. Pas vrai, Peter ?

— Comment as-tu pu faire ça ? je siffle, oubliant Youri, entièrement concentrée sur Peter.

Il me dévisage, un battement de paupières, silencieux.

— Je dois dire que tu tombes à pic, Peter, poursuit le Russe. Je parlais justement de toi.

Peter ne me quitte pas des yeux. Je ne suis pas certaine qu'il ait entendu ce que le Russe vient de dire.

— Comme tu ne t'es pas présentée au bureau ce matin, Vivian, j'ai eu le pressentiment que tu pourrais être ici, déclare Peter.

C'est lui, la taupe. Il travaillait pour les Russes, les aidait à me faire chanter.

— Comment as-tu pu ? je répète.

Il rajuste ses lunettes sur son nez, de sa main libre, ouvre la bouche, s'apprête à parler, la referme. S'éclaircit la gorge.

— Katherine.

Katherine. Évidemment, Katherine. Sa femme est la seule chose qui comptait pour Peter, davantage que son métier, son pays. Il retire ses lunettes, s'essuie les yeux du dos de sa main qui tient l'arme. Le pistolet flotte, le canon pointe dans plusieurs directions. Se souvient-il de ce qu'il tient dans sa main ? Et son doigt est toujours sur la détente.

— Cet essai clinique…, reprend-il, replaçant les lunettes sur l'arête de son nez. Elle n'a pas pu y participer.

Pas pu ? Je le dévisage. Derrière moi, Yakov se tient silencieux.

— Elle avait deux mois à vivre, au maximum. Rien ne saurait décrire l'effet que cela m'a fait, d'apprendre cette nouvelle. (Sa voix tremble. Il secoue la tête.) La veille encore, elle allait bien. Nous avions le reste de notre vie devant nous. Et le lendemain : *plus que deux mois à vivre.*

J'en ai le cœur serré pour lui, mais je tente d'étouffer ma sympathie. Ce n'est plus Peter, mon mentor, mon ami. C'est un individu armé d'un pistolet, prêt à me tuer.

Il grimace.

— Ensuite, quelqu'un est venu frapper à notre porte. Un des leurs. (D'un hochement de tête, il désigne Youri et poursuit.) Il a promis de nous procurer les médicaments de cet essai thérapeutique, si je travaillais pour eux.

— Et tu as accepté.

Il hausse les épaules en un geste d'impuissance, de honte certainement.

— J'avais tort, je le savais. Bien sûr, je le savais. Mais il m'offrait ce qui était pour moi la chose la plus précieuse au monde. Du temps. Du temps avec l'être qui signifiait tout pour moi. Une chance pareille, ça n'a pas de prix, n'est-ce pas ? Comment refuser cela ?

Il plaide sa cause, comme s'il avait besoin que je le comprenne, que je le pardonne. Et, en un sens, même si cela m'horrifie de l'admettre, je compatis. Vraiment. Ils l'ont atteint là où il était le plus vulnérable. Ils ont fait pareil avec moi, non ?

— Je n'en ai jamais parlé à Katherine. Elle ne m'aurait pas laissé faire. Je lui ai raconté qu'ils l'avaient finalement jugée admissible au protocole. Je me suis juré de tout avouer, quand ce serait terminé. Je communiquerais à nos services de sécurité tout ce que j'avais révélé aux Russes, dans les moindres détails. Je réparerais tout le mal que j'avais causé.

Je sens un élan soudain renaître en moi. De l'espoir ? Car tout est terminé, si je ne m'abuse. Katherine n'est plus de ce monde.

— Le traitement a fait son effet, pendant un temps. (Youri écoute, captivé, comme s'il entendait tout cela pour la première fois, lui aussi.) Ensuite, il m'a remis une clé USB. Il voulait que je l'insère dans l'unité centrale de la salle en accès restreint. (Peter rajuste à nouveau ses lunettes sur son nez, comme par réflexe.) J'ai refusé. Leur parler des problèmes d'alcool de Marta ou de l'amant de Trey, c'est une chose. Mais leur donner accès à nos systèmes… à l'identité de nos agents sous couverture, à celle des Russes qui travaillent pour nous... je ne pouvais l'accepter, en aucun cas.

Il contracte la mâchoire.

— Il a menacé de nous priver des médicaments. Et puis il a mis sa menace à exécution. Quatre semaines plus tard, elle est morte.

J'ouvre la bouche, laisse échapper un soupir. Je suis à nouveau de tout cœur avec lui, j'imagine le supplice de ces semaines-là, sachant ce que sa décision leur avait coûté à tous les deux. Ensuite, je ressens une nouvelle montée de haine envers ces gens. Ces monstres.

— Ils pensent que je vais me taire, continue Peter. Ils se figurent qu'en aucun cas je n'irais tout révéler à nos services, parce que ce serait me condamner à coup sûr à vivre le reste de mon existence en prison. Ce qu'ils ne comprennent pas, c'est que ma vie ne vaut déjà plus la peine d'être vécue.

Je jette un coup d'œil à Youri, qui paraît sous le choc.

Peter a les larmes aux yeux.

— Je ne voulais plus m'imposer ça, mais j'étais forcé. Il fallait que je répare. (Sa voix s'étrangle.) Surtout ce que je t'ai infligé.

— À moi ? dis-je dans un souffle.

— Je les ai informés que nous étions presque entrés dans l'ordinateur portable de Youri. À mon avis, c'est à ce moment-là qu'ils ont chargé dedans la photo de Matt, pour que tu la découvres.

Cela explique pourquoi les fichiers n'étaient pas cryptés. Pourquoi il n'y avait là que des photos, rien d'autre de significatif. C'était une mise en scène.

Ils ont anticipé ma réaction. Que je ne livrerais pas Matt. Qu'ils seraient en mesure de me manipuler. Ils le savaient, tandis que moi je ne savais rien.

— C'est moi qui suis responsable, qui t'ai entraînée dans tout ça, reprend Peter à voix basse.

Je devrais répondre quelque chose, mais je ne sais que dire, je suis incapable de trouver les mots. C'est trop d'informations à absorber d'un coup.

Ensuite, je vois son regard se concentrer sur une présence dans mon dos. La panique transforme son visage.

— Lâchez ce pistolet.

C'est la voix de Matt.

Je me retourne, et il est là, sur le seuil du salon. J'aperçois dans son dos la porte qui mène de la cuisine à la cour intérieure, entrouverte. Il s'est faufilé par-derrière. Il a une arme à la main, mais le bras baissé. Son regard est rivé sur Peter.

Que se passe-t-il ? Matt ne devrait pas être ici. Il devrait être à l'école pour récupérer notre fils, le protéger.

— Où est Luke ? je l'interroge. Pourquoi es-tu déjà de retour ?

Il ne me regarde pas. M'a-t-il seulement entendue ?

— Matt, où est Luke ?

— J'ai appelé tes parents. Ils vont le chercher.

Comment a-t-il su que mes parents étaient chez moi ? Et pourquoi n'y est-il pas allé lui-même ? Ses mots sonnent faux.

— Pourquoi ?

J'arrive à peine à poser cette question.

— Ils sont plus près. Ils arriveront plus vite. (Il arbore une expression réconfortante.) Ils étaient contents

330

de pouvoir nous aider. Et je ne pouvais te laisser seule ici. Continuez, Peter. Continuez votre récit.

Mais Peter garde le silence. Les mains fermement croisées. J'observe Youri, qui prend la mesure de la situation. Il a de nouveau cet air satisfait lugubre, mais je suis trop désemparée pour comprendre exactement pourquoi.

Matt reprend la parole.

— *Continuez,* Peter.

Le ton est cassant.

— J'ai téléchargé les résultats de recherche avant la réinitialisation du système. C'est à cause de moi qu'ils te soumettent à ce chantage. (L'expression de Peter se durcit.) Mais il se trompe sur un point. Je n'en ai pas conservé de copie.

Il plonge la main dans sa poche de devant, aussitôt Matt lève son arme.

— Matt, arrête, dis-je.

J'entends la panique dans ma voix.

— Rien à craindre, fait Peter.

Il a déjà sorti un objet de sa poche. Il tend une clé USB, qui se balance à un anneau en métal argenté. Je suis ce mouvement de balancier, et j'attends qu'il s'explique. Après tout il a été mon mentor pendant des années.

— Ce sont les photos que tu as trouvées, moins celle de Matt. C'est tout ce que j'ai conservé. (Il me tend la clé.) Elle ne contient aucune preuve que tu les aies vues un jour. Rien qu'ils puissent utiliser pour te faire chanter.

Peter s'approche de moi, la clé toujours dans sa main.

— Fais-en ce que tu veux, et fais ce que tu veux, concernant l'identité du cinquième agent dormant. (Il lance un regard à Matt.) Quel que soit ton choix, Vivian, je suis convaincu que tu prendras la bonne décision. Mais ils ne te manipuleront pas comme ils m'ont manipulé.

Je m'avance et tends la main pour récupérer la clé. Matt me surveille. Les paroles de Peter résonnent dans ma tête. *Quel que soit ton choix, Vivian, je suis convaincu que tu prendras la bonne décision.*

Mes yeux se posent sur l'arme que Matt tient en main. En un éclair, le souvenir de la boîte à chaussures, à l'intérieur de notre dressing, me revient, et je me rappelle cet emplacement vide où il avait précédemment caché son arme.

— Pendant tout ce temps, je lâche subitement, tu avais un pistolet.

— Quoi ?

— Pourquoi n'as-tu pas supprimé Youri dès le départ ?

— Merde, Viv, tu parles sérieusement ?

— Tu disais ne pas être certain de pouvoir le battre. Mais tu avais une arme.

— Je ne suis pas un tueur. (Il a une mimique incrédule.) Et cela aurait servi à quoi ?

— Il a menacé notre fils. Il t'a rapporté le sac à dos de Luke.

Je vois l'émotion sur son visage se transformer en une expression blessée.

— Bon sang, Vivian, qu'est-ce qu'il te faut de plus pour me faire confiance ?

Je suis incapable de répondre à ça. Nous nous dévisageons, sans ciller, je vois sa mâchoire se serrer, ses narines se dilater, imperceptiblement.

Un bruit attire mon attention. Un gloussement de Youri.

— C'est encore mieux que dans les films ! s'exclame-t-il en riant.

Il croit que Matt est de son côté. Cette révélation me fait l'effet d'un coup de poing.

Le sourire de Yakov s'efface aussitôt. Son visage se fait de pierre.

— Demain, le garçon meurt, déclare-t-il, et ses yeux transpercent les miens. Si tu n'obéis pas, Luke meurt demain.

Dans mon esprit, il ne fait aucun doute qu'il est sérieux. Subitement, il n'y a plus que moi et lui, cet homme qui a l'intention de tuer mon enfant. Je suis paralysée, incapable de m'arracher à la vision de son visage menaçant.

— Et ensuite, Ella. (Je discerne dans ses prunelles une lueur qui me retourne l'estomac.) Mais bon, elle a bien grandi, c'est devenu une jolie fille. Il se peut que je la garde pour la fin. Que je commence par les jumeaux, que je la laisse d'abord grandir encore un peu…

Ma vue se brouille, mon corps n'a plus de force. Je réussis à me tourner vers Matt, le seul être susceptible de comprendre la profondeur de la terreur que je ressens à cet instant. J'entrouvre les lèvres, m'apprête à parler, mais une plainte angoissée, étranglée, est tout ce qui s'en échappe.

Un changement se lit sur son visage. Il affiche un air résolu et, aussitôt, je sais ce qui va suivre. Je le vois relever le canon de son arme.

Un coup de feu éclate.

Mes oreilles bourdonnent, mon ouïe est étouffée, cotonneuse. La détonation se répercute dans mon crâne. Les paupières papillotantes, je tente de reprendre mes esprits. Matt lâche son arme. Sa main reste à hauteur de son visage, comme s'il ne savait pas quoi en faire. Il a un air que je ne lui ai jamais vu. De répulsion, d'incrédulité, comme s'il ignorait totalement être capable de faire ce qu'il vient de faire. Il cherche son souffle, une première fois, une deuxième.

Yakov s'est affaissé sur sa chaise, sa tête a basculé. Du sang noircit sa chemise ; au milieu de sa poitrine, une tâche s'étoile à vue d'œil.

Matt vient de tuer un homme. Mon mari vient d'ôter la vie à un être humain. La vie d'un monstre, mais une vie quand même.

— Il faut que vous partiez.

C'est la voix de Peter que j'entends. Je la discerne à peine, à cause de la stupéfaction.

— Le Bureau me suit à la trace. Ils seront ici d'une minute à l'autre.

Le FBI. Ici. Oh, non.

— Il faut que vous partiez, répète Peter, cette fois plus pressant.

Il se baisse, ramasse l'arme de Matt, pose la sienne sur le sol.

Je dois m'en aller. Mais je suis incapable de bouger.

Soudain, j'entends du vacarme dans mon dos. Un coup assourdissant, un autre, et la porte est enfoncée. Des agents en tenue tactique noire entrent, fusils braqués. Ils hurlent :

— FBI ! Mains en l'air !

Je lève les mains au-dessus de ma tête. Je vois maintenant leurs gilets pare-balles, les grandes lettres imprimées. Les canons de leurs fusils d'assaut, pointés sur Peter, sur moi.

Rien que Peter et moi. Matt a disparu.

— Lâchez votre arme !

J'observe les agents, et je reconnais un visage. Omar. Il vise Peter, il hurle. Ils hurlent tous.

— Lâchez ce pistolet ! Lâchez ce pistolet !

Le pistolet de Matt est encore dans la main de Peter, son bras dans le même angle incertain que tout à l'heure. Son expression est impénétrable. Il y a encore des hurlements, des ordres. Puis j'entends la voix de Peter, plus forte que les autres.

— Laissez-moi parler. *Laissez-moi parler.*

Les hurlements cessent. Les agents s'immobilisent tous en position de tir.

— Elle n'a rien fait de mal, enchaîne-t-il en me désignant. (Il est calme, étonnamment calme.) Si elle est ici, c'est à cause de moi. J'avais besoin qu'elle écoute mes explications.

Mais le fusil reste braqué sur moi.

— C'est bon, elle est des nôtres, déclare Omar.

Après une infime hésitation, le canon s'écarte.

— Peter, lâche ton arme, ordonne Omar.

— J'ai besoin de parler. (Peter secoue la tête.) J'ai besoin que vous m'écoutiez. (Ses lunettes ont encore glissé de son nez, mais cette fois il ne les remonte pas, il incline juste la tête, regarde par-dessus la monture.) C'est moi qui ai fait ça, continue-t-il, avec un geste vers la chaise, de sa main libre. J'ai tué cet homme. Youri Yakov. C'est un agent russe. (Son regard est empli de désespoir.) J'ai travaillé pour lui. Je suis la taupe que vous cherchez.

335

Omar l'écoute attentivement. Mes yeux sont de nouveau aimantés par le pistolet que Peter tient en main.

— J'ai parlé aux Russes de mes collègues de travail. C'est à cause de moi qu'ils ont approché Marta et Trey. Et d'autres peut-être aussi. Je leur ai dit que nous enquêtions sur Youri. Que nous étions sur le point d'avoir accès à son ordinateur. (Il a le front moite. Un voile luisant de transpiration.) Et ensuite, j'ai inséré une clé USB dans l'ordinateur de la salle en accès restreint. J'ai effacé l'historique de recherche des serveurs de l'Agence.

Je respire. Je repense à ce jour où je me suis cognée à lui, à la porte. Il savait ce que je faisais. Et maintenant, il passe aux aveux, il endosse la responsabilité de mes actes. Pour me protéger.

Aussitôt, la vérité me saute aux yeux : quelque chose d'autre le pousse à se confesser ainsi. Une raison qui l'empêche de lâcher son pistolet.

Je crie :

— Non !

— Je suis désolé, murmure-t-il, sans me quitter des yeux.

Puis il lève le canon.

La suite, je la vois, je l'entends. Hurlements. Grêle de balles. Peter, effondré au sol, devant moi, une mare de sang qui éclot autour de son corps.

Un cri, d'abord assourdi, puis croissant au fur et à mesure que je retrouve l'ouïe, jusqu'à ce que je comprenne que ce cri s'échappe de ma bouche.

22

Je suis assise sur le canapé, dans le salon de Youri, perchée au bord, mes mains agrippent les gros coussins de l'assise, en tissu marron terne. Dehors, le hululement des sirènes de police, plusieurs sirènes, en décalé, une symphonie grinçante. Et aussi des éclairs de gyrophares. Ils projettent un motif sur le mur, une myriade de petites éclaboussures bleues et écarlates, presque une danse. J'observe ce spectacle, sinon je serais forcée de contempler le drap qui recouvre le cadavre de Peter, et j'en suis incapable.

Omar est à mes côtés, proche, mais pas trop. Je sens ses yeux sur moi. Les siens, et ceux des autres agents présents, toute l'escouade qui a investi les lieux. Ils balisent la scène, photographient, s'agitent en tous sens, discutent, lancent des coups d'œil à la dérobée dans ma direction.

Je pense qu'Omar s'attend à ce que je sois la première à prendre la parole, et j'en fais autant. J'attends qu'il m'informe de mes droits, selon la procédure. J'ai conscience des tirages papier pliés dans ma ceinture de pantalon, la pièce à conviction qui m'enverrait derrière les barreaux pour le restant de mon existence.

— Je peux t'apporter quelque chose ? propose-t-il finalement. De l'eau ?

Je fais non de la tête. Mes yeux restent rivés sur ces lumières, sur ce mur. J'essaie d'opérer le tri dans tout ce qui s'est passé, de rationaliser tout ça. J'ai la copie papier, et Peter a détruit la version numérique. Youri est mort. Il ne peut m'accuser de rien. Et Peter a endossé la pire de mes erreurs – l'insertion de la clé USB.

— Nous allons devoir nous entretenir de toute cette histoire, tu le sais, reprend Omar, d'une voix douce.

Je hoche la tête, et mon cerveau travaille à plein régime. Il m'invite à parler, mais en tant qu'amie ou en tant que collègue ? Ou en tant que suspecte ? Je pourrais affirmer avoir tout juste découvert que Matt est un agent dormant, que c'est Youri qui m'en a informée. Laisser le Bureau examiner la question. C'est ma chance de me racheter. De leur livrer Matt, comme j'aurais dû le faire dès le premier jour, dès le début. Il comprendrait. C'est d'ailleurs ce qu'il m'avait lui-même conseillé de faire, d'entrée de jeu.

Luke meurt demain. Mais si je n'insère pas la clé USB, ils s'en prendront à Luke. Je n'ai aucune idée de qui le menace, et je ne peux en parler au FBI sans tout leur révéler, m'incriminer moi-même. Je ne peux pas finir en prison, pas tant que Luke est exposé à un tel danger : je ne fais aucune confiance au Bureau pour débusquer le type qui le menace. En tout cas, pas à temps.

— Pourrais-tu commencer par m'expliquer pourquoi tu es ici ? insiste Omar.

Je me détourne et, malgré moi, mes yeux se posent sur le drap qui recouvre Peter. Omar suit mon regard, puis il acquiesce, comme si je venais de répondre à sa question.

— Cet appel, l'autre jour. Il venait de lui ?

Mes yeux restent cloués sur le drap. Je ne suis pas sûre de savoir comment répondre. Il me faut une version qui cadre avec tout ce qui s'est passé. Pour l'inventer, il me faut du temps, et je suis à court.

— Ou de Youri ?

Un battement de cils. Qu'est-ce qui serait le plus logique ? Qu'est-ce que je lui ai raconté, au sujet de cet appel ? J'ai du mal à m'en souvenir. *Quelqu'un est impliqué. Quelqu'un d'important pour moi.*

— Vivian, reprend-il, d'une voix si basse qu'elle en est presque tendre. Je n'aurais jamais dû te communiquer cette info. Pas sans rien savoir du contexte.

— C'est bon, je bredouille.

Que sait-il ? Que lui ai-je dit, ce jour-là ?

— J'aurais dû me fier à mon instinct, deviner pourquoi tu en avais besoin.

Il secoue la tête.

— Tu m'as rendu service.

À son tour, il détourne le regard, revient au drap. Une vive tristesse lui creuse les traits. Peter était aussi son ami, après tout.

— Tu as essayé de l'aider.

C'est un constat, pas une question.

J'en ai la gorge serrée. *Maintenant.* Je dois lui répondre quelque chose.

— C'était mon mentor.

— Je sais. Mais c'était un traître.

Je hoche la tête, au bord des larmes, l'émotion menaçant de tout emporter.

— Il était sous surveillance. Nous le soupçonnions d'être la taupe. Nous l'avons vu entrer ici. Et ensuite, quand nous avons entendu un coup de feu… Qu'a-t-il dit, avant notre arrivée ? A-t-il expliqué pourquoi il a fait ça ?

— Katherine. Ils se sont servis de Katherine.

C'est tout ce qui franchit mes lèvres, ma voix s'étrangle. J'aurai amplement le temps de m'expliquer plus tard. Sur la partie que je veux expliquer, que j'ai besoin d'expliquer. Peter n'était pas un sale type. Ils l'ont exploité, contraint. Ils ont utilisé ce qui, pour lui, comptait plus que tout au monde.

— Ils s'attaquent à nos points faibles, murmure Omar.

J'écoute encore le bruit des sirènes, dehors.

— Depuis le début, il avait prévu de réparer le mal qu'il avait causé. C'était ce qu'il essayait de faire.

J'en frissonne. Il a fait ce qu'il a dit, non ? Du moins en ce qui me concerne. Il a endossé la réinitialisation des serveurs, tenu cachée l'identité de Matt. Et il a même produit les quatre photos que j'avais effacées, celles que je me sentais si coupable d'avoir dissimulées.

Les quatre photos. La clé USB. Je tâte ma poche, je la sens, elle est là. Je la sors, la tends à Omar.

— Il m'a donné ça. Il a affirmé que les vraies photos des agents dormants de Youri étaient dessus.

Omar fixe l'objet. Il hésite, puis il me prend la clé, pivote sur lui-même, appelle un collègue. En quelques minutes, nous avons un ordinateur portable sur la table devant nous. Les photos s'affichent à l'écran – la femme aux boucles orange, l'homme aux lunettes rondes, les deux autres. Les quatre que j'ai effacées. Ils sont tous ici. Mais pas Matt.

— Quatre ? réagit l'autre agent. Seulement quatre ?

— Bizarre, murmure Omar. Ils devraient être cinq, non ?

Il m'observe.

Devant l'écran, je cligne des yeux, l'esprit ailleurs. J'ai vaguement conscience de la conversation entre les deux agents, il est question de la signification de ce chiffre, de théories expliquant pourquoi ils ne sont que quatre au lieu de cinq. Un agent dormant est mort. A pris sa retraite. Le programme n'est pas aussi structuré que nous le pensions.

Je sens Omar qui me surveille. Un regard soutenu, intense. Qui me met les nerfs en alerte maximum.

La discussion se poursuit, et l'agent finit par prendre le portable et disparaît avec. Les autres s'éloignent aussi.

— Je vais te laisser rentrer chez toi, m'assure Omar. (Il baisse d'un ton.) Et demain, Vivian, tu vas tout m'expliquer. Tout. Est-ce clair ?

Demain. *Luke meurt demain.* J'acquiesce, parce qu'à cet instant la voix me manque.

Il se penche plus près, ses yeux scrutent les miens.

— Je sais que tu ne me dis pas tout.

Lorsque j'arrive chez moi, je suis toujours profondément secouée. Les coups de feu résonnent encore à mes oreilles. Je revois le visage de Peter quand il s'est excusé, quand il a levé l'arme, quand il s'est écroulé. Mais surtout, j'entends les mots de Youri Yakov, la menace contre mon fils.

Je franchis la porte, Matt est dans le hall d'entrée. Qu'il est déroutant de le voir sous notre toit. Presque comme s'il n'avait plus sa place ici. Je m'immobilise, nous sommes face à face, nous ne parlons pas, ni lui ni moi, nous n'esquissons aucun geste l'un vers l'autre.

— Pourquoi n'es-tu pas partie quand Peter te l'a dit ? finit-il par demander.

— Je ne pouvais pas.

Dans ma tête, je revois les agents faire irruption, puis moi qui me suis retournée, constatant que Matt n'était plus là. Mes yeux sondent les siens. *Pourquoi es-tu parti sans moi ?*

— Je te croyais juste derrière moi. Quand je suis sorti, je me suis rendu compte que tu étais restée à l'intérieur… J'étais terrifié. (Ces mots paraissent sincères, mais il n'y a pas d'émotion dans son regard.) Qu'est-ce qui s'est passé, dans l'appartement ?

Un signe de tête, je refuse de répondre. *Trop de choses pour te les confier maintenant.*

— Est-ce que ça va ?

Le ton est froid, comme si cela lui était égal. Et je comprends : il m'en veut. Il m'en veut d'avoir dû tuer quelqu'un. Il est furieux contre moi.

— Oui… oui.

Son expression ne change pas, et je suis sur le point d'ajouter autre chose quand j'entends Ella.

— Maman est à la maison ! s'écrie-t-elle.

D'un bond, elle se précipite dans l'entrée, court vers moi, se serre contre mes jambes. Je pose la main sur sa tête, puis je m'accroupis pour être à sa hauteur, je l'embrasse. Je lève les yeux et je vois Luke qui demeure en retrait. Je lâche Ella, et je l'étreins également, gagnée par le soulagement. Dieu merci, il va bien.

Ensuite, les paroles de Yakov me traversent l'esprit. Indésirables. Je serre mon fils encore plus fort.

J'entre dans le séjour. Mon père est sur le canapé, et ma mère par terre, elle se lève avec difficulté. Une ville en Lego très élaborée s'étale devant elle.

— Ah, ma chérie, tu es rentrée, dit-elle. (Elle a l'air inquiète.) Je ne peux pas croire que tu aies dû travailler toute la nuit. Ils t'obligent souvent à faire ça ? Ce n'est pas sain, de travailler toute la nuit.

— Pas souvent.

— Et avec Luke qui est malade et tout le reste, poursuit-elle, réprobatrice.

Je jette un œil à Luke, qui garde la tête baissée, puis à Matt, dans la cuisine, qui hausse discrètement les épaules, évitant mon regard. J'imagine qu'ils ont dû mentir, Luke et lui. Ils étaient obligés de fournir à mes parents une raison valable pour expliquer pourquoi mon fils devait rentrer plus tôt de l'école. Il y a un silence chargé de secrets, tandis que nos regards se croisent.

— Enfin, bon, ajoute finalement ma mère, maintenant que Matt est de retour, nous allons pouvoir cesser de vous encombrer.

Elle sourit à mon mari. Quant à mon père, il lui lance une grimace depuis le canapé. Il n'a jamais été du genre à lâcher facilement prise, s'il est convaincu que quelqu'un m'a fait du mal.

Je glisse un regard à Matt, mais il m'évite encore. Il est exclu que mes parents repartent. Pas tout de suite.

— En réalité, j'interviens, si vous aviez la possibilité de rester encore un peu… (Le sourire de ma mère s'estompe. L'expression de papa se durcit. Ils se tournent tous les deux vers Matt, comme s'il était sur le point de décamper.) Si vous ne pouvez pas, je comprends. Je sais que vous avez du travail et…

— Bien sûr, rien ne nous empêche de rester, répond ma mère. Tout ce dont tu as besoin, ma chérie. (De nouveau, elle a un coup d'œil furtif vers Matt. Pas grave. Je pourrai régler ça plus tard.) Tu sais, ton père et moi aurions bien besoin de vêtements propres. Si nous retournions à Charlottesville ce soir, nous serions de retour dans la matinée.

— Vous pouvez toujours faire une lessive ici.

Elle m'ignore.

— Et la maison. Il faudrait quand même qu'on y fasse un saut, s'assurer que tout est en ordre.

Elle veut préserver notre intimité, j'imagine ?

— Si c'est ce que vous souhaitez.

Je n'ai pas la force d'argumenter. Et puis, s'ils sont partis, ce sera plus facile de se parler, avec Matt.

Ils s'en vont peu de temps après, nous laissant tous les six. Je verrouille la porte derrière mes parents, puis je contrôle les verrous des autres portes, les fermetures des fenêtres. Alors que je baisse les stores, j'entends Matt dans la cuisine.

— De quoi avons-nous envie pour dîner, princesse ?

Le ton est léger, mais sans énergie, vide.

— Des *macaroni and cheese* ? s'exclame la voix d'Ella.

— Pour le dîner ? s'étonne son père.

Je la vois dodeliner de la tête, avec un grand sourire. Matt se tourne vers Luke.

— Et toi, bonhomme, qu'en penses-tu ?

Luke lève le nez vers moi, comme s'il s'attendait à ce que je dise non. Comme je me tais, il se tourne vers son père, hausse les épaules, et une ébauche de sourire lui retrousse les commissures des lèvres.

— Ben oui.

— Alors ce sera *mac and cheese*, approuve Matt en sortant une poêle d'un placard. (La tension est perceptible dans sa voix, j'espère que les enfants ne remarqueront rien.) Après tout, pourquoi pas ?

— Avec des petits pois ? s'enquiert gaiement Ella, comme si elle marchandait.

C'est d'ordinaire le compromis, quand nous leur faisons des *mac and cheese* au déjeuner. Des petits pois en accompagnement.

— Pas la peine, la réprimande Luke à voix basse. Papa a déjà dit oui.

Le petit front d'Ella se plisse.

— Ah.

Caleb commence à râler, je l'installe dans sa chaise haute et mets deux crackers salés sur son plateau. Chase les a aussitôt repérés et se met à geindre, me tend les bras, ses doigts potelés écartés. Je le soulève et le pose dans sa chaise, lui aussi avec ses crackers.

Luke et Ella s'éclipsent dans la pièce de jeu, Matt s'active aux fourneaux. Il me tourne le dos, silencieux et crispé. *Parce que je ne suis pas un tueur.* Pourtant, il s'est transformé en meurtrier. À cause de moi.

— Tu veux me dire quelque chose ? je lui demande.

Je le vois s'immobiliser, mais il ne se retourne pas, ne prononce pas un mot.

Je me sens encore plus désemparée, encore plus impuissante, de le voir ainsi. Comment puis-je affronter cette menace qui pèse sur Luke, alors que mon mari ne me regarde même pas, refuse de me parler ?

— Je ne t'ai pas demandé de le tuer.

Il pivote face à moi, cuiller en bois à la main.

— Tu m'as clairement fait comprendre ce que tu attendais de moi.

— Ce que j'attendais ?

Ce n'est pas juste. Il ne peut pas tout me mettre sur le dos. Il a entendu ce que le Russe a dit d'Ella…

Il baisse encore un peu plus la voix.

— Si je ne l'avais pas fait, tu n'aurais plus jamais eu confiance en moi.

— Pourquoi devrais-je avoir confiance en toi ?

Je me suis exclamée assez fort pour que les enfants puissent entendre. Dans le séjour, Luke et Ella interrompent leurs jeux.

— Maman ? glisse timidement Ella. Papa ? Vous voulez bien arrêter de vous disputer, s'il vous plaît ?

Matt et moi échangeons un long regard. Puis il secoue la tête, et reprend la préparation du repas. Nous ne prononçons plus un mot.

23

Nous faisons dîner les enfants, nous les baignons et nous les couchons, la routine – Matt nettoie la cuisine, je range les jouets dans le séjour –, à ceci près que rien de tout ceci n'est normal, parce que nous venons de vivre un enfer, qu'une menace pèse encore sur les enfants, et que Matt refuse de m'accorder ne serait-ce qu'un regard.

Je lorgne le sommet de son crâne, le petit îlot là où ses cheveux commencent à se clairsemer. Il a un peu changé depuis notre première rencontre. Tout a changé à présent. Il récure quelque chose dans l'évier.

— Il faut qu'on parle.

Il ne se retourne pas. Continue de frotter.

— Matt.

— Quoi ?

Sa tête se relève d'un coup sec, il coule un regard vers moi, à la fois perçant et peiné. Puis il se replonge dans sa vaisselle.

— Il faut qu'on parle de Luke.

J'insiste, et j'entends le désespoir dans ma voix. J'ai besoin de lui parler. J'ai besoin d'un allié, pour faire face à tout ça.

Ses mains cessent leur besogne, mais il ne relève pas la tête. Je peux voir ses épaules se soulever au rythme de sa respiration.

— Bien.

Il coupe l'eau. Le jet s'arrête, ce n'est plus qu'un lent goutte-à-goutte, les dernières gouttelettes s'écrasent dans l'évier.

Je respire, reconnaissante, puis je m'oblige à me concentrer.

— Luke t'a-t-il dit quoi que ce soit au sujet de l'homme qui lui a parlé à l'école ?

Il jette le torchon sur son épaule, passe dans le séjour. Il se pose sur l'accoudoir du canapé, tout le corps tendu.

— Je l'ai questionné là-dessus. Je l'ai poussé à me dire ce qu'il pouvait se rappeler. L'homme avait un accent russe, c'est certain. J'ai téléchargé des clips audio dans mon téléphone, différents accents. Dans son esprit, il n'y a aucun doute.

Il s'exprime avec froideur. Je tâche de ne pas en tenir compte, de rester concentrée.

— D'accord.

Un accent russe. Un autre agent russe. Une idée me démange. *Le chef de réseau.* Est-ce que… ? Youri aurait-il pu contacter son officier traitant ? Réclamer de l'aide ?

— Il m'a parlé de cheveux brun foncé, d'yeux marron. Taille et poids moyens…

C'est logique, pourtant. Presque plus logique que tout le reste. Youri n'est censé avoir de contact avec aucun autre agent russe. Personne, excepté son chef de réseau.

— … la dernière fois, il portait un jean, et cette fois-ci, un pantalon noir. Une chemise les deux fois. Un collier…

Un collier. Il continue de parler, mais ses mots se brouillent. Mon cerveau est à nouveau en ébullition.

— Un collier ?

Il s'interrompt au milieu d'une phrase, une phrase qui m'a échappé.

— Oui, une chaîne en or.

Sans réfléchir, j'enfonce la main dans la poche de mon pantalon, je sens le pendentif à l'intérieur, la dureté du métal. Et ensuite, tout aussi vite, je repose cette main sur mes genoux comme si de rien n'était. Mes yeux trouvent ceux de Matt – ai-je l'air aussi coupable que je le ressens ? – et j'y lis la confusion. Blessé. Comme s'il savait que je lui taisais quelque chose parce que je ne lui fais pas assez confiance pour lui en révéler davantage.

Il se lève, se détourne de moi.

— Attends, dis-je.

Il s'immobilise, et, pendant de longues secondes, j'ignore ce qu'il va faire. Ensuite, il se retourne.

— Je t'ai menti, Viv. Et je suis vraiment désolé, du fond du cœur. (Son menton tremble, imperceptiblement.) Mais je t'ai laissée me haïr pendant des semaines. Je ne peux pas supporter ça éternellement.

— Qu'est-ce que c'est censé signifier ?

Cela ressemble à un adieu, et comment est-ce possible, alors que nous devons nous débarrasser de ce danger, protéger Luke contre la menace qui plane sur lui ?

— Je nous croyais assez forts pour surmonter ça. Mais je n'en suis plus certain. (Il secoue la tête.) Je ne suis pas sûr que tu m'accordes à nouveau ta confiance un jour.

Le désarroi me submerge. Dois-je me fier à lui ? Il m'a menti, toutes ces années. Mais je comprends pourquoi. Il était pris au piège. Et depuis l'instant où j'ai découvert la vérité, il a toujours été sincère, ça ne fait aucun doute.

Je me le représente descendant l'escalier de l'appartement, chez Youri, à peine sorti de la douche. Mais il n'était là-bas que parce que Luke était en danger, parce que c'était la seule manière de le protéger.

Il ne nous a pas quittés, comme je le craignais. Il est parti assurer la sécurité de nos enfants.

Et il n'a jamais parlé non plus de Marta et Trey aux Russes. Peter a admis que c'était lui qui avait fourni ces informations.

— Je l'ai tué, Viv. Je l'ai tué et tu ne me crois toujours pas.

Je me rappelle l'horreur sur son visage, quand il s'est rendu compte qu'il avait tué Youri. Et non parce que c'était son agent traitant, mais parce qu'il avait tué un homme.

Il a commis un acte qu'il regrettera tout le reste de sa vie. Et il l'a fait pour moi.

— Je suis désolée.

Je lui tends le bras, et il se contente de me regarder. Le gouffre entre nous n'a jamais été aussi profond.

La blessure que je lis sur ses traits est si intense que cela m'effraie.

Je dois lui faire confiance. Les raisons de ne *pas* lui accorder ma confiance semblent s'évaporer au fil de notre conversation. Et j'ai besoin de lui à mes côtés. C'est ce qu'il y a de mieux, pour Luke. Pour nous tous.

Mes doigts se faufilent dans ma poche, saisissent le pendentif. Je le sors et le lui tends, presque comme une offrande, un moyen de lui prouver ma foi en lui.

— J'ai pris ça à Yakov, juste avant l'arrivée de Peter.

Il ne commente pas, et reste visiblement sur ses gardes.

Je retourne le pendentif, avec ses quatre vis minuscules au dos.

— Tu pourrais m'apporter un tournevis ?

Il hésite, puis hoche la tête, quitte la pièce, revient quelques instants plus tard avec une boîte à outils. Je choisis le plus petit. Il correspond. Je desserre les quatre vis, les retire, puis me sers de mon ongle pour ouvrir le dos du bijou. Une mini-clé USB est calée dans un bras de la croix. Je la tiens à la lumière, puis je regarde Matt.

— Je pense que les noms sont dessus.

— Les noms ?

— Des cinq agents dormants de Youri.

Il ne réagit pas, l'œil vide. Visiblement il ne sait pas ce que je sais. J'hésite, mais guère plus d'une seconde.

— Chaque officier traitant possède sur lui les noms des cinq agents dormants dont il a la charge. S'il lui arrive quelque chose, le remplaçant est supposé trouver les noms, contacter Moscou pour obtenir un code de décryptage, et prendre la relève. C'est comme ça qu'ils protègent les identités des agents dormants.

Il plisse le front.

— Pourquoi ne demandent-ils pas simplement les noms à Moscou ?

— Moscou n'a pas les noms. Ils sont stockés localement.

Il se tait, et je réussis presque à voir tourner les rouages de son cerveau.

— Ils ne sont pas à Moscou ?

D'un signe de tête, je confirme. Je sens qu'il saisit petit à petit ce que je suis en train de lui dire.

— Donc, lorsqu'on nous a informés que le nouvel officier traitant entrerait en contact avec nous…

— Seulement s'ils sont en mesure de découvrir les noms.

— Et c'est pour ça que nous avons l'instruction de renouer le contact, si une année entière s'écoule sans nouvelles.

J'acquiesce.

— Parce que si le remplaçant ne peut se procurer les noms, c'est le seul moyen qu'ils ont de reprendre contact avec toi.

— Je l'ignorais totalement, murmure-t-il.

Il me prend la clé délicatement des mains, avec précaution. Il la tient entre le pouce et l'index, l'examine comme si c'était un objet précieux. Puis il revient sur moi. Je sais que nous pensons à la même chose. Si les noms sont uniquement sur cette clé, Matt pourrait échapper aussi bien à la prison qu'aux Russes.

Youri est mort. Le chantage est terminé. Les cinq noms se sont effacés. Celui que Moscou enverra en remplacement de Yakov ne sera pas en mesure de mettre la main dessus. Il devra attendre que les agents dormants prennent contact avec lui. Et si Matt s'abstient, alors il sera libre, définitivement.

Cela suffira à nous mettre hors de danger, à empêcher quiconque de découvrir qui il est et ce qu'il a fait. Ce serait en soi une assez jolie victoire, s'il n'y avait ce nuage qui plane au-dessus de nous, de nos enfants. Car le complice de Youri court toujours les rues. Et je n'ai aucune idée de qui cela peut être. Je

352

me fiche de ce qui peut m'arriver, ou arriver à Matt, du moment que nos enfants sont hors de danger. Et tant qu'il est dans la nature, il subsiste un risque.

Puis, une pensée s'empare de moi avec une force terrible. *Mais Luke pourrait le savoir.*

À mon arrivée, le hall d'accueil est désert, excepté une femme agent de la sécurité, près des tourniquets, dont la tête m'est vaguement familière. Je m'approche et, dans l'immensité du hall, l'écho de mes pas se répercute. D'un signe de tête, en scannant mon badge, je salue la femme, franchis les tourniquets. Elle me répond d'un signe de tête à son tour, inexpressive.

Je marche dans des couloirs silencieux, jusqu'à la porte de ma salle forte. Je plaque mon badge contre le lecteur, saisis mon code. Un bip retentit, puis un déclic quand la serrure se déverrouille. Je pousse la lourde porte, qui s'ouvre. À l'intérieur, tout est sombre, et silencieux. J'allume, inondant l'espace d'un éclairage au néon désagréable, et j'entre dans mon box.

Je déverrouille le tiroir de mon bureau, je sors le dossier sur lequel j'ai travaillé ces derniers temps, le pose sur le plan de travail, près du panneau en liège punaisé de photos de ma famille, de dessins des enfants. Il est encore plus épais que dans mon souvenir, rempli de recherches sur de potentiels chefs de réseau. Des photos de candidats possibles.

Je commence par effectuer un tri rapide, séparant les photos et les données biographiques du reste de mes recherches, réduisant ainsi la pile presque de moitié. Luke serait capable de le reconnaître. Et si nous réussissons à l'identifier, nous serons en mesure de protéger les enfants. Ce ne sera plus une menace anonyme et sans visage. Cela deviendra une personne, que nous pourrons traquer et supprimer du tableau.

Mais la pile reste encore trop épaisse. Comment puis-je la dissimuler sans me faire prendre ? Dans mon sac, c'est trop dangereux. Il suffit que l'agent de la sécurité m'arrête et fouille dedans. Je n'ai pas fait tout ça pour me faire pincer en train de sortir clandestinement des documents classifiés. Puis je me rappelle Youri, son pendentif. Des informations ultra-confidentielles, en permanence sur lui, sur son corps.

Je me lève, j'attrape la pile de papiers, me dirige vers la table dans le fond de la salle forte, qui abrite le photocopieur. Il y a là-bas un épais rouleau d'adhésif. Une grande enveloppe. Je prends les deux et glisse les papiers à l'intérieur. Je soulève mon sweat-shirt, plaque l'enveloppe bien à plat, dans le bas du dos, et m'entoure le torse de scotch.

Si quelqu'un m'arrête, la partie est terminée. Tout ceci n'aura servi à rien. Mais c'est aussi le seul moyen qui me vient à l'esprit pour tenter de découvrir qui est derrière cette menace. Le Bureau ne montrerait jamais à Luke une pochette de photos classifiées. Cela vaut la peine de courir le risque, non ? Et, en plus, ils ne fouillent pas les gens susceptibles d'escamoter du papier. Ce qu'ils recherchent, ce sont les supports électroniques. Le risque qu'ils repèrent ce que je porte sur moi est mince.

Je rabats mon sweat-shirt. Cela pourrait fonctionner. Cela pourrait vraiment fonctionner. Je regagne mon bureau pour récupérer mon sac. Je suis prête à m'en aller, quand les dessins retiennent mon attention. Celui que Luke a fait, moi dans cette cape, un *S* sur la poitrine. Lentement, je me laisse retomber dans mon siège et je l'observe. Supermaman. C'est ainsi que Luke me voit. En dépit de tous mes défauts, en tant que mère, il me voit encore comme un super-héros. Quelqu'un qui est capable de résoudre n'importe quel problème, de veiller sur lui.

Je pense à cet homme qui s'est rendu à l'école. Qui l'a menacé. Comme il doit être effrayé, mon petit garçon ! Comme il doit ressentir le besoin d'avoir un super-héros, à cet instant, de quelqu'un qui sache le protéger, repousser le mal, combattre les méchants !

Je chuchote.

— Je fais mon possible, mon bonhomme.

Mon regard glisse vers le dessin d'Ella, celui de notre famille. Six visages heureux. N'est-ce pas justement la raison pour laquelle je me suis fourrée dans cette sale affaire ? Tâcher de garder tous ces visages heureux unis. Reste-t-il encore un moyen d'y parvenir ? Je tente de démêler mes pensées, de trouver par quel moyen je pourrais réussir à garder mes enfants sains et saufs et à préserver l'unité de ma famille, le tout à la fois.

En fait, j'ai une idée.

Je me baisse, j'ouvre les tiroirs sous mon plan de travail, ces lourds tiroirs métalliques fixés au sol par des boulons. Je tourne le cadran, d'abord dans un sens, puis dans l'autre. Je compose le chiffre. Je déverrouille la sécurité, fais coulisser le tiroir. Je fouille dans les dossiers suspendus jusqu'à trouver celui que je cherche. À l'intérieur, un rapport, sous couverture rouge, un long code de classification imprimé dessus. Et un autre, plus au fond, identique.

Je les ouvre, d'abord le premier, puis l'autre. Je parcours les feuillets et, enfin, tombe sur une longue série de chiffres et de lettres, puis une autre. Je les recopie sur un Post-it, que je plie et fourre dans ma poche. Puis je me dirige vers la sortie.

L'agent de sécurité est toujours là. Elle est au bureau d'accueil, près des tourniquets, une petite télévision devant elle, et regarde une chaîne d'infos en continu. Je m'approche, elle lève le nez de sa télé.

— On part déjà ?

Son visage est sérieux.

— Eh oui !

Je lui lance un beau sourire. J'essaie de la resituer. D'habitude, je la croise le matin, me semble-t-il.

— Juste une visite en vitesse, comme ça, au milieu de la nuit ?

— Impossible de trouver le sommeil.

— Il y en a qui allument la télé.

Mon cœur bat à tout rompre.

— Je sais. Moi, je suis du genre analyste obsédée.

Je lève les mains, le geste de celle qui se rend.

Elle ne rit pas, ne sourit pas.

— Je vais devoir inspecter le contenu de votre sac.

— Bien sûr.

Elle se dirige vers moi, et je suis certaine qu'elle va réussir à entendre mon cœur qui bat la chamade, va voir mes mains trembler. Je lutte pour conserver un visage impassible et je lui tends mon sac, grand ouvert. Elle y jette un œil, puis elle y fourre la main, déplace une partie de son contenu pour mieux examiner l'intérieur. J'entrevois une tétine, un paquet d'aliment pour bébé.

Ensuite, elle dégaine le détecteur de métaux qu'elle porte à la ceinture, scanne mon sac.

— Vous travaillez de nuit, maintenant ? lui dis-je, essayant de détourner son attention de cette fouille.

Pour tenter de me rendre moins suspecte.

Elle retire le détecteur du sac, le tient levé près de ma tête, me le passe devant le corps, assez près pour qu'il m'effleure. Je commence à paniquer. Cette liasse de papiers contre mon dos est épaisse. Trop épaisse.

— La paie est meilleure, m'avoue-t-elle. L'an prochain, mon aîné entre à l'université.

Elle continue son balayage avec le détecteur derrière les jambes. Je retiens mon souffle, parcourue d'un frisson. Elle remonte, remonte, elle est presque dans le creux de mes reins maintenant, presque à la hauteur de ces papiers. Juste avant qu'elle ne les atteigne, je m'écarte, me retourne face à elle.

— Ça vous plaît, travailler de nuit ? je lance, sur le ton le plus détaché possible, et j'espère paraître naturelle, parce que je suis absolument terrorisée.

J'attends qu'elle m'invite à lui présenter de nouveau mon dos. Elle tient encore le détecteur en main, mais n'a pas esquissé le moindre geste dans ma direction.

— On fait ce qu'il faut pour nos enfants, hein ? me rétorque-t-elle, l'air renfrognée.

J'espère qu'elle ne va pas réaliser qu'elle n'avait pas terminé, ou alors que cela lui sera égal. Ensuite, elle replace le détecteur dans son étui de ceinturon, et je suis si soulagée que j'en ai le tournis.

Je sens tout mon corps mollir, et la liasse collée dans mon dos me semble soudain extrêmement lourde.

— Ça, c'est certain.

Aussitôt, je récupère mon sac et me dirige vers la sortie, sans me retourner.

Luke est assis au bord de son lit, entre Matt et moi. Nous sommes tout près de lui, presque trop près, comme si nous cherchions à lui donner des forces, à lui faire comprendre qu'il est en sécurité, qu'il n'est pas seul.

Il est dans son pyjama à motif base-ball, celui qui lui arrive juste au-dessus des chevilles : encore une poussée de croissance. Ses cheveux rebiquent dans la nuque, de la même façon que ceux de Matt au réveil. Il est encore tout ensommeillé, les paupières lourdes.

— J'ai besoin que tu regardes des photos, lui dis-je doucement.

Il se frotte un œil, plisse les paupières à la lumière, me regarde, l'air perdu, comme s'il n'était pas certain d'être tout à fait réveillé ou d'être encore dans son rêve.

Je lui caresse le dos par mouvements circulaires.

— Je sais que ça fait bizarre, mon chéri. Mais j'essaie de comprendre qui t'a parlé, à l'école. Pour qu'on puisse le retrouver, et l'obliger à ne plus recommencer.

Une ombre lui traverse le visage, comme s'il se rendait finalement compte que oui, il est bien réveillé, que ce n'est pas un rêve, même s'il préférerait que ce soit le cas. Moi aussi.

— D'accord, fait-il.

Je prends les feuilles que j'ai à côté de moi et je les pose sur mes genoux. La première, c'est un portrait d'un homme à l'air sérieux. J'observe Luke, qui le regarde. Je continue de lui caresser le dos, regrettant

358

d'avoir à lui imposer tout ça, de devoir l'obliger à s'assoir et à revivre cette peur d'être confronté à un étranger.

Il fait non de la tête, sans proférer un son. Je retourne ce premier tirage papier sur le lit, et une deuxième photo la remplace. Lui montrer ces visages qui vont sans doute le hanter, tout comme ils me hantent, m'envahit d'une bouffée de culpabilité.

Il la regarde, en silence. J'entrevois l'œil de Matt, au-dessus de la tête de son fils, je discerne ma culpabilité se refléter sur son visage, cette même question qui se répète dans ma tête. *Qu'avons-nous fait ?*

Luke secoue la tête, c'est non, et je passe à la suivante. Il paraît si grave, il fait tellement plus que son âge – je me sens submergée de tristesse.

Je retourne feuillet après feuillet. Il examine chaque photo attentivement, méthodiquement, une quantité de temps identique, avant de secouer la tête. Assez vite, nous entrons dans une sorte de rythme. Une seconde, deux secondes, trois secondes, un non de la tête, page suivante.

Nous approchons maintenant de la fin de la pile, et le désespoir finit par s'emparer de moi. Et ensuite, si ça ne marche pas, je fais quoi ? Comment vais-je trouver l'individu qui le menace ?

Une seconde, deux secondes, trois secondes, un non de la tête, page suivante. Une seconde, deux secondes, trois secondes…

Rien. Aucun signe de tête.

Je me fige. Luke scrute cette photo avec insistance.

— C'est lui, lâche-t-il, si faiblement que je l'entends à peine. (Puis il relève la tête vers moi, avec des yeux grands comme des soucoupes.) C'est cet homme.

— Tu es sûr ? dis-je, alors même que je sais qu'il l'est.

Je perçois toute l'assurance, la détermination de son visage. Et la peur aussi.

— Je suis sûr.

24

Je suis dans la cuisine, adossée au plan de travail, un mug de café fumant en main. Anatoli Vachtchenko. J'étudie ce faciès tout en longueur, au front dégarni.

Je retourne la photo, relis le texte au verso. Les informations personnelles, tout ce que j'ai réussi à récolter sur Vachtchenko, qui pourrait nous servir à le suivre à la trace. Elles sont succinctes, parmi les plus brèves de la pile, un texte réduit à sa plus simple expression. Mon œil est attiré par une formule précise. « Entrée sur le territoire des États-Unis : néant. »

Néant.

Devant ce mot, un clignement d'yeux, pour l'obliger à se modifier. Mais il ne change pas. Il me nargue. Évidemment qu'il est entré aux États-Unis : il y est, en ce moment même. Et si nous n'avons aucune trace de sa présence ici, c'est qu'il y est sous une fausse identité.

Ce qui signifie que nous n'avons aucun moyen de remonter sa piste.

Luke s'est rendormi, et tout est silencieux, excepté quelques frappes espacées sur les touches d'un clavier, en provenance du séjour. Matt, sur son portable, qui travaille au décryptage. Une frappe, un long temps d'arrêt. Encore une frappe, un autre silence.

Je bois une gorgée de café, j'en ai le goût amer sur la langue. Au fond de moi, je suis désemparée. J'ai démasqué le chef de réseau. J'y suis finalement parvenue, et pourtant je ne peux rien faire de plus. Je n'ai pas assez d'éléments pour le retrouver, en tout cas pas à temps. *Luke meurt demain.* Je n'arrive pas à me sortir ces trois mots de la tête. Il est là, quelque part, une menace pour Luke, et je suis impuissante, incapable de l'arrêter.

Impuissante, à moi seule.

J'ai une idée tapie au fond de la tête, qui s'accroche, tente de s'imposer. J'essaie de la refouler, de la rejeter, de l'empêcher de pleinement se former. Mais je ne peux pas. Oui, c'est le seul moyen.

Je laisse la photo sur le comptoir et j'entre dans le séjour, mug entre les mains, pour tenter de les réchauffer. Matt est sur le canapé, penché en avant, son ordinateur portable ouvert sur la table basse devant lui. Une clé est connectée à un port USB, un petit témoin orange allumé. À mon arrivée, il lève brièvement les yeux, le visage fermé, tendu. Je m'assois à côté de lui, je regarde l'écran, un langage inintelligible, indéchiffrable pour moi, les caractères qu'il tape, une longue suite de signes.

— Des résultats ?

Il soupire, secoue la tête.

— Mon code de décryptage ne suffit pas. C'est un codage multicouche, un truc assez complexe.

— Tu penses pouvoir cracker le code ?

Il considère l'écran, revient vers moi, son visage n'est que regrets et frustration.

— Non, je ne pense pas.

Je hoche la tête. Ça ne me surprend pas, pas le moins du monde. Il s'agit des Russes. Impossible de percer leur système sans tous les codes de décryptage.

— Et maintenant, on fait quoi ? demande-t-il.

Je l'observe. J'ai besoin de voir comment il va réagir à ma proposition. Parce que je crois lui faire confiance, je pense qu'il y a une explication derrière toutes ses actions, mais j'ai besoin d'être certaine que ce soit la bonne.

— Nous allons devoir avertir les autorités.

Il ouvre de grands yeux. J'y lis la surprise.

— Quoi ?

— C'est le seul moyen de protéger Luke.

— Mais nous savons qui…

— Et c'est tout ce que nous savons. Nous ne détenons absolument aucune information susceptible de nous permettre de le trouver. Rien. Nos forces de sécurité, elles, en auraient les moyens.

Il ne m'a pas quittée des yeux. Dans les siens, je perçois l'impuissance, le désespoir.

— Il doit y avoir un autre moyen.

D'un signe de tête, je m'obstine.

— Nous avons un nom. Un nom russe. Rien sur son nom d'emprunt. Peut-être que si nous disposions d'un délai raisonnable…

J'étudie son visage, le temps qu'il intègre cette information, comme j'y ai été moi-même obligée. C'est le seul moyen. Nous ne pouvons pas le pister seuls.

— Et s'il vient chercher Luke, et si nous sommes incapables de l'en empêcher ? dis-je avec calme.

Son front se creuse un peu plus. Il réfléchit encore, visiblement.

— Tu as raison, concède-t-il. Nous avons besoin d'aide.

J'attends la question suivante. Parce que c'est ce qui compte réellement, sa réaction.

— Alors, qu'est-ce qu'on leur raconte ? me demande-t-il enfin.

Et j'entends le sous-entendu de sa question, celui qui n'a cessé de me hanter, moi aussi. *Comment obtenir leur aide sans être nous-mêmes impliqués ?*

Je relève les yeux, croise les siens, mémorise son expression, pour discerner le moindre changement.

— La vérité.

— Quoi ?

Il me dévisage, en proie à la plus totale confusion.

Je le considère attentivement.

— Nous allons tout leur raconter.

J'aperçois une lueur fugace dans ses yeux. De l'incrédulité, je pense.

— Nous finirons en prison, Viv. Tous les deux.

Je sens l'émotion monter dans ma poitrine, une pression intense. Se retrouver en prison signifie la fin de toute la vie que je connais. Je ne serai plus là pour mes enfants. Leur enfance se déroulera sans moi. Leur existence. Ils me haïront de les avoir abandonnés, transformés en spectacle médiatique.

Matt tressaille, et l'incrédulité se transforme en frustration.

— Tu renonces ? Maintenant, alors que nous sommes si près du but ?

— Je ne renonce pas.

Absolument pas, et de cela, au moins je suis sûre. Je résiste, enfin, je fais ce que je me dois de faire, ce que j'aurais dû faire depuis longtemps.

— Après tout ça…

— Tout ça, c'était pour les enfants. Et ceci, c'est encore pour les enfants.

— Il doit y avoir un autre moyen. Une autre manière de présenter les…

Je m'y oppose. Je dois rester ferme sur ce point. Parce qu'il a raison. Il y a probablement un autre moyen. Un autre mensonge que nous pourrions inventer. Rien ne m'empêcherait de prendre place en face d'Omar, de broder une histoire qu'il serait susceptible d'avaler, qui suffirait le cas échéant à nous éviter la prison, à maintenir Luke et nos trois autres enfants à l'abri.

— Je ne veux plus raconter d'histoires.

Je ne veux plus de ce qui continuera de nous enfoncer encore plus profondément, de nous entraîner encore plus bas dans la spirale de la tromperie. Je n'ai pas envie de passer le reste de ma vie à regarder par-dessus mon épaule, à attendre l'inéluctable, terrorisée d'avoir pris la mauvaise décision, que mes enfants restent exposés au danger. Je veux qu'ils soient couverts par le dispositif fédéral de protection des témoins. Je les veux en sécurité.

— Et je n'ai aucune envie de courir le moindre risque. Jamais ils ne comprendront à quel point les enfants sont en danger, quelle menace représente Vachtchenko, ou même pourquoi il menace nos enfants, sauf si nous avouons tout. Il faut qu'on les fasse protéger. Pour eux, c'est la meilleure solution.

— Leurs deux parents en prison ? C'est ça, ta meilleure solution ?

Le nuage du doute se forme au-dessus de ma tête, car sincèrement, je n'en sais rien. Pourtant, au fond de mes tripes, je sens que c'est la bonne décision. C'est le seul moyen de s'assurer qu'ils soient sains et saufs. Et en plus, comment pourrais-je être la mère que je me dois d'être, si le reste de ma vie se déroule sous le signe du mensonge ? Comment pourrais-je apprendre à mes enfants à discerner le bien du mal ? Toutes les fois où je les ai grondés pour avoir menti, toutes les fois où je leur ai rabâché de se conduire correctement, défilent dans ma tête comme des bobines de film. Et les paroles de Peter. *Quel que soit ton choix, Vivian, je suis convaincu que tu prendras la bonne décision.*

— Oui, cela se peut, je réponds.

Malgré tout, je me raccroche à l'espoir que cela n'arrivera pas.

Et si cela arrive, si nous finissons derrière les barreaux, l'essentiel est d'avoir l'absolue certitude que mes enfants ne soient plus menacés. De leur apprendre à faire ce qui est juste, même si c'est dur. Il se peut qu'un jour ils considéreront tout ce que j'ai fait, tout ce qu'a fait Matt, et ils comprendront. En revanche, si nous continuons de la sorte, si nous continuons de vivre dans ce mensonge, encore dix ou vingt ans, ou jusqu'à ce que les autorités compétentes le découvrent, qu'arrivera-t-il ? Comment pourrions-nous de nouveau un jour les regarder droit dans les yeux ?

Je sors mon téléphone, je le pose avec précaution sur l'ottomane devant nous.

Je prends une profonde respiration.

— Je te fais confiance, je souffle. J'espère que tu t'en rends compte. Tu peux encore t'en aller. Je ne leur téléphonerai pas avant que tu aies embarqué dans un avion qui t'emmènera loin de ce pays.

Il fixe encore un long moment sur le téléphone, puis son regard se déplace vers moi.

— Jamais, chuchote-t-il. Je ne te quitterai jamais. (Il me prend la main. Je sens ses doigts se refermer autour des miens, si chauds, si familiers.) Si tu penses que c'est ce qu'on doit faire, alors c'est ce que nous ferons.

C'est bien Matt, mon mari, l'homme que j'aime. Je peux lui faire confiance.

Je relâche sa main, je sors le petit morceau de papier de ma poche. Je le déplie, je le couche sur l'ottomane, les deux longues séries de caractères sont visibles.

— Il y a encore une chose que je veux que tu fasses.

L'aube point quand Omar arrive à notre domicile, seul, comme je l'ai exigé. Je l'accueille à la porte et le fais entrer. Il s'avance, sur ses gardes, un pas, prudent, puis un deuxième, il regarde autour de lui, étudie la pièce en détail. Il ne prononce pas un mot.

Je referme derrière lui, et nous nous tenons là, tous les deux, dans le hall, mal à l'aise. J'éprouve un pincement de regret de l'avoir prié de venir ici, j'ai une soudaine envie de faire marche arrière. Il est encore temps. Et puis je redresse le menton. C'est la meilleure des décisions. Pour les enfants.

— Allons nous asseoir, je propose en désignant la cuisine.

Comme il ne bouge pas, je le précède. J'entends ses pas derrière moi.

Matt est déjà assis à la table. Omar le voit, s'arrête, le toise de la tête aux pieds, puis le salue d'un signe de tête. Toujours sans dire un mot. Je m'empresse d'écarter la chaise haute de Chase du chemin et je tire la chaise de Luke vers le bout de la table, puis, d'un geste, j'invite Omar à prendre place. Il hésite, puis obtempère. Je m'assois à ma place habituelle, en face de Matt. Je lui lance un regard, et subitement je suis à cette même table, il y a de cela plusieurs semaines, le jour où j'ai appris la nouvelle qui allait changer le cours de mon existence, de nos vies à tous.

Il y a une chemise cartonnée devant moi, sur la table, et le papier dont j'ai besoin est à l'intérieur, protégé. Je vois les yeux d'Omar se poser dessus, avant de remonter jusqu'à mon visage.

— Que se passe-t-il, Vivian ? demande-t-il.

Ma voix, mon corps, tout me fait subitement l'effet d'une paralysie. Je me mets à douter encore une fois.

— Vivian ? répète-t-il, perplexe.

Oui. Cela protégera mes enfants. Je suis incapable d'y arriver toute seule. Je suis incapable d'assurer leur sécurité.

Je fais glisser la chemise vers Omar, d'une main tremblante. Il pose une main dessus, sans me quitter des yeux, l'air interrogateur. Il hésite, puis l'ouvre, d'un geste mesuré. Je redécouvre le portrait photo, celui que Luke a identifié.

— Anatoli Vachtchenko, je précise calmement. L'officier traitant de Youri. Le chef de réseau.

Il fixe le cliché. Enfin, il lève les yeux vers moi, tout son visage est un point d'interrogation.

— Il faut l'arrêter, immédiatement. Et, tant que ce n'est pas terminé, j'ai besoin que tu mettes mes quatre enfants sous protection.

Ses yeux vont de moi à Matt, alternativement. Il n'a toujours pas prononcé un mot.

— Il a menacé Luke, je poursuis, et ma voix se brise.

Omar respire lentement. Un mouvement de tête, perplexe.

— Enfin, Vivian, qu'est-ce qui se passe ?

Il faut que la vérité éclate, que je lui dise tout ce que je sais.

— Il portera un collier. Un pendentif. Une croix, je pense. Il devrait contenir une clé USB. Elle contiendra les noms de ses cinq officiers traitants.

Omar tressaille. Il semble abasourdi.

— Matt peut te guider dans la procédure de décryptage, j'ajoute d'une voix sourde. Son code, ceux que nous avons obtenus de Moscou, celui de Dmitri la chèvre.

Je lance un coup d'œil à Matt, qui acquiesce sombrement. Dès que je lui ai procuré les autres clés de décryptage, il ne lui a pas fallu longtemps pour entrer dans le dossier, repérer les cinq photos. Les cinq mêmes clichés que j'avais vus, ce jour-là, au bureau, il y a une éternité, mais cette fois avec du texte : adresses, métiers, accès, instructions pour les demandes de contacts.

— Les officiers traitants en auront, eux aussi. Avec les noms de leurs cinq agents. (Je pose le collier de Youri, la lourde croix en or. La clé USB a été replacée dedans, les vis serrées en place.) Le nom du cinquième est ici.

Omar plisse imperceptiblement les paupières. Sa mâchoire se relâche, ses lèvres entrouvertes dessinent un O de surprise, à son insu. Mes révélations le laissent stupéfait. Son regard glisse vers Matt, qui hoche la tête.

— Viv n'était au courant de rien, assure mon mari. (Sa voix s'étrangle, et mon cœur se brise d'entendre ça.) Je lui ai caché toute la vérité.

J'estime lui devoir une forme d'explication, mais je ne peux qu'ajouter :

— Ils s'attaquent à ce qu'on a de plus vulnérable. Avec nous, c'était notre famille.

Ses traits trahissent sa perplexité.

— Il a dû venir de l'Est, j'enchaîne à voix basse. Il y a des années.

Omar détourne la tête. Son visage a changé.

— Exactement le genre d'individu que je m'attendais à découvrir.

Il n'a pas touché au collier de Youri. Je place l'index sur le pendentif, le glisse vers lui. Que va-t-il se passer, ensuite ? Une lueur d'espoir persiste en moi, mais elle est si faible, tellement, tellement faible.

Le plus vraisemblable, c'est qu'Omar appelle pour demander du renfort. Qu'il nous mettra en état d'arrestation. Mes parents devraient être bientôt de retour, mais à cet instant je regrette de ne pas avoir insisté pour qu'ils restent, la nuit dernière. Et les enfants, mes pauvres petits. Et si, quand ils se réveillent, nous ne sommes plus là ?

Il fixe encore ce collier. Un sentiment étrange s'insinue en moi, la lueur d'espoir s'intensifie. Cela va peut-être marcher. Cela va peut-être suffire.

Enfin, il pose le doigt sur le pendentif, mais au lieu de l'attirer vers lui, il le repousse vers moi.

— Vous aurez donc besoin du programme de protection des témoins, lâche-t-il.

Une sensation de fourmillement me parcourt le corps. Je baisse les yeux sur le collier. Il n'en veut pas. Il ne verra pas le cinquième nom. Le nom de Matt.

Mon cerveau tente de mesurer le sens de ses mots. Je regarde Matt, je perçois toute sa confusion. Nous n'avions pas évoqué la possibilité qu'Omar ne nous dénonce pas.

— Protection des témoins ? je répète, parce que je ne sais quoi dire d'autre.

Il faut une minute à Omar pour me répondre.

— Tu viens de me fournir assez d'informations pour démanteler la cellule entière. Les Russes ne vont certainement pas le prendre à la légère. Et s'ils menacent déjà Luke...

Je baisse à nouveau les yeux sur la clé. Je ne dois pas me faire trop d'espoir. Pas encore. Il se peut qu'il n'ait pas compris que Matt est le cinquième agent dormant, que j'étais au courant. Que nous méritons tous deux d'aller en prison.

— J'ai commis des délits. Je vais tout te raconter...

— Nous avons déjà mené notre enquête, fait-il en levant la main pour m'interrompre, nous avons tout imputé à une taupe, ou à un agent russe qui avait accès au CCR, et Peter a avoué. (Il laisse retomber sa main, son regard passe de moi à Matt.) Je suis convaincu que le cinquième agent dormant n'a attenté en rien à notre sécurité nationale.

Oh, mon Dieu. Je ne rêve pas. Omar va nous laisser en paix. Une hypothèse que je n'avais osé espérer

371

formuler : lui fournir assez d'informations pour garantir notre liberté.

— Les enfants…, je commence.

— Seront protégés.

— C'est tout ce qui nous importe.

— Je sais.

Je garde le silence un moment, tâche encore d'intégrer tout cela.

— Cela va s'organiser comment ? je finis par demander.

— Je vais me rendre tout droit dans le bureau du directeur, avec cette information qui va désorganiser leur cellule tout entière. Je peux t'assurer qu'il m'accordera tout ce que je veux.

— Mais…

— Je dirai que Matt a admis être un de ces agents dormants. Qu'il m'a fourni le nom du chef de réseau, son code de cryptage, et qu'il m'a informé pour ces pendentifs. Et qu'en échange, nous allons le protéger, ainsi que sa famille.

— Mais si quelqu'un s'aperçoit…

— Nous maintiendrons cette information dans des canaux compartimentés. Classification au plus haut niveau.

— Peux-tu… ? j'insiste, et là encore, il me coupe.

— C'est la Russie. Tout est compartimenté.

J'entends ces mots que j'ai moi-même prononcés à tant de reprises, et ces mots-là sont la vérité, je le sais. Ceux qui signifient peut-être, oui peut-être, que cela pourrait marcher.

— Le directeur acceptera ? je demande, et ma voix se réduit presque à un souffle.

Même si Omar est de notre côté, rien ne garantit qu'il puisse faire ce qu'il a dit, n'est-ce pas ?

Il confirme.

— Je sais comment fonctionne le Bureau. Fais-moi confiance.

L'espoir me transporte. Je regarde Matt et je vois les mêmes émotions se refléter sur son visage.

— Et maintenant ?

Omar me sourit.

— Bouclez vos bagages.

25

Un an plus tard

Je suis assise dans le sable, au fond d'une anse, et je regarde les enfants. Chase court le long des vagues d'écume, ses petites jambes robustes labourant le sable imbibé d'eau, et une mouette sautille devant lui. Caleb se tient derrière, ses boucles blondes chatoyantes au soleil. Il observe la scène, piaille de ravissement quand la mouette s'envole dans le ciel. Ella est plus loin sur la plage, elle entasse du sable dans des seaux de couleur vive en forme de tour crénelée, la figure concentrée, un château compliqué devant elle. Et là-bas, dans l'océan, c'est Luke, à plat ventre sur une planche de bodyboard, dans l'attente de la prochaine vague. L'eau luit sur son dos et ses jambes qui donnent l'impression de s'allonger chaque jour un peu plus. Il est tout bronzé, après tant d'heures passées dehors au bord de l'eau et dans l'écume.

Un vent chaud souffle, incline les branches des palmiers qui ponctuent notre petite plage. Je ferme les yeux et j'écoute un moment. Le doux fracas des vagues, le bruissement des palmes, les éclats de voix de mes enfants, contents et heureux. La symphonie la plus belle, la plus envoûtante qui puisse exister.

Matt vient derrière moi et s'assoit tout près, sa jambe touche la mienne. Je contemple nos deux jambes, toutes deux hâlées comme jamais, presque brunes sur fond de sable blanc. Il me sourit, et je lui souris, puis je me retourne pour surveiller les enfants, me satisfaisant d'un silence complice. Luke prend une grosse vague, la chevauche, jusqu'au bout, jusqu'à la grève. Caleb s'avance d'un pas vacillant, puis d'un autre, puis s'écroule dans le sable et ramasse un gros coquillage, qu'il examine.

Vingt-quatre heures après cette conversation autour de la table de la cuisine, nous embarquions à bord d'un jet privé, en direction du Pacifique Sud. Au début, quand Omar nous a invités à boucler nos bagages, cette idée m'avait semblé terrifiante : entasser nos vies dans des valises, en sachant que nous risquions de ne plus revoir ce que nous laissions derrière nous. Je m'étais donc concentrée sur les affaires les plus importantes à mes yeux, les objets irremplaçables : photos, livres de bébés, ce genre de choses. Il s'est avéré que c'était tout ce qu'il me fallait. Tout le reste de notre maison – les placards pleins de vêtements et de chaussures, les appareils électroniques, les meubles –, rien de tout cela ne me manque. Ici, nous sommes repartis de rien, tout simplement. Nous avons racheté l'essentiel. Nous nous avions les uns les autres, nous avions nos souvenirs, et cela suffisait.

Mes parents sont venus avec nous. Omar nous l'a proposé à titre d'option, et je leur ai soumis l'idée, même si je ne pensais pas qu'ils accepteraient, car je ne croyais pas qu'ils auraient envie d'être privés de tout ce qu'ils connaissaient. Mais après avoir appris qu'ils ne seraient pas en mesure de communiquer avec nous avant un an, et peut-être davantage, il n'y a eu aucune hésitation. « Bien sûr que nous allons venir, a répondu ma mère. Tu es notre enfant. Tu es tout pour nous. » Et cela s'est arrêté là, décision prise. Ce que je comprenais complètement.

Entre Matt et moi, les relations sont redevenues solides. « Je te pardonne », m'a-t-il déclaré la première nuit, dans la nouvelle maison, où nous étions tous deux allongés dans un lit inconnu. S'il pouvait me pardonner d'avoir douté de lui, de lui avoir insufflé l'idée qu'il devait tuer pour mériter ma confiance, alors, pour ma part, je pouvais sûrement laisser le passé au passé. Je m'étais blottie dans ses bras, là où était ma place. « Je te pardonne, moi aussi. »

J'entends un hélicoptère au loin, le vrombissement étouffé des pales. Je le suis des yeux, l'image de plus en plus nette au fur et à mesure qu'il approche, le bourdonnement fluide se transformant en battement cadencé – *toum-toum-toum*. Les enfants se sont tous arrêtés dans leurs activités, pour regarder. Il passe juste au-dessus de nous, avec un tel vacarme qu'Ella et Luke se bouchent les oreilles. Chase et Caleb se contentent d'observer, médusés.

On ne voit pas d'hélicoptères, par ici. Ils nous ont installés dans une partie de l'île à l'écart, deux maisons placées sur des promontoires dominant l'océan, encadrant une petite plage nichée au creux d'une anse en contrebas. Je lève le nez vers la maison de mes parents, et je vois maman sortir. Elle fait coulisser la porte vitrée derrière elle et descend vers la plage, la brise gonflant sa jupe longue autour de ses jambes. Je me retourne et vois l'appareil en vol stationnaire au-dessus du promontoire derrière nous, descendant lentement, perpendiculaire au sol, pour atterrir.

Matt et moi échangeons un regard. Sans un mot, nous nous levons, nous débarrassons du sable d'un revers de main. Nous attendons que ma mère nous rejoigne.

— Vas-y, dit-elle. Je vais garder un œil sur les enfants.

Le battement des pales s'atténue, nous grimpons la pente vers notre maison, franchissons les dunes de ce sable blanc qui s'écoule à chacun de nos pas, jusqu'à ce que nous atteignions les marches de bois, qui en sont recouvertes. En haut, l'herbe clairsemée tient lieu de pelouse, la maison – un cube sur deux niveaux, avec son toit fortement incliné –, est entourée de terrasses sur les quatre côtés. Je vois Omar approcher depuis l'hélicoptère, en pantalon kaki et chemise hawaïenne à fleurs. Dès qu'il nous voit, il affiche un grand sourire.

Nous arrivons devant la maison en même temps. Je l'embrasse, je le serre dans mes bras, et Matt lui serre la main. Il y a quelque chose de bizarrement enthousiasmant à le voir ici. C'est la première personne venue des États-Unis que nous croisons en un an. Il nous avait prévenus, avait souligné que nous serions livrés à nous-mêmes pendant un bon moment, mais nous n'étions pas vraiment préparés à être complètement coupés de tout – des gens que nous connaissons, de nos habitudes, et même d'outils comme l'e-mail et les réseaux sociaux. Il nous avait remis un téléphone portable, mais avec des instructions strictes de ne l'allumer et de ne nous en servir qu'en cas d'urgence. Faute de quoi, nous devions simplement nous armer de patience. Attendre qu'il prenne contact. Et le voici, un an après, jour pour jour.

— Viens, entre, je lui signifie, en ouvrant la porte d'entrée.

La maison est spacieuse et lumineuse, toute dans les blancs et les bleus. Nous nous y sentons d'ailleurs plus chez nous que cela n'avait jamais été le cas dans la précédente. Des coquillages décorent les lieux, ceux que nous avons récoltés lors de nos promenades. Et des photographies. Tant de photographies. Des clichés en noir et blanc des enfants, des palmiers, de tout ce qui accroche mon regard. C'est agréable d'avoir à nouveau du temps à consacrer à ses hobbies. Enfin, c'est surtout agréable d'avoir du temps pour mes enfants.

Je le conduis dans le salon et m'assois dans le sofa bleu, un canapé d'angle bien fatigué, celui où nous nous entassons pour nos soirées jeux ou pour regarder un film à la télé. Il s'assoit en face de moi. Matt arrive un instant plus tard, avec une carafe de citronnade et deux verres, qu'il pose sur la table basse. Il me glisse un sourire.

— Je vais vous laisser entre vous, propose-t-il.

Je ne le retiens pas, Omar non plus. Dès qu'il est sorti de la pièce et que nous entendons une porte se fermer à l'étage, Omar se penche vers moi.

— Comment va la vie, ici ?

— Merveilleusement.

Et je le pense de tout cœur. Je suis plus heureuse que je ne l'ai jamais été. Je ne me sens plus prise au piège, coincée dans une vie que je subis. Je me sens en pleine maîtrise de mon existence. Et ma conscience est en paix. J'ai enfin la vie que je voulais.

Je prends la carafe et verse de la citronnade dans les deux verres. Des glaçons tintent contre les parois.

— La scolarité ? Je sais que vous étiez très soucieux à ce sujet.

Je lui tends un verre.

— Nous leur faisons cours à la maison. Ce n'est pas une solution à long terme, mais ça fonctionne. Les enfants apprennent véritablement énormément de choses.

— Et Caleb ?

— Il va tellement mieux. Il marche, il prononce même quelques mots. Et il est en bonne santé. Tu avais raison, le cardiologue, sur le continent, est fantastique.

— Je m'en félicite. Tu n'imagines pas comme je pense souvent à vous tous. Et à quel point j'avais envie de prendre de vos nouvelles.

— Moi aussi. Il y a tant de choses que je voudrais savoir. (Un silence.) Alors, comment vas-tu ?

— Très bien, vraiment. (Il boit une gorgée de sa citronnade.) Je suis le nouveau directeur adjoint, tu sais.

Il tente de contenir un sourire, sans y parvenir.

— Bravo.

Son sourire s'épanouit, se libère.

— Et tu le mérites, j'ajoute.

— Eh bien, cette affaire m'a beaucoup servi. On ne va pas se mentir.

J'attends qu'il m'en raconte davantage, mais il garde le silence, et le sourire se dissipe. Mes pensées reviennent à Peter et je me demande si ce n'est pas le cas des siennes aussi. Finalement, c'est moi qui reprends la parole.

— Tu peux m'en dire plus à propos de la cellule ?

C'est une question qui n'a cessé de me préoccuper depuis un an maintenant. Je tiens absolument à entendre ce qu'il peut avoir à m'en dire.

Il hoche la tête.

— À propos de Vachtchenko, tu avais raison. C'était bien le chef de réseau. Nous avons assez rapidement remonté sa trace. Trouvé la clé USB intégrée dans le pendentif, comme tu nous l'avais indiqué. Et décrypté son contenu grâce aux codes que tu nous as communiqués.

Je croise et serre les mains sur mes genoux, et j'attends qu'il continue.

— À partir de là, nous avons arrêté les quatre autres officiers traitants. Trois jours plus tard, nous avons mené une opération de grande ampleur, arrêté la totalité des vingt-quatre membres de la cellule.

— Nous l'avons su, dis-je.

L'information était partout dans la presse et sur les chaînes, même ici, mais tout ce que j'ai lu sur cette opération mentionnait vingt-cinq agents. Alexander Lenkov avait été identifié parmi les individus appréhendés, bien que les détails le concernant soient restés maigres, et la seule photographie publiée était assez pixellisée pour être floue. Heureusement, je pense que personne n'aurait reconnu mon mari.

— Et que va-t-il leur arriver, à tous ?

Il hausse les épaules.

— Prison, échange de prisonniers, qui sait. (Il m'observe un moment.) Je suis sûr que vous avez dû lire que la majorité de ces gens affirment avoir été piégés ? Qu'en réalité, ce sont des dissidents politiques, des ennemis de l'État, ce genre de discours ?

Je hoche la tête, avec un sourire.

— Au moins, ils sont cohérents, j'imagine.

Il sourit à son tour, puis redevient sérieux.

— Le Bureau a finalement approuvé l'opération « Sortie de l'ombre ». Jusqu'à présent, nous avons levé deux recrues par ce canal. Nous les travaillons, pour qu'elles nous servent à désorganiser une autre cellule. Et nous recourons à ton algorithme pour tenter de débusquer d'autres officiers traitants. On y consacre d'énormes ressources, au FBI et à la CIA.

Je garde le silence un moment, j'intègre tout cela. Ils ont démantelé une cellule entière, et ils sont en passe d'en trouver d'autres. Je hoche la tête, assez sidérée, et puis je pose l'autre question qui m'occupe l'esprit, celle qui est encore plus pressante, qui m'effraie encore plus.

— Et Matt ?

Il secoue la tête.

— Aucune indication que les Russes sachent qu'il est encore ici, ou qu'il ait eu la moindre implication.

Mes yeux papillotent et se ferment. Un poids vient de m'être ôté des épaules. C'est ce que j'espérais. Les informations diffusées semblent attribuer ce grave accident de parcours à Peter, décrit comme un analyste de la CIA qui, après une longue carrière, a été pris au piège à cause de la maladie de son épouse, puis soumis à un chantage. Et à un agent du Bureau simplement identifié par une lettre : « O ».

— Quant à toi, continue-t-il, tu es signalée comme ayant pris un congé temporaire. Tout le monde a plus ou moins compris, au sein du CCR et du Bureau, que c'est en partie lié à cette affaire, et, selon la rumeur qui circule, les Russes t'ont fait chanter, et tu leur as résisté. Mais personne, au niveau opérationnel, n'est au courant des détails.

— Qui connaît la vérité ?

— Moi. Les directeurs du FBI et de la CIA. C'est tout.

Je sens toute ma tension se dissiper. Même si j'en avais écrit moi-même toutes les répliques, cette conversation n'aurait pu mieux se dérouler. Mais en même temps, ici, pour nous, qu'est-ce que cela signifie ? Je me sens gagnée par la tristesse, comme si notre vie paisible était précaire, fragile, et pouvait nous être arrachée en un éclair. J'ai surtout peur de lui poser la question suivante.

— Alors, et maintenant ?

— Eh bien, d'après tout ce que nous avons constaté, vous pouvez rentrer, c'est sans danger. Nous pouvons vous ramener à votre domicile, te rendre ton poste…

Mon esprit s'évade, malgré moi. Les enfants à la crèche toute la journée. Ne plus les voir que par bribes, le matin et le soir – si j'ai de la chance. J'essaie de repousser ces pensées.

— Nous réglerons tous les détails ces prochaines semaines. Nous procurerons de nouveaux papiers d'identité à Matt… certificat de naissance, passeport, etc. Quelque chose qui résiste à n'importe quel examen.

Il marque un silence, me regarde, l'air d'attendre quelque chose, alors je lui adresse un vague sourire.

— Nous rendrons la transition du retour aussi aisée que possible, Vivian. Aucune raison de s'inquiéter.

Et nous allons accomplir un travail formidable ensemble, toi et moi.

Sa phrase reste en suspens, il m'observe, avec une expression étrange.

— C'est bien ce que tu souhaites, retourner travailler, je ne me trompe pas ?

Je ne réponds pas immédiatement. C'est curieux, de vivre cet instant. Parce que pour la première fois, tout dépend réellement de mon choix. Je ne suis pas prise au piège d'un métier dont je ne suis plus certaine d'avoir envie. Personne ne me manipule, ne fait pression pour que j'accepte quelque chose. Je peux décider ce que je veux. Je peux choisir.

— Vivian ? insiste-t-il. Tu vas revenir ?

Je le regarde, un battement de cils, et je lui réponds.

★

Quelques mois auparavant, Matt et moi avions fêté notre dixième anniversaire de mariage sur la plage, tout comme nous l'avions espéré. Nous étions assis dans le sable, et nous regardions les enfants jouer, célébrant l'événement avec un vin mousseux bon marché dans des gobelets en plastique, alors que le soleil glissait vers l'horizon, baignant notre monde de rouges et de roses.

— Nous y sommes, avait-il fait.

— Ensemble. Tous ensemble.

J'écoutais le fracas des vagues, les cris perçants et les gloussements des enfants, et je me souvenais de la dernière fois que nous en avions parlé, ce projet pour notre anniversaire de mariage, un voyage vers une plage exotique. C'était le matin où j'avais trouvé la photo de Matt, juste avant que tout s'écroule. J'étais de nouveau transportée dans mon box, entre ces hautes cloisons grises, avec cette sensation omniprésente de patauger, d'échouer, d'être tiraillée entre deux choses qui étaient pour moi si importantes, chacune des deux exigeant plus de temps que je ne pouvais lui en accorder. Rien que d'y penser, ma gorge se serrait.

J'avais enfoncé mes orteils plus profondément dans le sable et contemplé l'horizon, le soleil plongeant encore plus bas. Et j'avais dit la seule chose que j'avais à l'esprit à cet instant.

— Je n'ai pas envie de retourner travailler. (C'était venu de nulle part, en réalité, parce que nous n'avions plus parlé de mon travail, plus depuis notre départ des États-Unis.) Je veux dire, si tant est que j'aie le choix.

C'était bon, d'évoquer ce que j'avais envie. De formuler un choix. De maîtriser la situation.

— D'accord.

— J'ai envie de vendre la maison, avais-je ajouté, poussant plus loin.

— D'accord.

Je m'étais tournée face à lui.

— Vraiment ? Je sais que tu l'aimes, cette maison…

Il avait ri, secoué la tête.

— Je n'aime pas cette maison. Je la détestais, au début. Je détestais l'idée de t'avoir convaincue de l'acheter, uniquement pour que tu sois piégée par ton boulot.

Ces mots m'avaient fait un choc, que j'aurais dû anticiper.

— J'aime les souvenirs que nous nous sommes créés là-bas, avait-il ajouté. Mais la maison en elle-même ? Non…

Je m'étais efforcée d'intégrer cette idée, de me rendre compte – une fois encore – que tant de choses que j'avais crues vraies ne l'étaient pas, en réalité.

— Je t'aime, toi, Viv. Et j'ai envie que tu sois heureuse. Réellement, vraiment heureuse, comme tu l'étais quand nous nous sommes rencontrés.

— Je suis heureuse, avais-je assuré, mais ces mots sonnaient creux.

Étais-je heureuse ? D'être avec les enfants, avec mon mari, j'étais heureuse. Mais il y avait tant d'aspects de ma vie qui ne me rendaient pas heureuse.

— Pas comme tu mérites de l'être, avait-il nuancé à voix basse. Je n'ai pas été le mari que j'ai envie d'être.

J'aurais dû répondre quelque chose, j'aurais dû argumenter. Mais je n'en avais rien fait. Les mots ne m'étaient pas venus. Je pense que j'avais peut-être envie de voir ce qu'il allait ajouter.

— Quand tu es repartie travailler, après la naissance de Luke… Ce jour-là, tu es rentrée à la maison et tu m'as confié que tu t'en sentais incapable. Incapable de le laisser. Je n'avais qu'une envie, et c'était de te dire : « N'y va pas. » De te répondre que nous allions vendre la maison, que j'allais me trouver un second job, je ne sais quoi. Cela me minait de te dire de t'accrocher, de ne pas lâcher. Je savais à quel point cela te rendait malheureuse. Et ça me minait.

J'avais senti mes yeux s'embuer de larmes, en repensant à ce jour-là, l'une des pires journées de ma vie. J'avais observé les enfants, de mes yeux embrumés. Une partie de chat, Luke qui courait si vite, Ella qui tenait bon. Chase qui trottinait derrière, qui faisait tellement d'efforts. Et Caleb, mon adorable

Caleb, debout, qui tentait quelques pas hésitants, en riant.

— Il y a tant de fois où je n'ai pas été à la hauteur. Quand je t'ai convaincue de travailler pour l'unité Russie. Quand nous avons appris que tu attendais des jumeaux. J'étais tellement attaché à l'idée de maintenir notre famille unie, j'avais tellement peur qu'ils m'ordonnent de partir. C'est passé avant mon envie de te soutenir. Et j'en suis désolé. Du fond du cœur.

J'avais suivi la chute du soleil derrière l'horizon, la disparition de la boule de feu. Les rouges et les oranges éclatants avaient cédé la place à des roses et des bleus profonds, des zébrures dans le ciel.

— Je n'ai pas aimé celui que j'ai été. Mais j'ai envie de reconstruire. J'ai envie de tout recommencer, d'être le mari que je me sens capable d'être. Celui que tu mérites.

Les enfants couraient encore dans le sable, sans se soucier du coucher de soleil, de notre conversation, des choix que nous devions faire. Leurs cris flottaient dans l'air, mêlés au fracas des vagues.

— Qu'est-ce que tu veux, Viv ? m'avait demandé Matt.

Mes yeux s'étaient posés sur ses traits estompés par le crépuscule.

— Un nouveau départ.

Il avait hoché la tête, attendu que je poursuive.

— Je veux avoir du temps avec les enfants.

— Et moi, je veux que tu aies tout ça. On va faire en sorte que ça fonctionne.

— Et je ne veux plus de mensonges.

Il avait secoué la tête.

— Moi non plus.

J'avais planté un doigt dans le sable, dessiné une ligne sinueuse.

— Y a-t-il autre chose dont je devrais être informée ? Quelque chose que tu me cacherais encore ?

Il avait de nouveau secoué la tête, plus catégorique cette fois.

— Tout a été dit. Tu sais tout.

Nous étions restés silencieux quelques instants, puis il avait ouvert la bouche pour ajouter autre chose, s'était ravisé. J'avais senti son hésitation.

— Qu'y a-t-il ?

— C'est juste…

— Quoi ?

— Eh bien, ton métier. Tu as travaillé si dur pour en arriver là, et tu accomplis un travail tellement important… (Il avait eu un bref mouvement de tête.) Mais ce n'est pas le moment de parler de ça. Je veux juste que tu fasses le bon choix, tu as le temps d'y réfléchir.

Puis il avait changé de position, pour être face à moi. Il avait pris mes mains, s'était levé, m'avait tirée, pour que je me retrouve debout, avec lui. Ses mots faisaient écho dans ma tête, l'ambivalence que j'avais ressentie toutes ces années s'insinuant à nouveau dans ma conscience. Ensuite, il m'avait doucement attirée vers lui, ses mains autour de ma taille. Je m'étais rendu compte qu'il avait raison sur un point, au moins. J'avais un an pour me décider. Je l'avais enlacé.

— Tu te souviens de notre première danse ? m'avait-il dit d'une voix douce.

— Je me souviens.

Et, à cette minute, je m'étais sentie transportée. Tous les deux, sur cette piste de danse, oscillant sur la musique, ses mains autour de ma taille. Je me sentais entourée de chaleur, heureuse et tellement, tellement amoureuse. Entourée de tables pleines de convives, rien que des visages familiers.

— Regarde autour de nous, lui avais-je soufflé. (Je m'étais légèrement détachée de lui, afin de pouvoir contempler son visage.) Ce n'est pas incroyable ? Tous les gens que nous aimons sont ici. Ma famille, ta famille. Nos amis. Cela se reproduira-t-il un jour ?

Il m'avait fixé dans les yeux, intensément.

— Regarde autour de nous, l'avais-je de nouveau imploré.

Il n'en avait rien fait.

— Toi et moi, m'avait-il dit. C'est tout ce que je vois. C'est tout ce qui compte. Toi et moi.

Je l'avais dévisagé, troublée par l'intensité, l'insistance de sa voix. Il m'avait attirée plus près de lui, et j'avais posé la tête contre sa poitrine, désireuse de me soustraire à ce regard.

— Les vœux que j'ai prononcés devant toi, j'en pensais chaque mot, avait-il poursuivi. Peu importe ce que nous réserve l'avenir, n'oublie jamais ça. Si les choses deviennent… dures… souviens-toi juste de ça. Tout ça, c'est pour nous. Tout ce que je ferai, pour le restant de ma vie, ce sera pour nous.

— Je n'oublierai pas, avais-je murmuré, certaine de ne jamais oublier, et me demandant en même temps si ces mots-là revêtiraient un jour tout leur sens.

Et, alors que nous nous balancions doucement sur cette plage, bercés par la musique des vagues, j'avais là aussi posé ma tête contre sa poitrine, tout comme je l'avais fait tant d'années auparavant. Je sentais sa chaleur, j'entendais le battement de son cœur.

— Je n'ai pas oublié, avais-je chuchoté.

— Tout ce que j'ai fait, je l'ai fait pour nous, avait-il répété. Pour notre famille.

J'avais détourné la tête pour voir nos enfants, désormais à peine plus que des ombres sur un fond de ciel qui s'assombrissait.

— Moi aussi. (Je l'ai attiré plus près.) Moi aussi.

★

— Je vais revenir, j'annonce.

Ces mots-là sonnent juste. Cette décision sonne juste.

Le fait est que cela m'a manqué. Le frisson d'excitation, au moment d'accéder à de nouveaux rapports de renseignement, l'attente, l'impression qu'une grande percée puisse être imminente, tout cela m'a manqué. L'idée que d'une minute à l'autre, je réussirais à rassembler les pièces d'un puzzle, ce qui aiderait mon pays.

J'ai travaillé dur pour arriver là où j'étais. Et cela fait partie de mon identité, partie de ce qui me constitue.

— Pendant une minute, tu m'as inquiété, m'avoue Omar. (Je perçois son soulagement.) Ils vont t'accorder un accès encore plus élargi, tu sais. Nous serons en mesure d'accomplir quantité de choses, ensemble. Lancer notre propre canal de communication, partager des informations entre nos agences, toutes ces données qui restaient inutilement en accès restreint. Nous pouvons réellement changer le cours des choses.

Et c'est ce que je souhaite, non ? Ce que j'ai toujours souhaité, depuis que j'ai rejoint l'Agence. Mais je ne ressens pas l'impatience que je pensais ressentir. L'enthousiasme. Je ne ressens pas grand-chose, en réalité.

— J'ai beau devenir directeur adjoint, mon cœur sera toujours avec l'unité de contre-renseignement Russie.

Je hoche la tête. Un sentiment de malaise me gagne. Ai-je pris la bonne décision ? Il n'est pas trop tard pour changer d'avis.

— Et en plus, tu m'es redevable.

À sa manière de le dire, ce sourire qui n'éclaire pas ses yeux, je ne suis pas entièrement sûre qu'il plaisante. Mais c'est la vérité, je lui suis redevable, en effet. Toutes les fois où il m'a protégée, où il a enfreint les règles pour moi, partagé avec moi des informations qu'il n'aurait pas dû me communiquer. Sans lui, je serais en prison. Matt et moi y serions tous les deux.

Nous restons assis là, quelques instants, dans un silence inconfortable, puis il dresse la tête, m'observe longuement.

— Tu es sûre que c'est ce que tu veux, Vivian ?

Mes pensées vont aux enfants. Mes bébés ne sont plus des bébés. J'ai eu une année complète, avec eux, ce temps que j'ai toujours voulu avoir.

Il y a un an, j'aurais dit non. Mais aujourd'hui, la décision s'impose d'elle-même. J'ai toutes les bonnes raisons de continuer.

— J'en suis sûre.

Je ferme la porte derrière Omar et reste un moment en silence. Une tristesse me gagne, un vague sentiment de regret. Et cela n'a pas de sens, car j'ai eu amplement le temps d'approfondir ma réflexion.

J'entends Matt entrer dans la pièce, et je ne me retourne pas. Il s'approche dans mon dos, m'entoure la taille de ses bras.

— Alors ? dit-il. As-tu pris une décision ?

J'acquiesce. Il subsiste une vague incertitude dans mon esprit, mais je la repousse.

— J'y retourne.

Il plonge la tête dans le creux de mon cou, à cet endroit qui fait toujours naître un frisson, et je le sens sourire.

— Je crois que tu as fait le bon choix.

Épilogue

Omar longe le sommet de la crête, l'océan à sa gauche, l'hélicoptère droit devant, posé sur une portion de terrain nu.

— *Zdravstvuitie*, dit-il, pour se présenter. (Et ensuite, il écoute.) *Da*, répond-il en marchant. (Un autre silence, puis il passe à leur langue commune.) Elle revient. Je vais prendre les dispositions nécessaires. (Il écoute la réponse.) Quelques mois, peut-être. Mais cela vaudra la peine de patienter.

Il jette un œil derrière lui, une vérification rapide, pour s'assurer qu'il n'y a personne à proximité.

— Je vais voir ce que je peux faire. En effet, c'est du long terme. (Un sourire au coin des lèvres.) *Dasvidania*.

Il raccroche. Le pilote a lancé la turbine de l'hélicoptère. Les pales commencent à siffler, une lente rotation au début, qui accélère, jusqu'au fouettement presque assourdissant – *toum-toum-toum*.

Sans ralentir le pas, Omar jette le téléphone dans l'océan en contrebas, et l'objet plonge à toute vitesse vers les rochers déchiquetés. Il parcourt les derniers mètres en petites foulées, puis se hisse à l'intérieur. L'appareil décolle, s'élevant aussitôt dans les airs.

L'hélicoptère vire en direction de l'océan, et Omar regarde en contrebas. Il aperçoit l'anse de la plage, Vivian et les quatre enfants. Elle porte l'un des jumeaux dans ses bras, elle penche la tête tout près de la sienne, le doigt pointé vers l'engin volant. Les trois autres l'entourent, ils scrutent le ciel, ils ont provisoirement suspendu leurs jeux.

Il aperçoit leur maison. Matt, sur la terrasse, à l'arrière, suit l'appareil qui se rapproche, les avant-bras appuyés sur la rambarde, chemise gonflée par le vent.

À cette terrasse, les yeux de Matt restent rivés sur l'hélicoptère qui se rapproche, sous le martèlement des pales de plus en plus fort. Il le regarde filer devant la maison dans un rugissement presque assourdissant et, à la seconde où il passe exactement à sa hauteur, les deux hommes échangent un regard, rien qu'un instant.

Ses yeux ne quittent pas l'engin qui continue de voler le long de la côte, le vrombissement s'estompant progressivement jusqu'à ce qu'il puisse à nouveau entendre le fracas des vagues. Un sourire se dessine sur ses lèvres, non pas le sourire désarmant, limpide, que sa famille a toujours connu, non, un tout autre sourire. Une expression qui le ferait paraître étranger à quiconque le verrait.

Il suit l'hélico qui s'efface dans le lointain, et un seul mot s'échappe de ses lèvres, un mot chuchoté, presque comme un secret.

— *Dasvidania.*

Remerciements

Rien de tout ceci n'aurait été possible sans David Gernert, qui a contribué à donner au manuscrit initial la forme du livre que voici, et sans toute l'équipe de The Gernert Company, surtout Anna Worrall, Ellen Coughtrey, Rebecca Gardner, Will Roberts, Libby McGuire et Jack Gernert.

Mes remerciements du fond du cœur à Kate Miciak, si brillante, et d'une gentillesse incroyable, et à tout le monde chez Ballantine, notamment Kelly Chian et Julia Maguire, qui ont énormément amélioré ce livre. J'ai eu la chance de travailler avec Kim Hovey, Susan Corcoran et Michelle Jasmine, et je suis extrêmement reconnaissante à Gina Centrello et Kara Welsh, qui ont pu réaliser mes rêves.

Ma reconnaissance la plus sincère à Sylvie Rabineau pour son travail sur les droits cinéma et à tous les éditeurs et maisons d'édition du livre à l'étranger, en particulier Sarah Adams chez Transworld pour ses premières réflexions très perspicaces.

De grands mercis à toute ma famille, surtout à ma mère, d'avoir cru en moi, à Kristin, pour ses conseils et ses idées, à Dave pour son soutien, et à mon père pour son enthousiasme.

Enfin et surtout, merci à mes garçons. Je vous aime, d'un amour grand comme ça. Et à mon mari : la meilleure décision que j'aie jamais prise, c'est de t'avoir dit oui.

POCKET N° 17182

LARA DEARMAN

LA GRIFFE DU DIABLE

UNE ENQUÊTE DE JENNIFER DOREY
À GUERNESEY

POCKET

« *Un thriller captivant.* »

Le Point

Lara Dearman
LA GRIFFE DU DIABLE

Poursuivie par ses démons, Jennifer Dorey a quitté Londres pour retourner vivre avec sa mère, à Guernesey, où elle est devenue reporter au journal local. Elle pensait pouvoir souffler un peu. Elle avait tort. Quand le cadavre d'une jeune femme s'échoue sur une plage, la journaliste mène l'enquête et exhume plusieurs morts similaires qui s'étendent sur une cinquantaine d'années. Plus troublant encore, toutes les victimes avaient sur le bras une marque semblable à celle gravée sur un rocher de l'île : la « griffe du diable », dont la légende veut qu'elle ait été laissée par Satan lui-même...

Retrouvez toute l'actualité de Pocket :
www.pocket.fr

POCKET N° 17083

Sara Lövestam

CHACUN SA VÉRITÉ

GRAND PRIX DE LITTÉRATURE POLICIÈRE

POCKET

« Un polar étonnant. »

ELLE

Sara Lövestam
CHACUN SA VÉRITÉ

« Si la police ne peut rien pour vous, n'hésitez pas à faire appel à moi. »

Pour gagner sa vie tout en restant sous les radars, Kouplan propose ses services comme détective privé. Se faire invisible, évoluer dans la jungle du Stockholm underground, il connaît : ancien journaliste d'investigation dans son Iran natal, Kouplan est sans-papiers. La fillette de sa première cliente a disparu. Pour une raison mystérieuse, elle aussi souhaite éviter l'administration... Dès lors, de bête traquée, le clandestin se fait chasseur.

Retrouvez toute l'actualité de Pocket :
www.pocket.fr

POCKET N° 17131

Amy Gentry

LES FILLES DES AUTRES

Êtes-vous bien certain
de connaître votre fille ?

POCKET

« Le doute s'installe et nous ronge, tandis que le suspense nous emporte. »

Femme actuelle

Amy Gentry

LES FILLES DES AUTRES

Il y a huit ans, Julie était kidnappée dans sa chambre en pleine nuit. Sous les yeux de sa petite sœur, terrée dans la penderie. On n'a jamais retrouvé Julie, ni l'homme au couteau qui l'a enlevée. Les Whitaker ont survécu. Jusqu'à ce coup de sonnette, un soir de réunion familiale. C'est Julie, amaigrie par des années d'horreur. Après la surprise et la joie des retrouvailles, les incohérences s'accumulent. Anna s'interroge : cette jeune fille est-elle vraiment la sienne ? Elle ne reconnaît plus son enfant...

Retrouvez toute l'actualité de Pocket :
www.pocket.fr

Cet ouvrage a été composé et mis en pages
par ÉTIANNE COMPOSITION
à Montrouge.

Imprimé en France par CPI
en décembre 2018
N° d'impression : 3031694

S28786/01